Aus Freude am Lesen

»Zu allem Überfluss wollte ich auch noch geliebt werden!« So fasst die junge Hélène die Realität ihrer Kindheit und Jugend zusammen. Als einziges Kind einer großbürgerlichen Familie wächst sie in schier unvorstellbarem Luxus in St. Petersburg auf – doch ohne Geborgenheit und Liebe. Hélène hasst ihre egozentrische Mutter, die den ewig abwesenden Vater schamlos mit immer jüngeren Liebhabern betrügt. Nur Mademoiselle Rose, die französische Gouvernante, schützt Hélène vor beunruhigenden Träumen und einer beängstigenden Wirklichkeit. Schließlich zwingen Krieg, Revolution und Flucht nach Paris das junge Mädchen, sich von vermeintlichen Sicherheiten zu befreien. Sie gerät in einen Sturm der Gefühle und rächt sich an der Mutter, indem sie deren Liebhaber den Kopf verdreht. Doch am Ende erkennt sie, dass nur Selbstachtung und Mut sie in die ersehnte Freiheit führen.

IRÈNE NÉMIROVSKY, wurde 1903 als Tochter eines jüdischen Bankiers in Kiew geboren. Nach der Oktoberrevolution ging die Familie nach Paris; dort avancierte Irène Némirovsky zum Star der Literaturszene. Nach dem Einmarsch der Deutschen floh sie in den Süden, wurde verhaftet und starb in Auschwitz. Ihr Werk wurde erst 60 Jahre später durch einen Zufall wiederentdeckt.

IRÈNE NÉMIROVSKY BEI BTB:
David Golder. Roman (73509) · Der Ball (73578) · Der Fall Kurilow. Roman (73614) · Suite française. Roman (73644) · Jesabel. Roman (73778) · Die Hunde und die Wölfe. Roman (73930) · Leidenschaft. Roman (74242)· Die Familie Hardelot. Roman (74495) · Meistererzählungen (74690)

Irène Némirovsky

Die süße Einsamkeit

Roman

*Aus dem Französischen
von Susanne Röckel*

btb

Die Originalausgabe erschien 1935 unter dem Titel
»Le vin de solitude« bei Éditions Albin Michel, Paris.

Verlagsgruppe Random House FSC® N001967
Das für dieses Buch verwendete FSC®-zertifizierte
Papier *Lux Cream* liefert Stora Enso, Finnland.

1. Auflage
Genehmigte Taschenbuchausgabe Mai 2014,
btb Verlag in der Verlagsgruppe Random House GmbH, München
Copyright © der Originalausgabe 1935, 2004 by Éditions Albin Michel, Paris
Copyright © der deutschsprachigen Ausgabe 2012 by Albrecht Knaus Verlag in der Verlagsgruppe Random House GmbH, München
Umschlaggestaltung: semper smile, München, unter Verwendung einer Idee von bürosüd°, München
Umschlagfoto: © Getty Images / Time & Life Pictures
Druck und Einband: CPI – Clausen & Bosse, Leck
MK · Herstellung: sc
Printed in Germany
ISBN 978-3-442-74782-5

www.btb-verlag.de
www.facebook.com/btbverlag
Besuchen Sie auch unseren LiteraturBlog www.transatlantik.de

Erster Teil

1

In dem Teil der Welt, in dem Hélène Karol geboren wurde, kündigte sich der Abend durch dichten Staub an, der langsam durch die Luft schwebte und mit der Nachtfeuchte wieder absank. Ein trübes rötliches Licht zuckte am Horizont, und der Wind brachte den Geruch der ukrainischen Ebenen in die Stadt, einen schwachen, herben Duft nach Rauch und der Frische des Wassers und des Röhrichts, das an den Ufern wuchs. Der Wind wehte von Asien her, war zwischen den Bergen des Ural und dem Kaspischen Meer eingedrungen und blies Wogen gelben Staubs vor sich her, der zwischen den Zähnen knirschte. Er war trocken und scharf und füllte die Luft mit einem dumpfen Grollen, das sich langsam entfernte und nach Westen hin verlor. Dann beruhigte sich alles. Die untergehende Sonne versank, von einer fahlen Wolke verhüllt, bleich und kraftlos im Fluß.

Vom Balkon der Karols aus sah man die ganze Stadt, die sich vom Dnjepr bis zu den Bergen in der Ferne erstreckte; die kleinen Lichter der Gaslaternen zeichneten ihre Form nach, und während sie in den verwinkelten Straßen aufflackerten, leuchteten auf dem gegenüberliegenden Ufer die ersten Frühlingsfeuer, die auf den Wiesen entzündet wurden.

Auf dem Balkon standen ringsum Blumenkästen mit Tabak, Reseda und Tuberosen, Pflanzen, die nachts ihre Blüten öffneten. Er war so groß, daß Eßtisch, Stühle, ein mit Coutil bezogenes kleines Sofa und der Sessel des alten Safronow, Hélènes Großvater, darauf Platz fanden.

Die Familie saß um den Tisch und nahm schweigend das Abendessen ein; an der Flamme der Petroleumlampe verbrannten die kleinen, leichten Nachtfalter mit hellbraunen Flügeln. Wenn Hélène sich auf ihrem Stuhl zurücklehnte, konnte sie die Akazien im Hof sehen, die vom Mond beleuchtet wurden. Der Hof war chaotisch und schmutzig, aber er war mit Bäumen und Blumen bepflanzt wie ein Garten. An Sommerabenden hielten sich die Dienstboten dort auf, lachten und unterhielten sich: Manchmal sah man einen weißen Unterrock im Schatten, hörte die Klänge eines Akkordeons und einen erstickten Schrei:

»Laß mich los, du Satansbraten!«

Madame Karol hob den Kopf und sagte: »Sie langweilen sich nicht da unten...«

Hélène schlief schon fast auf ihrem Stuhl. In dieser Jahreszeit aß man spät zu Abend; sie spürte ihre Beine immer noch zittern vom vielen Herumlaufen im Garten; ihre Brust hob sich keuchend bei der Erinnerung an die freudigen Rufe, die ihr, als sie dem Reifen nachlief, unwillkürlich entwichen waren wie einem singenden Vogel. Ihre Hand, klein und fest, betastete mit Wonne den schwarzen Ball, den sie besonders gern mochte; sie hatte ihn in ihrer Tasche versteckt, unter ihrem Unterrock aus grobem Stoff, und spürte, wie er an ihrem Bein rieb. Sie war ein Kind von acht Jahren; sie trug ein besticktes Kleid, das unterhalb der Taille mit einem Gürtel aus weißem Moiré zusammengebunden war, die große Schleife hinten war mit zwei Nadeln festgesteckt. Fledermäuse flatterten in der Luft, und jedesmal, wenn eine von ihnen auf ihrem lautlosen Flug fast ihre Köpfe streifte, stieß Mademoiselle Rose, Hélènes französische Gouvernante, einen kleinen Schrei aus und lachte.

Hélène hielt mühsam die Augen offen und betrachtete ihre Eltern, die in ihrer Nähe saßen. Sie nahm das Gesicht ihres Vaters wahr, das umgeben war von einer Art Dunst, gelblich und zitternd wie eine Gloriole; weil ihre Augen so müde waren, schien der Lampenschein zu schwanken. Aber nein, es war Wirklichkeit, die Lampe rauchte, und Hélènes Großmutter rief dem Dienstmädchen zu:

»Mascha! Dreh die Lampe herunter!«

Hélènes Mutter seufzte, gähnte und blätterte beim Essen die Modejournale durch, die aus Paris gekommen waren. Hélènes Vater schwieg und trommelte mit seinen feinen, mageren Fingern leise auf die Tischplatte.

Hélène sah nur ihm ähnlich; sie war ihm wie aus dem Gesicht geschnitten. Sie hatte seine Augen mit ihrem feurigen Glanz, seinen großen Mund, sein lockiges Haar und seine dunkle Haut, die ins Gelblich-Gallige spielte, wenn sie traurig war oder unter etwas litt. Sie betrachtete ihn voller Zärtlichkeit. Aber er hatte nur Blicke und Liebkosungen für seine Frau, die mit mürrischer und schlechtgelaunter Miene seine Hand wegschob und sagte:

»Laß mich, Boris... Es ist so heiß, laß mich...«

Sie zog die Lampe zu sich und ließ die anderen im Schatten; gelangweilt und voller Überdruß seufzte sie und wickelte sich Strähnen ihres Haars um die Finger. Sie war groß und attraktiv, mit der »Haltung einer Königin«, wie man sagte, und einer Neigung zur Korpulenz, die sie bekämpfte, indem sie jene gepanzerten Korsetts zum Einsatz brachte, die für Frauen jener Zeit üblich waren und bei denen die Brüste in zwei Satinschalen ruhten wie Früchte in einem Korb. Ihre schönen Arme waren weiß und gepudert. Hélène hatte ein seltsames, dem Ekel benachbartes Gefühl, wenn sie diese schneeweiße

Haut aus der Nähe sah, diese weißen, müßigen Hände mit den krallenartig spitz gefeilten Nägeln. Und schließlich gab es Hélènes Großvater, der den Kreis der Familie schloß.

Der stille Schein des Mondes fiel auf die Wipfel der Linden; hinter den Hügeln sangen die Nachtigallen. Der Strom des Dnjepr war von gleißender Helligkeit. Das Mondlicht ließ Madame Karols Nacken leuchten, so daß er marmorhaft weiß, hart und fest erschien, und beleuchtete Boris Karols Silberhaar, den kurzen, dünnen Bart des alten Safronow; es hob auch das kleine, runzlige und spitze Gesicht der Großmutter ein wenig hervor, die mit kaum fünfzig Jahren schon so alt war, so müde ... Die Stille dieser in Schlaf gesunkenen Provinzstadt, verloren in der Tiefe Rußlands, war lastend, unergründlich und von bedrückender Traurigkeit. Plötzlich wurde sie unterbrochen vom Geräusch eines Wagens, der mit lautem Widerhall über die Pflastersteine des Boulevards holperte. Ein schreckliches Getöse aus Peitschenhieben, Räderrollen, Fluchen, dann entfernte sich der Donner ... Nichts ... die Stille ... ein leichtes Rascheln von Flügeln in den Bäumen ... Ein Lied in der Ferne auf einer Landstraße, unvermittelt abbrechend und durch Streitlärm ersetzt, Schreie, das Getrappel von Polizistenstiefeln, das Gebrüll einer Betrunkenen, die man an den Haaren zur Polizeistation schleift ... Und wieder die Stille ... Hélène zwickte sich leicht in die Arme, um nicht einzuschlafen; ihre Wangen brannten wie Feuer. Ihre schwarzen Locken ließen ihren Hals heiß werden; sie fuhr sich mit der Hand durchs Haar, hob es hoch. Wütend dachte sie daran, daß sie nur wegen ihrer langen Haare von den Jungen beim Wettlauf geschlagen wurde, weil sie sie festhielten, wenn sie an ihnen vorbeilief. Sie dachte mit einem stolzen Lächeln daran, wie sie auf dem rutschigen Rand des Schwimmbeckens gestanden und das Gleichgewicht gehalten hatte. Ihre Glieder wurden von einer angenehmen und peinigenden Müdigkeit heimgesucht. Heimlich streichelte sie ihre wunden Knie, die immer blaue Flecken und Kratzer aufwiesen. Dumpf schlug das heiße Blut in der Tiefe ihres Körpers; ihre ungeduldigen Tritte hämmerten gegen die Tischbeine und manchmal auch gegen die Beine ihrer Großmutter, die nichts sagte, um ihr das Ausgeschimpftwerden zu ersparen. Madame Karol sagte in schneidendem Ton:

»Leg die Hände auf den Tisch!«

Dann nahm sie ihr Modejournal wieder auf und sagte leiser, seufzend und mit matten Lippenbewegungen:

»Morgenrock aus zitronengelber Seide, Oberteil mit achtzehn Knöpfen besetzt, Knöpfe mit orangefarbenem Seidensamt bezogen...«

Sie hatte eine kleine Strähne ihres schwarzen, glänzenden Haars zum Zopf geflochten und streichelte sich damit träumerisch über die Wangen. Sie langweilte sich: Im Gegensatz zu den anderen Frauen der Stadt, die, wenn sie erst einmal dreißig geworden waren, nichts lieber taten, als sich zu treffen, um Karten zu spielen und zu rauchen, fand sie an diesen Zusammenkünften keinen Gefallen. Sie haßte es, sich um den Haushalt und das Kind kümmern zu müssen. Sie war nur glücklich, wenn sie im Hotel sein konnte, in einem Zimmer mit einem Bett und einem großen Koffer, in Paris...

›Ach, Paris...‹, dachte sie und schloß die Augen. Am Tresen eines Cafés zu essen, an der Seite von Chauffeuren und Kutschern, wenn nötig nächtelang mit der Eisenbahn zu fahren, auf den harten Bänken der Abteile der dritten Klasse, aber allein sein zu können und frei! Hier standen an jedem Fenster Frauen, die sie mit Blicken durchbohrten, ihre Kleider aus Paris musterten, ihre geschminkten Wangen, den Mann, der sie begleitete. Hier hatte jede verheiratete Frau einen Liebhaber, den die Kinder »Onkel« nannten und der mit dem Ehemann Karten spielte. ›Doch wozu ist dann ein Liebhaber gut?‹ dachte sie und sah wieder jene unbekannten Männer in den Straßen von Paris vor sich, die ihr folgten ... Das war wenigstens interessant, gefährlich, aufregend ... Einen Mann zu umarmen, von dem man nicht wußte, woher er kam, wie er hieß, den man niemals wiedersah, nur das erregte in ihr jenen heftigen Schauder, nach dem es sie so sehr verlangte.

Sie dachte: ›Ach, ich bin einfach nicht dafür geschaffen, eine geruhsame, zufriedene Spießbürgerin zu sein, zwischen Ehemann und Kind.‹

Inzwischen beendete man das Abendessen; Karol schob seinen Teller beiseite und stellte das Roulettespiel vor sich auf, das er im vergangenen Jahr in Nizza gekauft hatte. Alle rückten näher: Er warf mit Ungestüm die Elfenbeinkugel, doch manchmal, wenn der Klang des Akkordeons im Hof anschwoll, hob er seinen langen Zeigefinger und begann, ohne mit dem Spiel aufzuhören, im Takt mitzusummen und dann mit halbgeschlossenen Lippen das Lied weiterzupfeifen.

»Erinnerst du dich an Nizza, Hélène?« sagte Madame Karol.

Hélène erinnerte sich an Nizza.

»Und Paris? Hast du Paris auch nicht vergessen?«

Hélène spürte, wie sie weich wurde bei der Erinnerung an Paris, die Tuilerien... (Die dunklen Eisenbäume vor dem sanften Winterhimmel, der milde Duft des Regens und jener gelbe Mond, der im neblig-bleiernen Dämmerlicht über der Säule auf der Place Vendôme allmählich höherstieg...)

Karol hatte alle vergessen, die mit ihm am Tisch saßen. Er

trommelte nervös mit den Fingern und beobachtete die kleine Elfenbeinkugel, die sich rasend drehte. Er dachte: ›Schwarz, rot, die Zwei, die Acht ... Ach, ich hätte gewonnen ... das Vierundvierzigfache des Einsatzes. Mit nur einem Louisdor.‹

Aber hier ging es fast zu schnell. Man hatte kaum genug Zeit, um die Ungewißheit zu genießen, die Gefahr, hatte nicht die Zeit, um verzweifelt zu sein über einen Verlust oder sich über einen Gewinn zu freuen ... Baccara, das war ein Spiel ... Er war einfach noch zu unbedeutend, zu arm ... Eines Tages vielleicht, wer weiß?

»Ach, mein Gott, mein Gott!« sagte die alte Madame Safronow mechanisch. Sie hinkte ein wenig, rasch, auf einem Bein. Ihre Züge waren verwischt, aufgelöst von vergossenen Tränen wie auf einer sehr alten Photographie; ihr gelber, faltiger Hals ragte aus dem plissierten Kragen ihrer weißen Bluse. Stets hielt sie die Hände über ihrem flachen Oberkörper verschränkt, als ob jedes Wort, das sie sprach, ihr das Herz sprengen könnte, stets war sie traurig, voll Furcht und Jammer, und alles war ihr Vorwand für Seufzer und Wehklagen.

»Ach, das Leben ist schlecht; Gott ist schrecklich. Die Menschen sind hart ...«, sagte sie.

Und zu ihrer Tochter: »Du hast ja recht, Bella. Genieß dein Leben, solange du noch gesund bist. Iß ... Willst du das? Oder das? Willst du meinen Stuhl, mein Messer, mein Brot, meinen Teil? Nimm alles ... Nehmt es, Boris, und du, Bella, und du, Georges, und du, meine kleine Hélène ...«

›Nehmt meine Zeit, meine Sorgen, mein Fleisch und Blut ...‹, schien sie zu sagen, wenn sie sie mit ihren milden und glanzlosen Augen betrachtete.

Aber jeder wies sie zurück. Dann schüttelte sie nachsichtig den Kopf und bemühte sich zu lächeln.

»Schon gut, schon gut, ich halte den Mund, ich sage nichts mehr...«

Indessen richtete Georges Safronow seinen großen, hageren Körper auf, hob den kahlen Schädel und prüfte aufmerksam seine Fingernägel. Er polierte sie zweimal am Tag, vormittags und nach dem Abendessen. Er verlor das Interesse am Gespräch der Frauen. Boris Karol war ein ungehobelter Mensch. ›Er sollte sich glücklich schätzen, daß er die Tochter Safronows geheiratet hat...‹ Er entfaltete seine Zeitung. Hélène las: »Der Krieg...«

»Wird es Krieg geben, Großvater?« fragte sie.

»Was?«

Als sie den Mund öffnete, sahen alle sie aufmerksam an und warteten einen Augenblick, bevor sie sprachen; zunächst, um die Meinung ihrer Mutter über das, was sie gesagt hatte, in Erfahrung zu bringen, und dann zweifellos auch deshalb, weil sie so weit weg war, so klein, daß man von dem Gebiet aus, in dem sie lebten, geradezu eine Reise unternehmen mußte, um sie zu erreichen.

»Krieg? Wo hast du denn das gehört?... Na, vielleicht, man weiß es nicht...«

»Ich hoffe nicht«, sagte Hélène, weil sie das Gefühl hatte, so etwas sagen zu müssen.

Aber sie sahen sie an und lachten; ihr Vater lächelte voller Zärtlichkeit, Melancholie und Spott.

»Du bist ein kluges Kind«, sagte Bella und hob die Schultern. »Wenn es Krieg gibt, werden die Stoffe teurer... Weißt du nicht, daß Papa eine Stoffabrik hat?«

Sie lachte, doch ohne den Mund dabei zu öffnen. Ihre schmalen Lippen, ein scharfer und harter Strich in ihrem Gesicht, waren immer zusammengepreßt; entweder, weil sie den

Eindruck erwecken wollte, ihr Mund sei kleiner, als er war, oder weil sie einen Goldzahn im Kiefer verbergen wollte oder einfach, weil sie sich interessant machen wollte. Sie hob den Kopf, sah, wie spät es war, und sagte:

»Übrigens, Zeit, daß du ins Bett kommst...«

Als Hélène zu ihrer Großmutter kam, wurde sie von deren Arm aufgehalten; bange Blicke aus einem müden Gesicht richteten sich auf sie: »Gib deiner Großmutter einen Kuß...« Und als sich das ungeduldige, undankbare Kind, auf dumpfe Weise gereizt, einen Augenblick lang von der mageren Hand einfangen ließ, drückte die alte Frau Hélène mit aller Macht an ihre Brust.

Der einzige Kuß, den Hélène akzeptierte und den sie gern erwiderte, war der ihres Vaters. Körperlich, seelisch, in ihren Stärken und Schwächen fühlte sie sich ihm allein nah und verbunden. Er wandte sich zu ihr, neigte den Kopf mit dem silberhellen Haar, dessen Widerschein im Mondschein etwas grünlich wirkte; sein Gesicht war noch jung, doch von Falten durchzogen, von Anstrengung gezeichnet, und seine Augen waren einmal unergründlich und traurig, ein andermal verschmitzt und fröhlich glänzend. Lachend zerzauste er ihr das Haar.

»Gute Nacht, Lenussia, meine Kleine...«

Sie verließ sie, und alsbald kehrten reine Heiterkeit, Freude, Zärtlichkeit in ihr Herz zurück, denn sie hielt die Hand von Mademoiselle Rose in der ihren. Sie ging zu Bett, schlief ein. Mademoiselle Rose nähte im goldenen Kreis der Lampe; das Licht fiel auf ihre kleine Hand, die mager und nackt und ohne Ringe war. Durch den weißen, stark gerafften Vorhang fiel ein Mondstrahl. Mademoiselle Rose dachte: ›Hélène braucht Kleider, Kittel, Strümpfe... Hélène wird zu schnell groß...‹

Zuweilen fuhr sie zusammen, wenn ein Geräusch, ein Blitz, ein Schrei, der Schatten einer Fledermaus, eine Küchenschabe auf dem weißen Kamin sie erschreckten. Seufzend sagte sie sich: ›Niemals, nie werde ich mich an dieses Land gewöhnen…‹

2

Hélène saß auf dem Parkettboden in ihrem Zimmer und spielte. Es war ein klarer, milder Frühlingsabend; der blasse Himmel war wie eine Kristallkugel, die tief in ihrem Innern die glühende Spur eines rosafarbenen Feuers bewahrt. Aus der halbgeöffneten Salontür drangen die Klänge und Worte eines französischen Liebeslieds bis zu ihr. Bella sang; wenn sie sich nicht gerade die Nägel feilte oder vor Langeweile und Wehmut seufzte, hingestreckt auf dem alten Kanapee, dessen Werg büschelweise herausquoll, saß sie am Klavier und sang und begleitete sich dabei mit unschlüssigen Akkorden, die sie mit träger Hand anschlug. Wenn sie »Liebe, Geliebter« murmelte, nahm ihre Stimme einen feurigen und unnachgiebigen Ton an. Dann öffnete sie ohne Furcht weit den Mund, preßte nicht mehr die Lippen zusammen, und ihre Stimme, die gewöhnlich scharf oder müde klang, wurde heiser und weich. Hélène hatte sich geräuschlos genähert und beobachtete sie mit offenem Mund von der Schwelle her.

Die Wände des Salons waren mit einem Baumwollstoff bespannt, der wie Seide aussehen sollte, früher fleischfarben, jetzt staubig und farblos. Bei Karol, in der Fabrik, deren Geschäftsführer er war, webte man diesen schweren Stoff, der nach Kleister und Früchten roch und aus dem sich die Bäuerinnen ihre Kleider und ihre Umschlagtücher für den Sonntag schneiderten. Doch die Möbel kamen aus Paris, dem Faubourg Saint-Antoine – grüne und himbeerrote Plüschschemel, Leuchter aus geschnitztem Holz, mit farbigen Perlen gesäumte japanische Lampions. Eine Lampe warf ihr Licht auf die vergessene Feile auf dem Klavierdeckel. Das Licht ließ Bellas Nägel glitzern; sie waren rund und gewölbt und vorn spitz wie Krallen. In den seltenen Momenten von mütterlicher Zärtlichkeit, wenn Bella ihre Tochter an sich drückte, hinterließen ihre Nägel fast immer Kratzer auf Hélènes Gesicht oder bloßem Arm.

Mit kleinen Schritten trat das Kind näher. Zuweilen hielt Bella mit dem Spielen inne und hörte auf zu singen; ihre Hände verharrten über den Tasten, und sie schien zu warten, zu lauschen, von Hoffnung beseelt. Doch draußen herrschte das gleichmütige Schweigen der Frühlingsabende, und nur der Wind in seiner Ungeduld wehte ihr den ewigen gelben Staub Asiens zu.

»Wenn – alles – zu Ende – ist«, seufzte Madame Karol. Sie biß die Zähne zusammen – ›als würde sie ein Stück Obst essen‹, dachte Hélène; die großen, schimmernden Augen, die so leer und so hart wirkten unter der Kurve ihrer schmalen Brauen, waren voller glitzernder Tränen, doch sie lösten sich nicht, rannen nicht herab.

Hélène stellte sich ans Fenster, betrachtete die Straße. Zuweilen fuhr dort, in einer alten, von zwei langsamen Pferden gezogenen Kalesche mit einem nach polnischer Mode gekleideten Kutscher (Samtweste, rote, weite Ärmel und Pfauenfeder am Hut) Bellas Tante vorbei, eine Safronow der älteren Linie, die reich geblieben war und ihr Vermögen nicht verschleudert hatte, die es nicht nötig gehabt hatte, ihre Töchter mit obskuren kleinen Juden zu verheiraten, Geschäftsführer einer Fabrik in der Unterstadt. Zierlich, steif, mit spitzem Gesicht, trockener und safrangelber Haut, mit großen schwarzen und glänzenden Augen, die Brust zerfressen von einem

Krebs, den sie mit einer Art aggressiver Resignation ertrug, wegen ihres ständigen Fröstelns eingehüllt in einen Skunkpelz, senkte Lydia Safronow, wenn sie ihre Nichte erblickte, kaum das Kinn zu einem eisigen Gruß; ihr Mund blieb zusammengekniffen, der Blick vage, in die Ferne gerichtet, grausam und verächtlich funkelnd. Zuweilen saß ihr Sohn Max neben ihr, noch jugendlich, mager, in der grauen Uniform der Gymnasiasten und mit der Mütze, die mit dem Zarenadler geziert war; er hob seinen kleinen Kopf, der seinen langen, fragilen Hals überragte, genau wie seine Mutter, mit derselben hochmütigen, kühnen, vipernhaft geschmeidigen Bewegung; er hatte das gleiche Profil mit der Hakennase, und er schien sich seiner eigenen Auserlesenheit bewußt zu sein wie der Vornehmheit der Kutsche und der Pferde, der Qualität des englischen Plaids, das über seinen Knien lag; sein Blick war kalt und zerstreut. Wenn sie sich auf der Straße begegneten, machte Hélène, von Mademoiselle Rose leicht von hinten angestupst, einen Knicks und senkte dabei schmollend den Kopf; ihr Cousin wandte sich nach einem kurzen Gruß ab, und ihre Tante betrachtete sie mitleidig durch die Lorgnette, deren Gold in der Sonne blinkte.

Aber an diesem Tag fuhr nur ein Fiaker langsam unter dem Fenster vorbei; eine Frau saß darin; wie ein Wäschebündel drückte sie einen Kindersarg an sich; auf diese Weise ersparten sich die Leute die Kosten für den Trauerzug. Das Gesicht der Frau war friedvoll; sie kaute Sonnenblumenkerne und lächelte, denn zweifellos freute sie sich darüber, einen Mund weniger stopfen und in der Stille der Nacht einen Schrei weniger hören zu müssen.

Plötzlich öffnete sich die Tür; Hélènes Vater trat ein.

Bella fuhr zusammen, schloß abrupt das Klavier und sah

ihrem Ehemann mit Ungeduld entgegen. Er kehrte nämlich nie zu so früher Stunde von der Fabrik nach Hause zurück. Zum erstenmal in ihrem Leben nahm Hélène im Gesicht ihres Vaters ein schwaches und unregelmäßiges Pulsieren wahr, das die hohle Wange verzerrte; später sollte sie in diesem Pulsieren in einem Männergesicht das Merkmal der Niederlage erblicken und das einzige Vorzeichen der Katastrophe, denn Boris Karol kannte weder damals noch als er krank und alt geworden war eine andere Art der Klage.

Er näherte sich der Mitte des Salons, schien zu zögern und sagte dann mit einem kleinen harten und gezwungenen Lachen: »Bella, ich habe meinen Posten verloren.«

Sie schrie: »Was?«

Er zuckte die Achseln und antwortete kurz: »Du hast es gehört.«

»Sie haben dich entlassen?«

Karol preßte voller Herablassung die Lippen zusammen.

»Genau«, äußerte er schließlich.

»Aber warum? Warum? Was hast du getan?«

»Nichts«, sagte er mit rauher und erschöpfter Stimme, und Hélène vernahm mit einem sonderbaren Mitgefühl das kleine, gereizte Seufzen, das er vorsichtig zwischen den zusammengebissenen Zähnen ausstieß. Er setzte sich auf den erstbesten Stuhl, der in der Nähe stand, und blieb unbeweglich sitzen, mit gekrümmtem Rücken und baumelnden Armen, den Blick zu Boden gerichtet, unbewußt vor sich hin pfeifend.

Bellas nervöser Schrei ließ ihn auffahren.

»Du bist wohl verrückt! Nichts!... Was sagt dieser Mann? Was ist...? Jetzt müssen wir also betteln gehen!«

Sie rang die Hände, wand die Arme dabei so heftig, so geschmeidig, daß Hélène an die Bewegung der aufgerichteten Schlangen auf einem Medusenhaupt denken mußte, das sie für ihren Zeichenlehrer hatte abmalen müssen. Aus dem schmalen, verzerrten Mund ergoß sich eine Flut von Worten, Klagen und Verwünschungen.

»Was hast du getan? Boris! Du hast nicht das Recht, es vor mir geheimzuhalten! Du hast eine Familie, ein Kind! Man hat dich nicht ohne Grund entlassen! Du hast spekuliert?... Ach! Ich war mir dessen sicher! Gib es doch endlich zu, gib es zu! Nein? Also hast du Geld beim Kartenspiel verloren?... Sag es endlich, gib es zu, sprich wenigstens, sag irgend etwas! Ach, du wirst mich noch ins Grab bringen!«

Hélène war durch die offene Tür geschlüpft. Jetzt ging sie in ihr Zimmer zurück und setzte sich auf den Fußboden. Sie hatte schon so viele Streitereien gehört in ihrem kurzen Leben, daß sie nicht übermäßig beunruhigt war... Sie würden schreien, und dann würden sie aufhören... Und doch war ihr ganz bedrückt und traurig ums Herz.

Sie hörte noch diesen Wortwechsel:

»Der Direktor hat mich zu sich gerufen und, da du es wissen willst, Bella, er hat von dir gesprochen. Warte. Er hat mir gesagt, daß du zuviel Geld ausgibst. Warte. Gleich kommst du an die Reihe. Er hat von deinen Kleidern gesprochen, von deinen Auslandsreisen, die ich dir, wie er glaubt, von meinem Gehalt nicht bezahlen kann. Er hat gesagt, daß ich jederzeit Zugriff auf die Kasse hätte und daß das eine Versuchung sei, der er mich nicht aussetzen wolle. Ich fragte ihn, ob auch nur ein Pfennig fehle. Er sagte: ›Nein, aber irgendwann wird es unausweichlich soweit kommen, wenn Sie weiter auf so großem Fuß leben.‹ Denk daran, Bella, ich habe dich gewarnt. Jedesmal, wenn du ein neues Kleid gekauft hast, einen neuen Pelz, jedesmal, wenn du nach Paris gefahren bist, habe ich es dir gesagt: ›Paß auf, wir leben in einer kleinen Stadt. Es wird Gerede geben. Man wird mich des Diebstahls bezichtigen. Der Direktor der Fabrik lebt in Moskau. Natürlich möchte er mir vertrauen, aber er kann mir nicht vertrauen. An seiner Stelle hätte ich dasselbe getan. Ich kann dir nichts abschlagen. Gegen Frauentränen, gegen Gezeter habe ich nichts in der Hand. Es ist mir lieber, dich gewähren zu lassen, auf die Gefahr hin, daß man mich für einen Feigling hält, einen Dieb, einen allzu nachsichtigen Ehemann, denn schließlich hätte ein anderer vielleicht den Verdacht... Sei still, sei doch still«, schrie er plötzlich, und seine rauhe und gellende Stimme übertönte Bellas Worte. »Sei still! Ich weiß schon vorher, was du mir sagen wirst! Ja, ich vertraue dir! Sag mir nichts! Ich will nichts hören! Du bist meine Frau! Die Frau, das Kind, das Haus... Schließlich habe ich nichts anderes! Ich darf dich einfach nicht verlieren«, fügte er mit leiser Stimme hinzu.

»Aber Boris, was sagst du da?... Weißt du, was du da sagst? Boris, mein Liebling...«

»Sei still...«

»Ich habe nichts zu verbergen...«

»Schweig!«

»Ach, du liebst mich nicht mehr; du hast schon ein paar Jahre nicht mehr so mit mir gesprochen! Erinnere dich! Ich war eine Safronow, ich hätte jeden heiraten können! Da bist du gekommen. Denk daran, was für ein Skandal es war, als wir heirateten! Wie oft hat man mir gesagt: ›Wie können Sie das tun! Diesen kleinen Juden zu heiraten, der aus dem Nichts kommt, der Gott weiß wo gelebt hat. Man kennt nicht einmal seine Familie! Wie können Sie nur!‹ Aber ich habe dich geliebt, Boris.«

»Du hattest keinen Pfennig, und alle deine liebreizenden

Freunde wollten eine Mitgift«, sagte er bitter. »Und ich bin es schließlich, der deinen Vater und deine Mutter ernährt und ihnen ein Dach über dem Kopf gibt, ich, der kleine Jude, der aus dem Nichts kam, ich bin es, der das Brot der Safronows bezahlt, der Teufel soll es holen! Ich, ich!«

»Aber ich habe dich geliebt, Boris, ich habe dich geliebt! Ich liebe dich! Aber ich bin dir treu, ich...«

»Genug! Ich will nichts mehr davon hören! Darum geht es nicht! Du bist meine Frau, und ich muß meiner Frau glauben! Sonst gäbe es keinen Anstand mehr, nichts mehr, nichts mehr«, wiederholte er verzweifelt. »Laß uns nicht mehr davon reden, kein Wort mehr davon, Bella!«

»Es sind diese eifersüchtigen Frauen, diese alten, neidischen Weiber, die uns umgeben, sie können mir mein Glück nicht verzeihen, denn sie wissen, daß ich glücklich bin! Sie können mir nicht verzeihen, daß ich einen Mann wie dich habe, daß ich jung bin, daß man mich gern sieht! Sie sind es, sie sind an allem schuld!«

»Vielleicht«, sagte Karol kraftlos.

Sie nahm den schwachen Ton seiner Stimme wahr, und gleich darauf stürzten Tränen aus ihren Augen.

»Niemals, nie hätte ich geglaubt, daß du mir solche harten Worte sagen könntest, daß du mich so verletzen könntest... Das werde ich dir nie verzeihen! Ich tue alles, was nur möglich ist, um dir zu gefallen... Ich habe schließlich nur dich auf der Welt, wie du nur mich hast!«

»Wozu sollen wir weiter darüber reden?« wiederholte Karol mit müder Stimme, mit einem Unterton von Scham und Leid. »Du weißt, daß ich dich liebe.«

Trotz der geschlossenen Tür drang jedes Wort an Hélènes Ohr. Doch sie schien nichts davon wahrzunehmen: Für ihre hölzernen Soldaten baute sie eine Festung aus alten Büchern. Die Großmutter durchquerte geräuschlos das Zimmer; sie seufzte, und Tränen rollten über ihr altes Gesicht. Aber das kümmerte Hélène nicht, denn ihre Großmutter weinte ohne Unterlaß; sie hatte ständig rote Augen, und ihre Lippen zitterten. Hélène warf Mademoiselle Rose, die still dasaß und nähte, einen spitzbübischen Blick zu.

»Sie schreien ... Hören Sie? ... Was ist los?«

Mademoiselle Rose gab zuerst keine Antwort, preßte nur die Lippen zusammen und drückte ihren Fingernagel fest auf den Saum, den sie auf den Knien hielt. Schließlich sagte sie:

»Du sollst nicht lauschen, Lili.«

»Ich lausche nicht. Ich höre es, ob ich will oder nicht.«

»Diese schrecklichen Frauen«, schrie Bella unter Tränen, »diese Kreaturen, alt und fett und häßlich, die mir meine Kleider nicht verzeihen, meine Hüte aus Paris. Sie haben ja alle ihre Liebhaber, das weißt du doch, Boris. Und all diese Männer, die mir nachlaufen und die ich zurückweise ...«

»Du sollst dich nicht immer auf den Boden setzen«, sagte Mademoiselle Rose.

Wenn ihre Eltern schwiegen, in Augenblicken, in denen der Streit plötzlich abflaute und sie neue Kräfte zu sammeln schienen, um sich im nächsten Moment um so besser in Stücke reißen zu können, hörte Hélène die Dienstmädchen, die hinten in der Küche beim Bügeln sangen, und es kam ihr vor, als nähme sie die seltsame, leuchtende Stille des Abends mit größerer Intensität als gewöhnlich in sich auf. Doch das, was sie vor allem interessierte, war ihre Festung. Sie ging voller Liebe mit ihren Holzsoldaten um; die Hunde hatten sie angenagt; ihre roten Uniformröcke hinterließen Spuren an Hélènes Fingern und ihrem Kleid; doch für sie waren es die

Grenadiere der kaiserlichen Garde, die Haudegen Napoleons. Sie senkte den Kopf, bis sie spürte, wie ihre Locken über den Boden strichen und der matte Staubgeruch des alten Parketts ihr in die Nase stieg. Die großen Bücher mit ihren geöffneten Seiten voller Schatten bildeten eine dämmrige und bedrohliche Kammer, einen Gebirgspaß zwischen Felsgeröll, wo die Armee sich verkroch. Sie stellte zwei Wachen an die Tür. Rasch stürzte sie die übriggebliebenen Bände um und rezitierte dabei im Kopf Sätze aus dem *Tagebuch von St. Helena*, ihrem Lieblingsbuch, das sie fast auswendig konnte. Mademoiselle Rose hatte sich ans Fenster gesetzt, um beim letzten Sonnenlicht zu nähen. Wie still die Welt jetzt wirkte, in Schlaf gesunken, mit dem friedlichen Gurren der Ringeltauben auf dem Dach, während die Tränen, die Schluchzer, die Klagen, die Verwünschungen ihrer Mutter aus dem Nebenzimmer bis zu ihr drangen... Hélène stand auf und legte eine Hand in den Ausschnitt ihres Kleides: »Marschälle, Offiziere, Unteroffiziere, Soldaten...« Sie stand in der Ebene von Wagram, die übersät war von Toten. So lebhaft stellte sie sich das vor, daß sie das Schlachtfeld hätte zeichnen können, das sich gelb färbende Gras darauf, das von den Pferden gefressen wurde. Ein Traum von Blut und Ruhm hemmte ihre Bewegungen, ließ sie versteinern, ein Kind, dessen großer Mund halb offenstand, die Unterlippe hing herab, das zerzauste Haar fiel auf eine verschwitzte Stirn; sie atmete schwer, denn ihre Mandeln waren geschwollen, doch die kurzen, rauhen und hastigen Atemzüge, die ihrem Mund entströmten, gaben den Gedanken in ihrem Innern einen Rhythmus. Sie ergötzte sich am Bild des kleinen grünen Hügels in der Abendsonne, und sie war gleichzeitig der Kaiser (rasch bewegte sie ihre Lippen; sie äußerte keinen Laut, aber in Gedanken sprach sie den Satz:

»Soldaten, ihr habt euch mit unvergänglichem Ruhm bedeckt!«) und der junge Leutnant, der im Sterben die goldenen Fransen der französischen Fahne an seine Lippen drückte. Blut rann aus seiner durchbohrten Brust. Im Glasschrank sah sie, ohne es zu erkennen, ein kleines Mädchen von acht Jahren in einem blauen Kleid und einem weiten weißen Kittel, mit blassem Gesicht, benommen von der Gewalt seiner inneren Erlebnisse, die Finger voller Tintenflecken, die Beine kräftig und fest, in gestrickten Strümpfen und dicken gelben, geschnürten Halbstiefeln. Um ihren heimlichen Traum zu verbergen und um jene abzulenken, die sie dabei ertappen konnten, begann sie zwischen den fest geschlossenen Lippen zu summen:

»War einst ein kleines Segelschiffchen...«

Draußen beugte sich eine Frau über die niedrige Mauer des Hofes und rief:
»He! Schämst du dich nicht, den Frauen nachzulaufen, in deinem Alter, du alter Bock?«
Weit weg läuteten die Glocken des Klosters tief und feierlich in der klaren Abendluft.

»Das war noch nie, nie, nie, noch nie zur See...«

Die Soldaten gehen zum Angriff über; der Himmel ist hellrot; die Trommeln schlagen.
»Wenn ihr zurückkehrt an den häuslichen Herd... werden eure Kinder von euch sagen... ›Er war Soldat in der Grande Armée...‹«
»Was wird aus uns werden, Boris? Was wird jetzt aus uns werden?«

Die leise, müde Stimme ihres Vaters:

»Warum jammerst du? Hat es dir je an irgend etwas gefehlt? Glaubst du, es wird mir schwerfallen, meinen Lebensunterhalt zu verdienen? Ich bin kein Faulenzer wie dein Vater. Seit ich arbeiten kann, habe ich immer gelebt, ohne von irgend jemandem etwas zu verlangen...«

»Ich bin die unglücklichste Frau der Welt!«

Diesmal drangen die Worte auf geheimnisvolle Weise bis zu Hélène vor und erfüllten ihr Herz mit bitterem Groll.

›Sie muß aus allem immer ein Drama machen‹, dachte sie.

»Unglücklich, das ist wahr«, rief Karol. »Und ich, glaubst du denn, daß ich glücklich bin? Ach! Der Tag meiner Heirat, warum habe ich mich da nicht gleich aufgehängt? Ich wollte ein ruhiges Haus haben, ein Kind. Und ich habe nur dich und dein Geschrei und nicht einmal einen Sohn.«

›Oh! Genug‹, dachte Hélène. Der Streit dauerte schon zu lang, und er schien diesmal heftiger und ehrlicher zu sein als gewöhnlich. Mit einem Fußtritt zerstreute sie die Soldaten, die unter die Möbel rollten.

Doch sie hörte die Stimme ihrer Mutter, ängstlich, verschlagen. Wenn Karol seinerseits zu schreien begann, schwieg sie gewöhnlich oder begnügte sich damit, Seufzer auszustoßen und Tränen fließen zu lassen.

»Ist gut, reg dich nicht auf... Ich werfe dir nichts vor... Jetzt streiten wir schon wieder... Wir sollten lieber versuchen nachzudenken... Was wirst du tun?«

Sie sprachen leiser; man hörte nichts mehr.

Die Frau, die sich über die Mauer gebeugt hatte, lief nun lachend davon: »Zu alt, mein Freund, zu alt...«

Hélène ging zu Mademoiselle Rose und zupfte zerstreut an dem Stück Stoff, an dem sie nähte.

Mademoiselle Rose band seufzend die schwarze Schleife wieder fest, die sich in Hélènes Haar gelöst hatte und ihr in die Stirn gefallen war.

»Wie heiß du bist, Lili... Bleib jetzt ruhig sitzen, lies nicht mehr, du liest zuviel, nimm dein Mosaikspiel oder dein Mikado...«

Das Dienstmädchen brachte die Lampe, und bei geschlossenen Fenstern und Türen bildete sich einen kurzen Moment lang ein kleines Universum, freundlich wie ein Schneckenhaus und ebenso zerbrechlich, um das Kind und die Gouvernante.

3

Mademoiselle Rose war schmal und zartgliedrig. Sie hatte ein freundliches Gesicht mit feinen Zügen, das in ihrer Jugend von einer gewissen Schönheit gewesen sein mußte, da es Anmut und Fröhlichkeit enthielt, während es heute zerknittert war, verbraucht, abgemagert; der kleine Mund war eingezogen, die Mundwinkel waren sorgenvoll herabgezogen, wie bei so vielen Frauen, die die Dreißig überschritten haben; sie hatte die schönen, schwarzen und lebhaften Augen einer Südländerin, dunkelbraunes, krauses Haar, leicht wie Rauch und nach der Mode jener Zeit wie ein Ring um die glatte Stirn gelegt, deren Haut weich war und nach feiner Seife und Veilchenessenz duftete. Sie trug ein schmales Band aus schwarzem Samt um den Hals, kurzärmlige Blusen aus weißem Linon oder schwarzem Wollstoff, glatte Röcke, geknöpfte Halbstiefel, die vorn spitz zuliefen. Sie war sehr stolz auf ihre kleinen Füße und ihre rundliche Taille, die sie mit einem Wildledergürtel zusammenschnürte, verziert mit einer Schnalle aus altem Silber. Sie war klug und verträglich, maßvoll und vernünftig; einige Jahre lang hatte sie sich ihre unschuldige Fröhlichkeit bewahren können, trotz der Angst und der Traurigkeit, die dieser Ort, zu dem sie keinen Bezug hatte, die Unermeßlichkeit dieses Landes und Hélènes wilder und seltsamer Charakter in ihr wachsen ließen. Hélène liebte nur sie auf der Welt. Abends, wenn die Lampe angezündet worden war, setzte sich Hélène an ihr kleines Pult und zeichnete oder schnitt Bilder aus, während Mademoiselle Rose von ihrer Kindheit sprach, von ihren Schwestern und ihrem Bruder, von ihren Spielen, von dem Ursulinenkloster, in dem sie erzogen worden war.

»Als ich klein war, hat man mich Rosette genannt...«

»Waren Sie artig?«

»Nicht immer.«

»Artiger als ich?«

»Du bist sehr artig, Hélène, nur manchmal nicht. Dann könnte man meinen, du hättest einen Dämon in dir.«

»Bin ich klug?«

»Ja, aber du glaubst, du wärst klüger, als du wirklich bist. Und außerdem, Lili, ist Klugheit nicht alles... dadurch wirst du weder besser noch glücklicher. Man muß gut sein und tapfer. Nicht um außergewöhnliche Dinge zu vollbringen, denn du bist nur ein ganz gewöhnliches kleines Mädchen. Sondern um anzunehmen, was Gottes Wille ist.«

»Ja. Mama ist böse, nicht?«

»Was denkst du da, Hélène... Sie ist nicht böse, aber sie ist immer verwöhnt worden, von ihrer Mutter zuerst und dann von deinem Papa, der sie so sehr liebt, und vom Leben. Sie mußte nie arbeiten, sich nie fügen... Nun gut, versuche einmal, ein Porträt von mir zu zeichnen...«

»Das kann ich nicht. Singen Sie doch bitte, Mademoiselle Rose.«

»Du kennst doch alle meine Lieder.«

»Das macht nichts. Singen Sie: *Vous avez pris l'Alsace et la Lorraine, mais malgré vous nous resterons Français.*«

Mademoiselle Rose sang oft; ihre Stimme war schwach, doch sie sang rein und traf immer den richtigen Ton. Sie sang: *Malbrough s'en va-t-en guerre, Plaisir d'amour ne dure qu'un moment* und *Sous ton balcon je soupire, bientôt paraîtra le jour...*

Wenn sie das Wort »Liebe« aussprach, seufzte sie auch manchmal und fuhr Hélène mit der Hand übers Haar. Hatte sie geliebt?, und den, den sie geliebt hatte, verloren? War sie einmal glücklich gewesen? Warum war sie nach Rußland gekommen, um sich um die Kinder anderer Leute zu kümmern? Hélène sollte es nie erfahren. Als kleines Mädchen wagte sie nicht danach zu fragen, und später wollte sie die Erinnerung an ihre Gouvernante unversehrt in ihrem Herzen bewahren, denn Mademoiselle Rose war die einzige Frau gewesen, die sie je kennengelernt hatte, die rein und mit sich im Frieden gewesen war, befreit von der Befleckung durch das Begehren, und deren Augen nie etwas anderes betrachtet zu haben schienen als unschuldige und freundliche Bilder.

Einmal sagte Mademoiselle Rose träumerisch:

»Mit zwanzig Jahren war ich so unglücklich, daß ich mich einmal in die Seine stürzen wollte.«

Ihr Blick war starr und unergründlich geworden, und Hélène spürte, daß Mademoiselle Rose an jenem Punkt der halluzinierten Erinnerung angekommen war, an dem man sogar vor einem Kind, vor allem vor einem Kind, von vergangenen Traurigkeiten sprechen kann. Eine sonderbare, heftige Scham überwältigte das Herz des kleinen Mädchens. Auf den bebenden Lippen ahnte sie all die Wörter, die sie verabscheute: »Liebe«, »Küsse«, »Verlobter«...

Sie stieß brüsk ihren Stuhl zurück und begann lauthals zu singen, schaukelte dabei vor und zurück und schlug sich auf die Fußsohlen. Mademoiselle Rose betrachtete sie; ihre Züge nahmen einen Ausdruck von Erstaunen und melancholischer Resignation an; sie seufzte und schwieg.

»Singen Sie doch bitte, Mademoiselle Rose. Singen Sie die *Marseillaise*. Wissen Sie? Die Kinder, die der Tugend der Älteren nacheifern ... *Nous entrerons dans la carrière* ... Ach, wie gern wäre ich Französin!«

»Du hast recht, Lili. Es ist das schönste Land der Welt ...«

Dank Mademoiselle Rose konnte Hélène, die bei anhaltendem Geschrei, immer wieder aufflammenden Streitereien, dem Geräusch splitternden Geschirrs zu Bett gegangen war, diesem fernen Gewitter gleichmütig zuhören, wie man in einem warmen Haus bei geschlossenen Fenstern das Geräusch des Windes vernimmt, weil sie wußte, daß diese ruhige junge Frau, die unter der Lampe nähte, eine sichere Zuflucht bedeutete.

Bellas Stimme drang bis zu ihr.

»Wenn die Kleine nicht wäre, würde ich gehen, ich würde dich sofort verlassen!«

Das war ihre Reaktion darauf, daß ihr Gatte sich manchmal über die Unordnung im Haus aufregte, wenn er eine Schachtel mit einem neuen Hut darin, dessen rosarote Feder oben heraussah, auf dem Tisch erblickte, während der Braten verbrannt und das Tischtuch voller Löcher war, aber Bella sagte, sie habe nie behauptet, eine gute Hausfrau zu sein, sie hasse das Haus und die Haushaltspflichten und liebe einzig ihr Vergnügen. »So bin ich nun einmal! Du brauchst mich nur so zu nehmen, wie ich bin«, sagte sie.

Boris Karol schrie, und dann schwieg er, weil es ihm bei jedem Streit so vorkam, als ob die Last der Ehe, die er sich mit Mühe auf die Schultern geladen hatte, wieder hinabgefallen wäre, und es schien ihm einfacher zu sein, sie weiterhin zu tragen und sich zu fügen, als sich zu bücken, um sie ein weiteres Mal aufzuheben. Außerdem glaubte er auf dunkle Weise jener Drohung: »Ich werde fortgehen.« Er wußte, daß man ihr den Hof machte, daß sie den Männern gefiel ... Er liebte sie ...

›Großer Gott‹, dachte Hélène, während sie in den Schlaf sank, sich umdrehte und mit ihren langen Beinen an das hölzerne Ende des kleinen Bettes stieß, das nicht mit ihr wuchs – Jahr für Jahr vergaß man, es durch ein größeres zu ersetzen –, sich zusammenrollte unter einer Bettdecke aus fein besticktem Satin, aus der jedoch trotz Mademoiselle Roses täglicher Flickarbeit büschelweise die Watte quoll, ›großer Gott, wenn sie doch schnell gehen würde und man nicht mehr davon sprechen müßte! Wenn sie nur sterben könnte!‹

Jeden Abend ersetzte sie mit einer vagen mörderischen Hoffnung in ihrem Gebet (»Lieber Gott, schenke Papa und Mama Gesundheit...«) den Namen ihrer Mutter durch den von Mademoiselle Rose.

›Wozu all diese Schreie, diese unnützen Drohungen?‹ dachte sie. ›Wozu reden, wenn man doch nichts sagt?... Diese Frau ist unmöglich, diese Frau ist mein Kreuz‹, dachte sie.

Wenn sie mit sich selbst sprach, benutzte Hélène Worte von Erwachsenen, gelehrte und reife Worte, die ihr ganz natürlich über die Lippen kamen, obwohl sie rot geworden wäre, wenn sie sie außerhalb des Zwiegesprächs mit sich selbst benutzt hätte, genauso wie sie es lächerlich gefunden hätte, aufgeputzt und in damenhaften Kleidern spazierenzugehen; beim Reden mußte sie ihre eigenen Worte in einfachere, gebräuchlichere und ungeschicktere Wendungen verwandeln, so daß ihre Redeweise etwas Zögerndes, Stotterndes erhielt, was ihre Mutter ärgerte.

»Diese Kleine redet manchmal wie eine dumme Gans. Man könnte meinen, sie ist vom Mond gefallen!«

Schließlich schlief sie ein, und der Schlaf gab ihr barmherzigerweise ihr Alter zurück; ihre Träume waren voller Bewegungen, voller Freudenschreie, die aus tiefstem Herzen kamen.

Später ging Karol fort, und die Abende wurden wieder friedlich. Er hatte eine Stelle als Geschäftsführer der Goldminen in Sibirien gefunden, in der asiatischen Taiga. Damit sollte er den Grundstein für sein Vermögen legen. Jetzt war das Haus leer, denn nur die Großmutter blieb dort und irrte schweigend durch die Zimmer, während ihr Mann und ihre Tochter eigene Wege gingen; kaum war das Abendessen beendet, zog jeder sich in seinen Winkel zurück. Hélène versank in jenem betäubenden und süßen Schlaf der Kindheit, der einem Bad des Friedens und der Stärkung ähnelt. Sie erwachte; die Sonne schien in ihr Zimmer. Mademoiselle Rose staubte die Möbel ab, deren Farbe abblätterte. Zum Schutz ihrer Kleider trug sie einen Kittel aus schwarzem Satin mit kleinen Falten, doch sie war bereits sorgfältig angezogen und frisiert; der Blusenkragen wurde von einer kleinen Goldbrosche zusammengehalten, und sie trug Korsett und Straßenschuhe. Nie sah man eine lose Haarsträhne, nie erblickte man sie in einem locker sitzenden Morgenrock, nie trug sie einen jener unförmigen Röcke, wie sie an den dicken Russinnen herabhingen. Sie war korrekt, ordentlich, peinlich genau in diesen Dingen, eine Französin bis in die Fingerspitzen, ein wenig reserviert, ein wenig spöttisch. Keine großen Worte. Wenig Küsse. »Ob ich dich gern habe? Aber natürlich hab ich dich gern, wenn du artig bist.« Doch ihr Leben war auf das Dasein Hélènes beschränkt, auf ihre Locken, auf die Kleider, die sie ihr schneiderte, auf die Mahlzeiten, die sie überwachte, auf ihre Spaziergänge, ihre Spiele. Keine Moralpredigten; nur die einfachsten, die gängigsten Ratschläge:

»Hélène, lies nicht, während du dir die Schuhe anziehst. Alles zu seiner Zeit.«

»Hélène, räum schön auf. Du sollst eine ordentliche Frau

werden, mein Liebes. Halt deine Sachen in Ordnung, dann wirst du später Ordnung in deinem Leben haben, und die Leute, die mit dir zusammenleben müssen, werden dich dafür lieben.«

So verging der Vormittag; und nach und nach, in dem Maße, in dem das Mittagessen sich näherte, wurde es Hélène trauriger ums Herz. Mademoiselle Rose sagte leise, während sie Hélènes Haar bürstete:

»Paß auf, benimm dich gut bei Tisch. Deine Mutter ist in schlechter Stimmung.«

Karol war schon so lange fort, daß Hélène sein Gesicht allmählich vergaß; sie wußte nicht einmal genau, an welchem Ort er sich gerade aufhielt. Sie war ihrer Mutter ausgeliefert.

Wie sie diese Mahlzeiten haßte!... Wie viele davon endeten mit Tränen... Wenn später in ihrem Gedächtnis jenes staubige und düstere Speisezimmer auftauchte, erinnerte sie sich sofort an das salzige Aroma der Tränen, die ihr die Sicht verschleierten und die Wangen hinunterrollten bis auf ihren Teller, wo sie sich mit dem Geschmack der Speisen vermischten. Lange Zeit hatte Fleisch für sie einen Nachgeschmack von Salz, und das Brot war mit Bitterkeit getränkt.

Der traurige Wintertag wurde vom Balkon abgeschirmt und drang kaum bis ins Eßzimmer vor. Diese unechten alten Tapisserien, die an der Wand hingen, wie oft hatte sie sie durch einen Schleier von Tränen hindurch betrachtet! Aus Stolz hielt sie ihre Tränen zurück, weil sie wußte, daß sie ihre Stimme heiser machen und sie traurig zittern lassen würden... Später konnte sie sich nie mehr an diese fernen Stunden ihrer Kindheit erinnern, ohne daß alte Tränen in ihr aufstiegen.

»Sitz aufrecht... Mach den Mund zu... Schau dir bloß an,

was für ein Backpfeifengesicht du hast, wenn du den Mund offenläßt und die Unterlippe herunterhängt... Man könnte meinen, dieses Kind ist ein kompletter Dummkopf!... Paß doch auf, du wirst noch dein Glas umwerfen! Na bitte, was habe ich gesagt?... Ein zerbrochenes Glas... Genug geweint, hör auf damit... Ja, natürlich, ihr nehmt ihn ja immer in Schutz, ihr alle!... Na gut, sehr schön, die Erziehung von Mademoiselle Hélène geht mich nichts mehr an, Mademoiselle Hélène soll sich am Tisch lümmeln wie eine Bäuerin, wenn ihr das gefällt, es geht mich nichts mehr an... Hebst du gefälligst den Kopf, wenn deine Mutter mit dir spricht?... Schaust du mich gefälligst an?... Und deshalb opfert man sich nun auf und wirft seine Jugend weg, die schönsten Jahre, die man hat!« sagte Madame Karol und dachte dabei voller Groll an diese Kleine, die man durch ganz Europa mitschleppen mußte, weil man sonst, kaum in Berlin angekommen, möglicherweise ein panisches Telegramm der Großmutter erhielt: »Komm zurück. Kind krank«, wegen einer Erkältung oder einer Angina, und dann wäre man gezwungen, die ganze Strecke erneut zu fahren, die man am Vortag mit solcher Freude hinter sich gebracht hatte. Das Kind... das Kind... Sie hatten ständig dieses Wort im Mund, der Mann, die Eltern, die Freunde:

»Sie müssen Opfer bringen für Ihr Kind... Denk an dein Kind, Bella...«

Ein Kind, ein lebender Vorwurf, eine lästige Sache... Sie war gut versorgt... Was wollte sie noch mehr? Würde sie selbst es später nicht besser finden, eine Mutter gehabt zu haben, die jung war und zu leben verstand? ›Meine Mutter hat ihr Leben mit Jammern verbracht... War das etwa besser?‹ dachte sie und erinnerte sich voll Bitterkeit an ein tristes Haus, eine vorzeitig gealterte Frau mit roten Augen, die immer nur sagen konnte: »Iß. Übernimm dich nicht. Lauf nicht zu schnell...« Eine alte Schwätzerin, die jede Lebenslust, alle Liebesfreuden erstickte, die die Jugend am Leben hinderte... ›Ich war nicht glücklich‹, dachte sie, ›jetzt sollen sie mir mein Vergnügen lassen, ich tue niemandem etwas Böses... Wenn ich alt bin, werde ich es wie die alten Frauen machen, ich werde den ganzen Tag lang jammern und seufzen... Wenn ich alt bin, werde ich ruhig und brav sein‹, sagte sie sich, denn das Alter war noch weit weg...

Inzwischen hatte man das Mittagessen beendet. Doch Hélène hatte das Schlimmste noch vor sich: Sie mußte dieses weiße, hassenswerte Gesicht küssen, das ihren brennenden Lippen stets kalt vorkam, mußte den geschlossenen Mund auf diese Wange drücken, die sie am liebsten mit den Fingernägeln zerkratzt hätte, mußte vielleicht sagen: »Verzeihung, Mama...«

Sie spürte einen seltsamen, bebenden und blutenden Stolz in sich, als wäre in ihrem Kinderkörper eine ältere Seele eingesperrt: Diese verletzte Seele litt.

»So, du bittest nicht einmal um Verzeihung?... Ach, meine Tochter, ich bitte dich ja nur, ich bestehe nicht darauf... Ich will nicht, daß du nur Worte sagst, die nicht von Herzen kommen. Geh.«

Doch zuweilen endete die Szene aus keinem anderen Grund, als daß Bella plötzlich Muttergefühle überkamen. ›Dieses Mädchen... Aber schließlich habe ich nur sie... Die Männer sind so egoistisch... Später wird sie meine Freundin sein, meine kleine Kameradin...‹

»Nun komm schon, Hélène«, sagte sie, »mach nicht so ein Gesicht... Man darf nicht so nachtragend sein... Ich habe geschimpft, du hast geweint, jetzt ist es vorbei, Schwamm drüber... Gib deiner Mutter einen Kuß...«

Bei den Abendmahlzeiten war sie im allgemeinen nicht da. Vor dem Schlafengehen ging der alte Safronow langsam in dem dunklen Salon auf und ab. Der Raum wurde nur vom kalten Licht des Wintermondes erhellt; er ging, zog dabei das Bein nach und stützte sich auf Hélènes Schulter; mit den Fingerspitzen strich er über die frische Rose, die sommers wie winters sein Knopfloch zierte; das geschlossene Klavier schimmerte in einer Lache aus Mondlicht, und dasselbe Licht ließ den kahlen Schädel des gutaussehenden alten Mannes glänzen wie ein Ei. Er brachte Hélène Verse von Victor Hugo bei, rezitierte für sie seitenweise Chateaubriand. Bestimmte Wortzusammensetzungen, ein feierlicher und schwermütiger Rhythmus sollte in ihrem Gedächtnis unauslöschlich mit der Erinnerung an jenen schweren, markanten Schritt verbunden sein, mit dem Gewicht jener knochigen, doch noch schönen und feingliedrigen Hand, die auf ihrer Schulter lag.

Dann erneut, am Schluß eines langen Tages – diese Tage der Kindheit, die so lange brauchten, um zu vergehen –, das Abendgebet, das Zubettgehen. Spät in der Nacht das Schlagen der Tür; sie hörte die Stimme, das Lachen ihrer Mutter und das Geräusch der Sporen des Offiziers, der sie nach Hause gebracht hatte. Mit einem gewissen musikalischen Vergnügen hörte sie diesem Klirren zu, dieser silbernen Fanfare, die sich entfernte, dann schlief sie wieder ein. Zuweilen, wenn der Schlaf sie um Jahre in die Vergangenheit zurückversetzt hatte, zweifellos in jene Zeit ihrer frühesten Kindheit, als Mademoiselle Rose noch nicht da gewesen war und das Dienstmädchen in die Küche gegangen war, um etwas zu trinken, und sie in ihrem Zimmer allein gelassen hatte, erwachte sie und rief voller Angst:

»Mademoiselle Rose, sind Sie da?«

Nach einer Weile tauchte in dem dunklen Zimmer ein heller Schein auf, ein langes Nachtkleid, sehr weit, ein weißes Mieder.

»Aber natürlich bin ich da.«

»Geben Sie mir bitte etwas zu trinken.«

Hélène trank, dann murmelte sie schläfrig und indem sie, ohne genau hinzusehen, das Glas zurückschob, weil sie wußte, daß aufmerksame Hände es in Empfang nehmen würden.

»Haben Sie... haben Sie mich gern?«

»Ja. Schlaf.«

Keine Küsse, die haßte Hélène. Keine Zärtlichkeiten, weder durch Gesten noch durch den Tonfall: Hélène schätzte solche Dinge nicht. Doch sie brauchte es, in der sie umgebenden Finsternis diesen freundlichen Akzent zu vernehmen, der ihr Sicherheit verlieh: »Ja. Schlaf.« Mehr verlangte sie nicht. Sie blies auf ihr Kopfkissen, und nachdem sie die Stelle auf diese Weise erwärmt hatte, legte sie ruhig ihre Wange darauf und sank in friedvolles Vergessen.

4

Hélène ging an der Seite von Mademoiselle Rose und genoß die sanfte Wärme, die von dem Muff in ihrer Hand in ihren ganzen Körper ausstrahlte. Es war drei Uhr und Winter. In dieser Jahreszeit wurde es schnell dunkel; in den Straßen zündete man die Laternen an, und die Läden sahen unwirklich und geheimnisvoll aus, ein wenig beängstigend, wie sie sich mit ihren spärlichen kleinen Lichtern in einem schwebenden Gleichgewicht hielten unter den Ladenschildern, einem rostigen Stiefel, der im Wind knarrte, einem großen goldenen Brotlaib, von einer dicken Eiskruste überzogen, oder einer riesigen, aufrecht stehenden, halbgeöffneten Schere, die sich anschickte, ein schwarzes Stück des Himmels abzuschneiden. Die Dworniks saßen auf den Türschwellen, gekleidet in Stalaktiten aus funkelndem Eis. Auf jeder Seite des Trottoirs türmte sich der Schnee mannshoch, hart, kompakt, glitzernd unter den Flammen der Laternen.

Sie gingen zu den Grossmanns, deren Kinder mit Hélène befreundet waren. Es war eine bürgerliche Familie, alteingesessen, reich, die Madame Karol verachtete. Das Zimmermädchen öffnete eine Tür.

Im Nachbarzimmer sagte eine Frauenstimme lachend: »Nicht alle auf einmal, Kinder, ihr macht mir ja die Frisur kaputt, ihr drückt mir die Luft ab!« Fröhliche Rufe von Kindern erhoben sich: »Mama! Mama!«, in allen Tonlagen, dann hörte man eine Männerstimme: »Jetzt ist es aber gut, Ruhe, laßt Mama in Frieden, meine Kleinen...«

Hélène blieb schweigend und mit gesenktem Blick stehen; Mademoiselle Rose nahm sie bei der Hand und trat mit ihr ein.

Das Lachen war erstorben. Der Salon ähnelte dem der Karols, es gab den gleichen goldenen Leuchter, das gleiche schwarze Klavier, die Plüschschemel: Alle frisch verheirateten Paare, die ihre Flitterwochen in Paris verbrachten, bestellten dort solche Gegenstände. Doch Hélène kam der Raum heller und freundlicher vor als der Salon zu Hause. In der Mitte, auf einem geblümten Sofa, lag eine Frau.

Es war Madame Grossmann, die Hélène kannte, doch so hatte sie sie noch nie gesehen, in einem kühlen rosafarbenen Morgenrock aus Linon, mit einer Traube Kindern, die an ihren Armen hingen. Der Ehemann, ein junger Mann mit kahlem Schädel, eine dicke Zigarre im Mund, stand am Kopf des Kanapees und beugte sich zu seiner Frau hinunter; er schien sich tödlich zu langweilen, und sein Blick irrte zerstreut und ein wenig gereizt von der zu seinen Füßen versammelten Familie zur Tür, durch die er wahrscheinlich nur allzugern geflohen wäre. Doch Hélène sah ihn nicht an; voller Inbrunst betrachtete sie die junge Frau und die drei Kinder, die schwarzen, zerzausten Haare der Mutter, an denen kleine, ungeduldige Hände gezogen hatten; das kleinste Mädchen lag rücklings auf dem Arm der Mutter, hing an ihrem Hals und beknabberte wie ein kleiner Hund die Wange und das Stück Hals, das sich ihm bot.

›Diese Frau schminkt sich nicht‹, dachte Hélène bitter.

Die beiden größeren Mädchen saßen zu ihren Füßen; das ältere war bleich, kränklich, mißgestimmt, mit schwarzen Zöpfen, über den Ohren zu Schnecken gerollt, doch das zweite hatte dicke rote Wangen zum Anbeißen; man konnte sich fast vorstellen, wie sie im Mund zergingen, wenn man einen Kuß daraufdrückte, wie Früchte.

›Ich habe nicht so schöne Wangen‹, dachte Hélène, doch sie hatte auch das Gesicht von Grossmann bemerkt, sein verkrampftes, gekünsteltes Lächeln, den starren, auf die Tür gerichteten Blick. ›Das alles ödet ihn an‹, dachte sie mit gehässiger Befriedigung; dank einer geheimnisvollen Begabung ihrer Seele schien sie zuweilen die Gedanken anderer erspüren, erraten zu können.

»Guten Tag, Hélène«, sagte Madame Grossmann leise.

Sie war eine schmale, häßliche Frau, die lebhaft und anmutig war wie ein Vogel; ihre Stimme hatte mitfühlend geklungen.

Hélène senkte den Kopf; ihr schwerer, pelzgefütterter Mantel erdrückte sie fast; ohne genau hinzuhören, vernahm sie die Worte, die über ihren Kopf hinweg gewechselt wurden:

»Ich habe ein Kragenmuster für Nathalie mitgebracht...«

»Ach, Mademoiselle Rose, wie nett Sie sind... Hélène könnte den Mantel ausziehen, nicht wahr, Hélène?, und ein wenig mit meinen Kindern spielen...«

»Nein, nein! Danke, Madame, es ist schon spät...«

»Na gut, dann eben ein anderes Mal...«

Die rosafarbene Lampe leuchtete und verbreitete ein so sanftes, so warmes Licht... Hélène betrachtete diesen duftigen Morgenrock, der mit Rüschen aus Mousseline verziert war; die drei Mädchen, die sich an ihre Mutter drückten, hüllten sich in seine Falten, ohne Angst davor zu haben, daß sie ihn zerknautschten. Während sie sprach, strich die Mutter zärtlich über die drei dunklen Köpfe, einmal über den einen, einmal über den anderen.

›Sie sind häßlich, sie sind dumm‹, dachte Hélène verzweifelt, ›am Rock ihrer Mutter zu kleben wie Babys, sie sollten sich schämen! ... Nathalie, die einen Kopf größer ist als ich ...‹

Schweigend wechselten die Kinder verächtliche Blicke. Nathalie, die Hélènes Unbehagen zu verstehen und sich darüber zu freuen schien, versteckte ihr großes, verschmitztes Gesicht in den Falten des Morgenrocks und lugte immer wieder daraus hervor, und wenn sie sicher war, daß ihre Mutter sie nicht sehen konnte, blies sie die Wangen auf, verzog den Mund, streckte die Zunge heraus und schielte unter schrecklichen Grimassen, um gleich darauf, sobald Madame Grossmanns Blick auf sie fiel, wieder die sanfte und lächelnde Miene eines pausbäckigen Engels aufzusetzen. Hélène hörte noch:

»Monsieur Karol ist fort? ... Für zwei Jahre, nicht wahr?«

»Er hat die Aufsicht über die Goldminen«, sagte Mademoiselle Rose.

»Sibirien, wie entsetzlich ...«

»Er beklagt sich nicht; ich glaube, das Klima dort bekommt ihm.«

»Zwei Jahre ist er fort! Die arme Kleine ...«

Mademoiselle Rose hatte Hélène an sich gezogen und streichelte ihr Gesicht. Das Mädchen versuchte mit einer heftigen Bewegung, sich von ihr loszumachen.

Zum erstenmal in ihrem Leben schämte sie sich dafür, daß man sie vernachlässigte: Unter den Augen dieser Leute wollte sie nicht von einer Gouvernante gestreichelt werden.

Sie gingen. Diesmal war Hélène immer einen Schritt voraus, und jedesmal, wenn Mademoiselle Rose sie einholte und ihre Hand nahm, entzog sie sie ihr wieder, nicht mit einem Ruck, sondern sanft und mit der gleichen unauffälligen Hartnäckigkeit, mit der ein Hund versucht, sich eines störenden

Halsbands zu entledigen. An den Straßenecken peitschte ihr der scharfe Wind ins Gesicht, trieb ihr Tränen in die Augen; mit ihren dicken, gefütterten Handschuhen, auf denen sich allmählich Eiskristalle bildeten, wischte sie sich verstohlen über Lider und Nase.

»Halt dir den Muff vor den Mund... Geh aufrecht, Hélène...«

Das glitt leicht an ihr ab; sie richtete sich einen Moment lang auf, doch bald senkte sich ihr Kopf wieder. Zum erstenmal dachte sie, gedanklich konzentriert und einigermaßen folgerichtig, über ihr Leben nach, über ihre Familie, und das tat sie, weil ihr so sehr daran lag, in ihrem Dasein Elemente der Freundlichkeit, der Stabilität zu finden; es lag nicht in ihrer Natur, sich einer fruchtlosen Verzweiflung hinzugeben.

›Ich auch, wenn ich in meinem Zimmer bin und unter der Lampe sitze... Gleich wenn wir nach Hause kommen... Ich werde mich an mein kleines gelbes Pult setzen...‹

Voller Zärtlichkeit stellte sie sich das kleine Pult aus lackiertem Holz vor, das an ihre Größe angepasst war, die Öllampe mit ihrem grünen Porzellanschirm, das diffuse und milchige Licht auf ihrem Buch.

›Nein, ich werde nicht lesen... All diese Bücher, das macht mich ruhelos und unzufrieden... Man muß zufrieden sein, man muß sein wie die anderen... Heute abend, das Glas Milch, das Butterbrot, das letzte Stück Schokolade, bevor ich mir die Zähne putze... Wenn mich niemand sieht, verstecke ich das *Tagebuch von St. Helena* unter dem Kopfkissen... Nein, nein. Heute abend werde ich Bilder ausschneiden, ich werde etwas malen... Ich bin glücklich, ich will ein kleines Mädchen sein, das glücklich ist‹, dachte sie, und der Block aus Eis und Finsternis, bewegungslos verharrend unter einem steinernen Vordach, die dunklen Fenster, an denen der Schnee schmolz und wie Tränen herabrann, vermischten sich unter ihrem Blick und bildeten ein wogendes, schwarzes Meer.

5

Am Anfang von Hélènes bewußtem Leben war der Sonntag ein Tag, dessen Wiederkehr sie mit einem traurigen und angstvollen Gefühl erfüllte: Mademoiselle Rose verbrachte den Nachmittag stets bei französischen Freundinnen, und Hélène war der erdrückenden Liebe ihrer alten Großmutter ausgeliefert. Nachdem sie ihre Lektionen gelernt hatte, gab es nichts mehr, was über die leeren Stunden hinwegtäuschte, nichts, was ihr erlaubt hätte, in ein anderes Universum zu flüchten, ein Universum, das freundlich war, begrenzt von einem Würfel aus glänzendem Silber im letzten Licht des Abends, vom Klirren einer Porzellantasse auf der Kommode. An Sonntagen brauchte sie nur ein Buch zu öffnen, und schon sagte die Großmutter seufzend:

»Mein Liebling, mein süßer Schatz, du wirst dir die Augen verderben...«

Wenn sie spielte, sagte sie:

»Bück dich nicht. Du wirst dir weh tun. Hüpf nicht. Du wirst hinfallen. Wirf den Ball nicht gegen die Wand. Du wirst Großvater stören. Komm, setz dich auf meinen Schoß, Liebes, komm an mein Herz...«

Altes Herz, das der Jugend Hélènes so kalt und so langsam vorkam und das doch mit so viel Ungeduld und Fieber klopfte, alte Augen, gesenkte Blicke, die mit einer schüchternen Hoffnung im Gesicht des Kindes nach einer Ähnlichkeit forschten, einer Erinnerung, einem fernen Bild...

»Ach, Großmama, laß mich«, sagte Hélène.

Wenn Hélène sie verließ, blieb die Großmutter ganze Tage lang untätig; sie saß da und verschränkte ihre mageren Hände auf den Knien, Hände von hinreißender Form, die jedoch schwarz und rissig geworden waren durch das Alter und die Arbeit im Haushalt, der sie sich unvermittelt, schubweise widmete, da für sie eine Art demütiger Wollust darin lag zu bügeln, zu waschen und sich von der Köchin anfahren zu lassen. Ihr ganzes Leben war von Pech und Unglück gekennzeichnet; sie hatte Armut erlebt, Krankheit, den Tod geliebter Menschen; sie war betrogen und verraten worden; sie spürte, daß ihre Tochter und ihr Schwiegersohn Mühe hatten, sie zu unterstützen. Sie war alt, unruhig und erschöpft geboren worden, während diejenigen, die sie umgaben, überschäumten vor Lebendigkeit und vor Begierde brannten. Doch vor allem litt sie unter einer prophetischen Traurigkeit; sie schien weniger die Vergangenheit zu beweinen als die Zukunft zu fürchten. Ihr Gejammer bedrückte Hélène; ihre unvorsichtigen Worte gaben all den schrecklichen Ängsten Auftrieb, die Hélène selbst so gut kannte, die sie in ihrem tiefsten Inneren spürte und die zu einem dunklen Erbe zu gehören schienen. Angst vor der Einsamkeit, dem Tod, der Nacht, und jenes Gefühl der Unsicherheit, die Befürchtung, daß Mademoiselle eines Tages fortgehen könnte, um nie zurückzukehren. So viele Male hatte sie die Mütter ihrer Freundinnen sagen hören – mit jenem katzenhaft falschen Blick zu den Kindern hin, wenn man vor ihnen Dinge sagt, die sie nicht verstehen sollen:

»Wenn Sie nur wollten... Wir würden bis zu fünfzig Rubel im Monat gehen und mehr. Ich habe mit meinem Mann darüber gesprochen. Er ist völlig einverstanden. Sie opfern sich auf, liebe Mademoiselle Rose, und wozu? Die Kinder sind undankbar...«

Das Leben war unbeständig, instabil, unsicher. Nichts war von Dauer. Ein erbarmungsloser Sturzbach riß die geliebten Wesen, die friedlichen Tage mit sich fort in die Ferne, hielt sie auf immer in seiner Gewalt. Das Kind, das ganz still und für sich mit einem Buch in Händen in seinem Winkel saß, wurde unvermittelt von einem Schauder der Angst gepackt; es schien die Einsamkeit auf der Erde vorauszuahnen; das Zimmer wurde feindselig und erschreckend; außerhalb des beschränkten Kreises der Lampe herrschte allein die Finsternis; sie näherte sich, kroch langsam auf Hélène zu. Der Schatten kletterte zu ihr hinauf und erstickte sie; nur mit Mühe konnte sie ihn von sich abhalten, wie ein Schwimmer mit ausgestreckten Armen das Wasser verdrängt. Ein weißer Lichtstrahl, der unter einer Tür sichtbar wurde, ließ sie innerlich erstarren. Der Abend kam, und Mademoiselle Rose war nicht da... würde nie mehr da sein...

›Sie wird nicht wiederkommen. Eines Tages wird sie verschwinden und nie mehr wiederkehren.‹

Man würde ihr nichts sagen. Genau so hatte man ihr einmal den Tod ihres Hundes verheimlicht. Um unangebrachte Tränen zu vermeiden, hatte man ihr gesagt: »Er ist krank, aber er wird wiederkommen...«, womit man ihrem Kummer die Folter der Hoffnung hinzugefügt hatte. Auch an dem Tag, an dem Mademoiselle Rose sie verlassen würde, würde man ihr nichts davon sagen; beim Abendessen würde sie von heuchlerischen Gesichtern umgeben sein.

»Iß. Geh zu Bett. Sie ist aufgehalten worden. Sie wird wiederkommen.«

Es schien ihr, als hörte sie bereits die falschen und erbärmlichen Stimmen. Voller Haß sah sie um sich. Nichts – die Stille, die trübselige Ruhe und die Furcht, die sich wissend dem Herzen nähert, es erschüttert und quält, waren ihre einzigen Gefährten. Diese Angst mußte sie in sich bewahren und sich an sie gewöhnen wie an eine Erbkrankheit; auf ihren schwachen Knochen spürte sie das ganze Gewicht des bangen Entsetzens lasten, das die Schultern so vieler Angehöriger ihrer Rasse gekrümmt hatte und ihre Gesichter hatte erbleichen lassen.

Doch als sie zehn Jahre alt geworden war, entdeckte sie in dieser Einsamkeit der Sonntage allmählich einen melancholischen Reiz. Sie liebte die außergewöhnliche Stille der langen Tage, die sich schweigend um sich selbst drehten wie kleine, düstere Sonnen in einem von einem andersartigen Rhythmus beseelten Universum.

Der Schimmer des Tages breitete sich, langsam ansteigend, auf der Tapete aus, die einst weinrot, jetzt rosafarben war, abgenutzt und verblaßt durch viele Sommer. Wenn er die Zierleiste an der Decke erreichte, würde er nur noch ein Segment des hellen Lichts sein, das langsam erlosch, bis nur noch die weiße, leuchtende Decke den Himmel widerspiegelte.

Es waren die ersten Herbsttage; die Luft war kalt und durchsichtig, und wenn man genau hinhörte, vernahm man die Glocke des Eisverkäufers, der auf dem Boulevard vorbeiging. Die Bäume im Hof waren kahl; der Augustwind, der in diesen Breiten schon herbstlich ist, hatte sie ihrer Blätter beraubt; sie waren leichter geworden, und nur ihre Wipfel zierten noch bebende, rosafarbene welke Blätter, vom Sonnenlicht durchdrungen.

Einmal betrat Hélène das Zimmer ihrer Mutter. Sie war gern dort. Es gab ein dunkles Gefühl in ihr, daß sie ihr hier besser auf die Schliche kommen, ihr ihre Geheimnisse entreißen könnte. Sie begann, sich für sie zu interessieren, für ihr unbekanntes Leben, das sich zu dieser Zeit völlig außerhalb des Hauses abspielte. In ihr war ein seltsamer Haß auf ihre Mutter, der mit ihr zu wachsen schien; der, wie die Liebe, tausend Gründe hatte oder keinen, und der, wie die Liebe, sagen konnte:

»Weil sie so war, weil ich so war.«

Sie trat ein. Sie öffnete die Schubladen, spielte mit dem Glasschmuck, Dingen, die aus Paris gekommen und nachlässig hinten in die Schränke geworfen worden waren. Aus dem angrenzenden Zimmer rief ihre Großmutter:

»Was machst du da?«

»Ich suche Tücher, um mich zu verkleiden«, sagte Hélène.

Sie saß auf dem Teppich und hielt ein Unterhemd in Händen, das sie ganz hinten in einer Kommode entdeckt hatte.

Der Stoff war an mehreren Stellen zerrissen; eine Hand, die zweifellos schwer und stark gewesen war, hatte an dem spitzenbesetzten Träger gezerrt, und nun bestand er nur noch aus ein paar Seidenfäden. Ein eigenartiger Geruch ging davon aus, ein Gemisch aus dem verhaßten Parfüm ihrer Mutter, einem Anflug von Tabak und einem üppigeren, wärmeren Duft, den Hélène mit nichts in Verbindung bringen konnte, den sie jedoch erstaunt und voller Unbehagen einsog, mit einer Art von primitiver Scham.

›Ich hasse diesen Geruch‹, dachte sie.

Immer wieder führte sie den zerfetzten Stoff zu ihrem Gesicht und entfernte ihn wieder von sich. Eine Bernsteinkette war hinten in eine Schublade geworfen worden; sie nahm sie, hielt sie einen Moment in der Hand, dann nahm sie erneut das Hemd und schloß dabei die Augen, wie wenn man in seinem Gedächtnis eine vergessene Erinnerung wiederfinden will. Aber nein, sie erinnerte sich an nichts; nur die leidenschaftslosen Sinne des Kindes, die zum ersten Mal tief in ihrem Inneren erweckt worden waren, beunruhigten sie durch Scham und einen ironischen Groll. Schließlich rollte sie das Unterhemd zu einem Ball zusammen und warf es gegen die Wand, ließ es auf dem Boden liegen und lief mehrmals darüber, und dann verließ sie das Zimmer, doch der Geruch klebte noch an ihren Händen, an ihrem Kittel. Sie nahm ihn mit bis in ihren Schlaf, wo er sich mit ihren Kinderträumen mischte, wie ein Ruf von weit her, wie der Ton einer Melodie, wie der rauhe und klagende Ruf der Ringeltauben im Frühling.

6

Die Manasses, deren Söhne mit Hélène befreundet waren, bewohnten in einem spärlich besiedelten Viertel der Stadt ein von einem Garten umgebenes Holzhaus. Der Herbst war schon weit fortgeschritten; sorgsam schloß man die Kinder in ihrem Zimmer ein, zum Schutz vor der Luft, die die Russen fürchteten wie die Pest. Das große Spiel, der große Sport in diesem Jahr, wenn Hélène kam, um mit den Manassekindern zu spielen, war es, das Studierzimmer durch das Fenster zu verlassen, über den Balkon des Salons zu klettern und von dort in den Garten zu springen, wo bereits der erste Schnee lag, um hier, eingehüllt in flatternde Umhänge, die für sie romantische und kriegerische Kleidungsstücke waren, und bewaffnet mit Ästen, hölzernen Säbeln und Reitpeitschen, Soldaten oder Diebe zu spielen, sich gegenseitig mit Schneebällen aus schwerem, weichem Schnee zu bewerfen, der noch nicht die Zeit gehabt hatte zu gefrieren und hart zu werden und einen herben Geschmack nach verrottender Erde in sich bewahrte, den Duft von Herbst und Regen.

Die beiden jungen Manasses waren dicke, bleiche, blonde Jungen mit fahler Haut, phlegmatisch und folgsam. Hélène ließ sie in einem Winkel des Schuppens eine Hütte aus Ästen und trockenen Blättern bauen, während sie selbst im Schatten des Balkons versteckt blieb, wo sie von draußen stumm und aufmerksam die Worte und Bewegungen der Manasses und ihrer Freunde beobachtete. Sie spielten friedlich Karten unter der Lampe, doch in Hélènes Phantasie stellten sie das österreichische und russische Oberkommando am Vorabend der Schlacht von Austerlitz dar. Die jungen Manasses waren die ferne, die gewaltige, nur undeutlich wahrnehmbare Armee Napoleons; die Hütte, die sie bauten, war eine Festung, deren Einnahme über Sieg oder Niederlage entscheiden würde. Die Manasses, im Kreis um einen grünen Tisch herum versammelt, entsprachen vollkommen dem Bild des österreichischen Generalstabs, über Karten und Pläne gebeugt, während sie selbst, im Schatten, in Schnee und Wind, der junge tapfere Hauptmann war, der unter Lebensgefahr die feindlichen Linien überwunden hatte und ins Herz des gegnerischen Feldlagers eingedrungen war.

In dieser stillen Stadt, in der Zeitungen und Bücher nur zensiert erschienen, in der man im vertrauten Gespräch nicht wagte, politische Angelegenheiten auch nur zu streifen, während die Privatangelegenheiten so friedlich und sicher waren wie ein glatter Fluß, der zwischen rechtschaffener Mittelmäßigkeit und rechtschaffenem Wohlstand ruhig dahinströmte, in der sich außereheliche Beziehungen, eingeordnet und anerkannt von der öffentlichen Meinung und der Zeit, in zweite und ehrenwerte Ehen verwandelten, die von jedermann, den Gatten eingeschlossen, geachtet wurden, hatten sich die menschlichen Leidenschaften ins Kartenspiel geflüchtet, mit kleinen, heftig umstrittenen Gewinnen. Die Tage waren kurz, die Nächte lang; man verbrachte die Zeit einmal bei dem einen, einmal bei dem anderen, spielte Whist, Whint, Preference.

Die dicke Madame Manasse saß in einem Ohrensessel, das mehlfarbene Gesicht wurde von ihrem hoch aufgetürmten, goldblond gefärbten Haar überragt; die mächtigen Brüste hingen auf ihren Bauch herab, der auf ihren Knien ruhte;

die fetten Wangen zitterten wie Gelatine. Der bebrillte Gatte mit bleichen und kalten Händen und der durch langen Gebrauch anerkannte Liebhaber, älter, kahler und dicker als der Ehemann, rahmten sie ein. Dem Fenster gegenüber saß eine junge Frau, deren schwarzes Haar eine große Tolle über der Stirn bildete; beim Reden rauchte sie unaufhörlich, so daß sie aus ihren Nasenlöchern einen dünnen, duftenden Rauchfaden entließ wie die Pythia in Delphi, wenn sie in Trance fiel. Als sie den Kopf hob, sah sie das kleine, weiße Gesicht Hélènes, das an der Scheibe klebte.

Madame Manasse schüttelte den Kopf und sagte vorwurfsvoll: »Wie oft hat man den Kindern nicht schon verboten, bei diesem Wetter ins Freie zu gehen!«, und öffnete das Fenster einen Spalt. Hélène schlüpfte hindurch und sprang ins Zimmer.

»Schimpfen Sie nicht mit Ihren Söhnen, Madame. Sie wollten nicht ungehorsam sein, sie sind in ihrem Zimmer geblieben«, sagte sie, indem sie Madame Menasse mit einem Blick bedachte, der vor Unschuld leuchtete, »und ich, ich bin warm genug angezogen und habe keine Angst vor der Kälte.«

»Diese Kinder!« sagte Madame Manasse.

Doch sobald sie die Ihren in Sicherheit wußte, begnügte sie sich damit zu lächeln, und ihre mit Mandelseife parfümierte Hand fuhr durch Hélènes Locken:

»Was für schöne Haare!«

Da es aber wirklich zuviel verlangt war, so etwas der Tochter Bella Karols zuzugestehen, fügte sie hinzu, indem sie die Lippen zusammenpreßte, denen so ein leichtes Pfeifen entfuhr, wie der Ton einer Flöte:

»Es sind keine natürlichen Locken, oder?«

›Weiche von mir, Schlange‹, dachte Hélène.

»Dein Vater wird jetzt in Petersburg wohnen?«

»Ich weiß nicht, Madame.«

»Wie gut sie französisch spricht!« sagte Madame Manasse.

Sie fuhr fort, sanft über Hélènes Locken zu streichen; ihre Hände waren weiß und feist und zerflossen zwischen den Fingern, wenn man sie drückte. Manchmal hob sie sie und schwenkte sie in der Luft leicht hin und her, damit das Blut aus den Venen zurückfloß und die Weiße ihrer Haut bewahrt blieb. Sie teilte die Haare, die Hélènes Ohren verdeckten, und stellte mit einem bedauernden Seufzen fest, daß die Ohrmuscheln klein und wohlgeformt waren, worauf sie die Locken wieder sorgfältig über die Schläfen zog.

»Finden Sie das nicht bewundernswert, wie rein ihre Aussprache ist?... Mademoiselle Rose ist Pariserin, das merkt man. Sie hat Geschmack, und mit den Händen ist sie so geschickt... Deine Mama hat wirklich Glück, sie zu haben. Und du weißt nicht, daß dein Vater nach Petersburg geht?... Und ihr natürlich auch. Hat deine Mama dir nichts davon gesagt?«

»Nein, Madame... Noch nicht.«

»Sie wird froh sein, deinen Papa nach so vielen Jahren wiederzusehen... Ach! Wie schön wird das für sie sein... Wenn ich so lange von meinem lieben Mann getrennt leben müßte... Ich wage gar nicht, daran zu denken«, sagte Madame Manasse voll Empfindsamkeit, »aber glücklicherweise hat nicht jeder den gleichen Charakter... Zwei Jahre, nicht? Zwei Jahre ist dein Papa jetzt schon fort?«

»Ja, Madame.«

»Zwei Jahre... Du erinnerst dich doch noch an ihn, hoffe ich?«

»Aber ja, Madame.«

Erinnerte sie sich an ihren Vater? ›Natürlich‹, dachte Hélène; ihr Herz wurde weit, wenn sie an ihn dachte, ihn vor sich sah, wie damals, wenn er abends in ihr Zimmer kam...

›Und doch ist es das erste Mal seit seiner Abreise, daß er mir in den Sinn kommt‹, dachte Hélène, und ihr Herz war voller Liebe und Gewissensbisse.

Madame Manasse fragte:

»Mama langweilt sich nicht, oder?«

Hélène musterte kalt und von einer inständigen Neugier erregt, die Gesichter, die sie umgaben. Die Nasenlöcher der jungen Frau bebten, und der Rauch stieg in blauen Ringen empor. Die Männer lachten hämisch und sahen einander unter demonstrativem »Hm« an, und indem sie mit den Spitzen ihrer knotigen Finger auf den Tisch trommelten, warfen sie Hélène mitleidige und ironische Blicke zu, seufzten und zuckten die Achseln.

»Nein, sie langweilt sich nicht...«

»Aha!« sagte einer der Männer lachend. »›Kindermund tut Wahrheit kund‹, wie man sagt. Ich habe Ihre Mutter schon gekannt, als sie nicht viel älter war als Sie, Mademoiselle.«

»Sie haben den alten Safronow in seiner Glanzzeit gekannt?« fragte Madame Manasse. »Als ich hierherzog, war er schon alt.«

»Ja, ich habe ihn damals gekannt. Er hat drei Vermögen verschleudert, das seiner Mutter, das seiner Frau und das seiner Tochter, die vom Vater der alten Madame Safronow Geld geerbt hatte. Drei Vermögen...«

»Sein eigenes nicht eingerechnet, nehme ich an...«

»Er hat nie einen Pfennig gehabt, aber das hat ihn nicht daran gehindert, das Leben zu genießen, das kann ich Ihnen versichern. Was Bella betrifft, sie ging noch zur Schule, als ich sie kennenlernte...«

Hélène sah wieder das Porträt ihrer Mutter als Kind vor sich, ein dickes Mädchen mit rundem Gesicht, das Haar mit einem Kamm hochgesteckt. Doch sie schob dieses Bild beiseite: Der Gedanke, daß ihre gefürchtete und verhaßte Mutter einmal ein kleines Mädchen wie alle anderen gewesen war, das sogar das Recht gehabt hatte, seinen Eltern etwas vorzuwerfen, wie sie selbst, hätte dem harten und oberflächlichen Bild, das Hélène seit langem tief in ihrem Herzen trug, zu viele Schattierungen beigemischt.

Madame Manasse murmelte:

»Sie hat schöne Augen.«

»Sie sieht ihrem Vater ähnlich; da kann man nichts sagen!« sagte eine bedauernde Stimme.

»Ach! Meine Liebe...«

»Na schön! Diese Dinge passieren nun einmal. Aber ich kenne jemanden, der immer Glück gehabt hat...«

»Iwan Iwanitsch, Sie mit Ihrer bösen Zunge, so schweigen Sie doch!« sagte Madame Manasse mit einem Lachen und einem Blick auf Hélène, der bedeutete:

»Das Kind wird verstehen... Das Kind ist nicht schuld daran...«

»Wie alt bist du, Hélène?«

»Zehn Jahre... Madame...«

»Ein großes Mädchen... Ihre Mama sollte bald daran denken, sie zu verheiraten.«

»Es wird nicht schwer sein. Wissen Sie, wenn es so weitergeht, wird Karol bald Millionär sein.«

»Nur nicht übertreiben!« sagte Madame Manasse, und plötzlich schien sie nur noch mit Mühe sprechen zu können, als ob die Worte ihr im Mund weh täten: »Er hat viel Geld verdient, heißt es. Die einen behaupten, er hat eine neue Mine entdeckt, was mich, nebenbei gesagt, am wenigsten wundern würde, die anderen, daß er den Betrieb der alten verbessert hat. Das ist möglich. Ich habe keine Ahnung. Es gibt so viele Möglichkeiten, ein Vermögen zu machen, für einen Mann ... der geschickt ist ... Aber wie dem auch sei, schnell verdientes Geld ist auch schnell wieder ausgegeben, meine lieben Freunde. In der Welt herumreisen ist nicht immer die beste Art, um reich zu werden. Übrigens, Gott weiß, daß ich ihm, wie auch immer, Wohlergehen wünsche, diesem armen Mann ...«

»Wissen Sie, es heißt: Das Glück macht aus Bettlern Könige ...«

»Genug, so schweigen Sie doch endlich ... Sie sind klatschhaft wie ein altes Weib. Richtet nicht, auf daß ihr nicht gerichtet werdet«, sagte Madame Manasse. Sie zog Hélène an ihre Brust und küßte sie. Hélène fühlte sich voller Widerwillen zwischen ihre heißen, schweren und zitternden Brüste gedrückt.

»Kann ich jetzt spielen gehen, Madame?«

»Gewiß, aber gewiß, geh schnell spielen, meine kleine Hélène; amüsiere dich, soviel du willst, solange du hier bist, mein armes Kind ... Wie schön sie den Knicks macht ... Sie ist bezaubernd, diese Kleine ...«

Hélène lief in den Garten zurück, wo die Jungen sie mit jenen Schreien begrüßten, jenen unkoordinierten Bewegungen, jenen Grimassen, mit denen Kinder dem Übermaß ihres Vergnügens und ihrer Erschöpfung am Ende von Ferientagen Luft machen. Sie sagte kurz:

»Los! In Reihen aufstellen! Rechts um! ...«

Einen Stock über der Schulter, mit dem langen Umhang, der hinter ihrem Rücken flatterte, drillte sie sie, während der

Herbstschnee sie mit seinem feinen, trockenen, weißen und glitzernden Puder bedeckte und die Nacht rasch hereinbrach; ihre schweren Gestalten keuchten atemlos auf den ausgetretenen Pfaden unter den Büschen, und voller Genugtuung schmeckte sie den Wind und die scharfe und feuchte Würze der Luft.

Doch ihr Herz war schwer und von einem komplizierten Schmerz erfüllt, sonderbar und unbegreiflich.

7

Im Sommer, wenn die Hitze kam, ging Hélène zum Spielen in den Park. Die staubige Luft roch nach Pferdeäpfeln und Rosen. Kaum hatte man den Boulevard überquert, hörte man nichts mehr vom Lärm der Stadt; die Straße war von Gärten und alten Linden gesäumt; die Häuser an den Alleen waren kaum zu sehen; manchmal bemerkte man zwischen den Ästen die rosafarbenen Mauern einer kleinen Kapelle und einen goldenen Turm. Keine Wagen, nur wenige Passanten. Die herabgefallenen Blätter dämpften das Geräusch der Schritte. Hélène lief voraus, fröhlich, ungeduldig, kehrte tausendmal zu Mademoiselle Rose zurück und rannte wieder von ihr fort, wie es Kinder und Hunde auf Spaziergängen zu tun pflegen. Sie fühlte sich frei und stark, sie war voller Freude. Sie trug ein weißes Kleid mit Lochstickerei, drei Volants und einem Moirégürtel, verziert mit zwei großen, offenen Stoffmuscheln, die mit Nadeln doppelt an dem gestärkten Tarlatanrock befestigt waren; außerdem einen großen Strohhut mit Spitze, eine weiße Schleife im Haar, Lackschuhe mit Absätzen und schwarzseidene Kniestrümpfe mit Ajourstickerei. Trotzdem gelang es ihr zu laufen, zu hüpfen, auf jede Bank zu klettern, beim Hüpfen grüne Blätter zu zertreten, während Mademoiselle Rose sagte:

»Du wirst dir noch das Kleid zerreißen, Lili...«

Doch sie hörte ihr nicht zu. Sie war zehn Jahre alt; voll berauschender Lust an der Fülle, empfand sie das harte und bittere Glück, lebendig zu sein.

Vor dem Park öffnete sich eine kurze, abschüssige Straße, und dort kauerten alte Frauen mit bloßen Füßen im Schmutz des Trottoirs, das Haar gegen die Sonne mit weißen Taschentüchern bedeckt, und verkauften Erdbeeren und frische Rosen; in Wasserkübeln lagen eingelegte kleine grüne und harte Äpfel.

Manchmal zogen Prozessionen die Straße entlang, Pilger, die gekommen waren, um die berühmten Klöster des Dnjepr zu besuchen. Ein fürchterlicher Geruch nach Schmutz und Wunden ging ihnen voraus, wenn sie, Hymnen grölend, vorbeimarschierten, eine gelbe Staubwolke hinter sich lassend. Die bleichen und durchsichtigen Blüten der Linden fielen auf ihre bloßen Köpfe, verfingen sich in ihren struppigen Bärten. Sehr dicke Prälaten mit langen, glatten schwarzen Haaren trugen mit ausgestreckten Armen schwere goldene Ikonen, die im hellen Sonnenlicht feurig funkelten. Der Staub, die Militärmusik, die Rufe der Pilger, die Schalen der Sonnenblumenkerne, die durch die Luft flogen, all das ließ die Atmosphäre eines trunken machenden wilden Fests entstehen, die Hélène betäubte, bezauberte und gleichzeitig mit einem vagen Widerwillen erfüllte.

»Komm schnell!« sagte Mademoiselle Rose, indem sie das Kind an der Hand nahm und mit sich zog. »Sie sind schmutzig... sie schleppen alle möglichen Krankheiten mit... Komm schon! Hélène...«

Jedes Jahr zur gleichen Zeit wurde die Stadt kurz nach den Pilgerzügen von Epidemien heimgesucht. Besonders schwer traf es die Kinder. Im vorangegangenen Jahr war die älteste Tochter der Grossmanns gestorben.

Hélène gehorchte und lief voraus, doch noch lange hörte sie den vom Wind herbeigewehten Widerhall der Gesänge, die sich in Richtung Dnjepr entfernten.

Im Park wurde Militärmusik gespielt; man hörte den beschwingten Klang der Kapelle mit ihren Blasinstrumenten und Trommeln, während die Studenten langsam um das Wasserbecken kreisten und in entgegengesetzter Richtung, von links nach rechts, die untergehakt schlendernden Gymnasiastinnen. Über der Menge ragte die Statue des Zaren Nikolaus I. empor, die die glühenden Strahlen der Sonne in reichem Maß empfing und weitergab.

Die Studenten und die Gymnasiastinnen lächelten, wenn sie, einander begegnend, flüsternd miteinander sprachen, um Blumen, kleine Zettel und Versprechungen auszutauschen. Die Liebe, das Karussell des Begehrens, die Koketterie, das alles spielte sich über den Kopf des kleinen Mädchens hinweg ab; sie ignorierte es nicht, war aber auch nicht neugierig auf »das da«, wie sie es verächtlich bei sich nannte.

›Wie albern sie sind mit ihrem Augenzwinkern, ihrem erstickten Gelächter, ihren kleinen Schreien!‹

Die Spiele, das Laufen früh am Morgen ... Gab es eine Lust, die der Lust zu laufen gleichkam, wenn das Haar einem ins Gesicht schlug, die Wangen wie zwei Flammen brannten, das Herz bis in den Mund hinein hämmerte, wie es schien? Der keuchende Atem, die verrückte Bewegung des Gartens, der sich um einen drehte, die lauten Schreie, die man ausstieß, fast ohne es zu merken, welches Vergnügen konnte das alles je in den Schatten stellen?

Schneller, immer schneller ... Man stieß an lange Beine von Spaziergängern, man rutschte am Beckenrand aus, man fiel in das kalte und weiche Gras ...

Es war verboten, in die dunklen Alleen hineinzugehen, wo sich auf Bänken im Schatten Paare küßten. Und doch kam es am Ende immer dazu, daß Hélène und die Jungen, die mit ihr spielten, sich dort fanden, mitgerissen von ihren Wettläufen; aber ihre gleichgültigen Kinderaugen betrachteten die aneinander klebenden bleichen Gesichter, die durch zwei zärtliche und bebende Lippenpaare verbunden waren, ohne sie wirklich zu sehen.

Eines Tages, im Sommer ihres zehnten Lebensjahrs, sprang Hélène über das Gitter in die Allee, zerriß sich dabei die Spitzenvolants ihres Kleids und versteckte sich im Gras; vor ihr saßen zwei Liebende auf einer Bank und streichelten einander; der Jahrmarktslärm, der den Park erfüllt hatte, legte sich mit dem beginnenden Abend; man hörte nur noch ein weit entferntes, wohltuendes Gemurmel, das Geräusch der Fontänen, Vogelgesang, erstickte Worte. Die Strahlen der Sonnen drangen nicht durch das Gewölbe der Eichen und Linden; auf dem Rücken liegend, sah Hélène das Licht dieser Stunde – es war sechs Uhr abends – in den Baumwipfeln. Brennender Schweiß rann ihr übers Gesicht, und der Wind, der ihn trocknete, hinterließ ein frisches und weiches Gefühl auf ihrer Haut; sie schloß die Augen. Sollten die Jungen sie doch suchen... Sie langweilten sie... Auf der Spitze der hohen Gräser landeten Insekten, golden, durchscheinend; sie amüsierte sich damit, ihre Flügel, wenn sie stillsaßen, ganz behutsam von unten anzuhauchen, die schienen sich dann mit Mühe voneinander zu lösen, sich aufzublähen, und plötzlich verschwanden sie im Azur. Sie stellte sich vor, daß sie ihnen auf diese Weise den Flug erleichterte. Genüßlich rollte sie im Gras, zerdrückte es mit ihren kleinen, heißen Händen, rieb voller Wehmut ihre Wange am duftenden Boden. Hinter dem Gitter sah sie die große, leere Straße. Ein Hund leckte seine Wunden; er saß auf den Steinen, heulte und winselte laut; Glocken klangen, leise und schwerfällig; nach einiger Zeit kam eine einzelne Gruppe von Pilgern vorbei, doch ermattet und ohne zu singen, ihre nackten Füße gingen lautlos im Straßenstaub dahin, und die Zierbänder der Ikone, die sie trugen, wellten sich kaum in der stillen Luft.

Auf der Bank ein junges Mädchen, das die Uniform der städtischen Gymnasiastinnen trug: ein einfaches braunes Kleid, schwarzer Kittel, das Haar unter dem flachen Strohhut zu einem kleinen runden Knoten gedreht, und Posnansky, der Sohn eines polnischen Advokaten, küßte sie schweigend.

›Dumme Gans‹, dachte Hélène.

Voller Spott betrachtete sie die rosafarbene, hochrote, glutrote Wange unter der Schale des schwarzen Haars. Der Junge schob mit Siegermiene die graue, mit dem Zarenadler verzierte Gymnasiastenkappe in den Nacken.

»Sie haben dumme Vorurteile, Tonia, erlauben Sie mir, Ihnen das zu sagen«, erklärte er mit der ungleichmäßigen und rauhen Stimme, die sich im Umbruch befindet und in die sich zuweilen noch die weiblichen und weichen Klänge des Knaben mischen.

Er sagte:

»Wenn Sie nur wollten, könnten wir an den Dnjepr gehen, heute nacht, im Mondschein... Wenn Sie wüßten, wie gut das ist... Man macht ein großes Feuer auf der Wiese, und man geht schlafen. Man fühlte sich so wohl wie in einem richtigen Bett, und man hört die Nachtigallen singen...«

»Ach! Schweigen Sie doch!« murmelte das Mädchen, das errötend und kraftlos die zwei Hände wegschob, die ihr Mieder aufhakten, »natürlich werde ich nicht mitkommen... Wenn sie das wüßten, bei mir zu Hause... und ich habe Angst, ich will nicht, daß Sie mich verachten... Ihr seid doch alle gleich...«

»Liebling!« sagte der Junge.

Er zog ihr Gesicht zu sich.

›Arme Närrin‹, dachte Hélène, ›nein, ich bitte euch, welches Vergnügen, welche Freude kann sie darin finden, ihre Wange an den harten Metallknöpfen zu reiben; an ihrer Brust die rauhe Wolle der Uniform zu spüren, diesen bestimmt ganz nassen Mund auf ihrem, pah ... Ist es das, was sie 'Liebe' nennen?‹

Die ungeduldige Hand des Jungen zog das Oberteil des schwarzen Kittels der Gymnasiastin so schroff herunter, daß der Stoff nachgab; Hélène sah zwei kleine, kaum entwickelte Brüste herausquellen, zart und blaß, die von den gierigen Händen des Verehrers ergriffen wurden.

»Pfui, wie gräßlich!« murmelte sie.

Eilig wandte sie den Blick ab und ließ sich tief ins Gras sinken, das leicht hin und her schwankte, denn mit dem Abend war Wind aufgekommen; er roch nach dem nahen Fluß und dem Röhricht an seinen Ufern. Einen Moment lang stellte sie sich den langsam fließenden Strom unter dem Mond vor und die Feuer an seinen Ufern. In dem Jahr, in dem sie Keuchhusten gehabt hatte, war ihr Vater, weil der Arzt zu einer Luftveränderung geraten hatte, mit ihr in einem Ruderboot hinausgefahren, manchmal, in der Dämmerung, nach Büroschluß. Nachts hatten sie halt gemacht bei einem der kleinen weißen Klöster, die, eines nach dem anderen, auf den Inselchen aufragten. Das war schon lange her ... Sie hatte den vagen Gedanken, daß das Haus damals anders gewesen war, den anderen Häusern ähnlicher, »natürlicher« ... Sie suchte vergeblich nach einem anderen Wort und wiederholte seufzend:

»Natürlicher ... Sie haben sich gestritten, aber ... es war nicht dasselbe ... Alle streiten sich ... Jetzt ist *sie* nie da ... Wo kann sie sich nur herumtreiben, frage ich mich, ganze Nächte lang?«

Doch dabei fiel ihr ein, daß auch ihre Mutter manchmal vom nächtlichen Dnjepr sprach und vom Gesang der Nachtigallen in den alten Linden am Ufer...

Sie pfiff vor sich hin, hob einen Ast auf, der im Gras lag, und schälte langsam die Rinde ab.

»Der Dnjepr im Mondschein, nachts... Die Liebe, die Verliebten, die Liebe«, murmelte sie; sie zögerte etwas und sprach leise das Wort aus jenen französischen Romanzen vor sich hin, die ihre Mutter so oft unter Seufzen gesungen hatte:

»Geliebter... Ein Geliebter, so nennt man das...«

Doch voller Unbehagen suchte sie noch nach etwas anderem auf dem Grund ihres Gedächtnisses... Unterdessen mußte sie zurückkehren; die ersten Gießkannen entleerten sich über dem Flieder, und der süße und durchdringende Duft seiner Blüten stieg in die Luft. Sie stand auf, ging auf die Bank zu und wandte dabei den Blick ab.

Doch als sie am äußersten Ende der Allee angelangt war, warf sie, ohne es zu wollen, mit einem dunklen Gefühl von Widerwillen, Scham und Faszination einen verstohlenen Blick auf die unbeweglich dasitzenden Liebenden; ihr schweigender Kuß war so sanft und so tief, daß eine Sekunde lang etwas Schmerzlich-Zartes Hélène wie ein Pfeil ins Herz traf. Sie zuckte die Achseln und dachte nachsichtig wie eine alte Frau:

›Ach! Sollen sie doch weitermachen, wenn es ihnen Spaß macht...‹

Sie kletterte über das Gitter, ließ sich voller Vergnügen die nackten Waden von den Ranken zerreißen, die daran hochwuchsen, und kehrte über einen langen Umweg in die Allee zurück, wo Mademoiselle Rose ihre Spitzenkragen häkelte.

Sie machten sich auf den Heimweg, Hélène schweigend, mit gesenktem Kopf neben Mademoiselle Rose. In der Dämmerung sah man noch deutlich die Statue Nikolaus' I. auf seinem Sockel, sein stumpfsinniges Gesicht, das die schläfrige Stadt bedrohte, doch die Straßen waren nur noch Dunkelheit, Gerüche, Gemurmel, letzte, schlaftrunkene Vogelrufe, leichte Schatten der Fledermäuse unter dem Mond, dem schönen, runden, rosenfarbigen Mond...

Zu dieser Stunde war das Haus leer... *Sie* trieb sich weiß Gott wo herum... Der Großvater aß ein Eis auf der Terrasse des Café François und erinnerte sich seufzend an das Tortoni. Das parfümierte Eis schmolz in der Hitze, im Grün des Abends. Er las die französischen Zeitungen, die im leichten Wind fröhlich an ihre Stangen knallten. Hélène beachtete ihn nicht, aber er dachte an sie, freundschaftlich und voller Zuneigung. Er liebte nur sie auf der Welt... Bella war eine Egoistin, eine schlechte Mutter... ›Was ihr Benehmen betrifft, das ist, Gott sei Dank, nicht mehr meine Sache... Zudem hat sie vollkommen recht, denn es gibt auf der Welt nichts Gutes außer der Liebe... Aber die Kleine... Sie ist so klug... die Kleine wird leiden... sie versteht schon, sie ahnt es...‹ Ach, gleichviel! Was konnte er schon dagegen tun? Er haßte Debatten, Reden, Streitereien... In seinem Alter hatte er es wohl verdient, daß man ihn in Ruhe ließ... Und dann gab es das Geld, das Geld... Das Geld gehörte nicht Bella, aber jedesmal gelang es ihr geschickt, ihm zu verstehen zu geben, daß sie alle nur dank ihr und ihrem Ehemann leben konnten... Und ebenso rief sie ihm jedesmal sein verschleudertes Vermögen in Erinnerung... Arme Kleine... Und doch, sie liebte sie; sie war stolz auf sie, auf ihre anhaltende Jugend, auf ihre schönen Kleider, auf ihre reine französische Aussprache... Sie lebten nicht allzu schlecht miteinander, ohne sich gegenseitig zu stören, ohne sich zu überwachen... Später würde sich alles fügen... Sie würde älter werden... Sie würde so werden wie die anderen Frauen, sich mit dem täglichen Klatsch und Tratsch beschäftigen, Karten spielen und vielleicht eine zögernde Zuneigung zu ihrer Tochter fassen...

Alles war möglich... Nichts hatte allzuviel Bedeutung... Er bestellte ein letztes Pistazieneis, aß es langsam und genießerisch und betrachtete dabei die Sterne.

Zu Hause ging die Großmutter von einem Fenster zum anderen und sagte seufzend:

»Hélène... Hélène ist noch nicht zurück... Heute morgen hat es geregnet... Aber Mademoiselle Rose erzieht sie auf französische Art...«

›Auf französische Art‹, dachte sie haßerfüllt, ›sie wird das Kind noch verlieren, bei dieser Zugluft, diesen offenstehenden Fenstern...‹ Ach! Wie sie Mademoiselle Rose haßte... Ein schüchterner, tiefer Haß, der ihr Herz erfüllte... den sie jedoch vor sich selbst verbarg; sie sagte nur:

»Sie können das Kind nicht so lieben wie wir, diese Gouvernanten, diese Ausländerinnen...«

Hélène schwieg beim Gehen; sie hatte Durst. Gierig dachte sie an den Geschmack der kalten Milch, die sie erwartete, in einer alten blauen Schale auf dem Toilettentisch in ihrem Zimmer. Wie sie trinken würde, mit zurückgelegtem Kopf, wie sie die kalte und süße Milch schmecken würde, die in ihren Mund floß, die Kehle hinunter... Und als ob sein kaltes Licht die köstliche Empfindung ihres gestillten Durstes noch verstärkte, stellte sie sich den Mond vor, wie er hinter den Fensterscheiben leuchtete. Und dann, unvermittelt, brüsk, schon auf der Schwelle des Hauses, erinnerte sie sich an das

Unterhemd, das sie im Zimmer ihrer Mutter entdeckt hatte, das Unterhemd, das zerrissen war wie der schwarze Kittel der Gymnasiastin ... Sie stieß ein kleines »Ah!« der Überraschung aus, weil die intellektuelle Befriedigung dieser Entdeckung ihr sogar ein Gefühl ausgeprägten Vergnügens verlieh; sie ergriff Mademoiselle Roses Hand und sagte, indem sie den verschmitzten und glänzenden Blick ihrer braunen Augen auf sie richtete, lächelnd:

»Jetzt weiß ich es. Sie hat einen Geliebten, nicht?«

»Sei still, sei still, Hélène«, flüsterte Mademoiselle Rose.

›Sie hat schnell begriffen, von wem ich sprach‹, dachte Hélène.

Sie stieß einen kleinen, fröhlichen Vogelruf aus, hüpfte auf den alten Steinpfosten und sang leise:

»Einen Geliebten! ... Einen Geliebten! ... Sie hat einen Geliebten! Ach, was habe ich für einen Durst«, sagte sie plötzlich ermattet, als sie sah, daß die Lampe in ihrem Zimmer angezündet wurde. »Mademoiselle Rose! Liebe Mademoiselle Rose, warum darf ich kein Eis essen?«

Doch Mademoiselle Rose war in Gedanken versunken und gab ihr keine Antwort.

8

Hélènes Leben hatte, wie jedes Leben, seine glücklichen Momente. Jahr für Jahr fuhr sie mit ihrer Mutter und Mademoiselle Rose nach Frankreich ... Wie groß war ihre Freude, Paris wiederzusehen! ... Sie liebte es so sehr! ... Jetzt, da Boris Karol reich wurde, stieg seine Frau im Grand Hotel ab, aber Hélène wohnte in einer kleinen, dunklen und heruntergekommenen Familienpension hinter Notre-Dame de Lorette. Hélène wurde größer; man mußte sie so weit wie möglich von dem Leben entfernen, das ihre Mutter so gern führte. Madame Karol fügte ihrem persönlichen Budget die Summe bei, die sie bei der Einquartierung von Hélène und Mademoiselle Rose einsparte, und versöhnte so ihre eigenen Interessen mit den Forderungen der Moral. Doch Hélène war vollkommen zufrieden. Während einiger Monate mischte sie sich in das Dasein der französischen Kinder ihres Alters. Wie sie sie beneidete! ... Sie wurde nicht müde, diese Kinder zu betrachten. In einem dieser grauen und stillen Viertel geboren zu sein, wo alle Häuser sich ähnelten, was für ein Traum ... Dort geboren zu sein, dort aufzuwachsen ... In Paris zu Hause zu sein ... Nicht mehr jeden Morgen ihre Mutter sehen zu müssen, wie jetzt, wenn sie sie im Bois traf und langsam an ihrer Seite den Rundgang durch die Allée des Acacias machte (und nachdem sie diese Pflicht erledigt hatte, sagte sich Bella Karol, daß nun bis zum folgenden Morgen keine Notwendigkeit mehr bestehe, an ihre Tochter zu denken, außer im Fall einer schweren Krankheit), ihre Mutter nicht mehr zu sehen, wie sie mit ihrem Jackett aus Irland, ihrem getüpfelten Hutschleier, ihren über das tote Laub fegenden Röcken und, wie es damals für die Frauen üblich war, mit Federn geschmückt »wie ein Leichenwagenpferd«, der Straßenecke entgegenging, wo ein zigarrenfarbiger Argentinier sie erwartete... Nicht mehr fünf Stunden im Eisenbahnwaggon fahren zu müssen, um in ein barbarisches Land zurückzukehren, wo sie sich ebensowenig ganz zu Hause fühlte, weil sie besser französisch als russisch sprach, weil sie eine Lockenfrisur hatte und ihr Haar nicht straff geflochten war zu kleinen glatten Zöpfen, weil ihre Kleider nach den neuesten Pariser Modellen geschneidert waren... Etwa dieses kleine Mädchen zu sein, Tochter eines Ladenbesitzers in der Nähe der Gare de Lyon, eine schwarze Schürze zu tragen, Wangen zu haben wie rosige Radieschen und seine Mutter (eine andere Mutter) fragen zu können:

»Mama, wo sind die karierten Hefte zu einem Sou?«

Dieses kleine Mädchen zu sein...

»Hélène, geh aufrecht.«

»Oh, verflixt!«

»Jeanne Fournier« zu heißen oder »Loulou Massard« oder »Henriette Durand«, ein leicht zu verstehender Name, leicht zu behalten... Nein, sie war nicht wie die anderen... nicht ganz... Wie schade!... Und doch... Ihr eigenes Leben war reicher und erfüllter als das der anderen Kinder... Sie kannte so viele Dinge! Sie hatte so viele verschiedene Länder gesehen... Es kam ihr zuweilen vor, als lebten zwei Seelen in ihrem Körper, ohne sich zu vermischen, als bestünden sie nebeneinander, ohne daß man sie verwechseln könnte... Sie war ein kleines Mädchen, doch sie hatte schon so viele Erinnerungen, daß sie keine Mühe hatte, dieses Wort der Erwachsenen zu verstehen: Erfahrung... Manchmal, wenn sie darüber nachdachte, wurde sie von einer Art berauschender Freude überwältigt. Sie wanderte in Paris umher, im roten Sonnenuntergang um sechs Uhr abends, wenn eine Flut von Lichtern durch die Straßen strömte; sie hielt Mademoiselle Roses Hand und betrachtete alle Gesichter, die vorbeitrieben, erfand für jedes einzelne einen Namen, eine Vergangenheit und phantasierte Geschichten von Liebe und Haß. Voller Stolz dachte sie: ›In Rußland würden diese Leute kein Wort verstehen. Sie würden nicht wissen, was ein Händler, ein Kutscher, ein Bauer denkt ... Aber ich weiß es ... Und sie verstehe ich auch ... Sie stoßen mich. Sie lassen meinen Ball unter ihre Füße rollen. Sie denken: Diese Kinder machen immer nur Ärger – aber ich, ich bin schlauer als sie. Ich bin ein kleines Mädchen, aber ich habe mehr Dinge gesehen als sie in ihrem ganzen langen, langweiligen Leben ...‹

So dachte sie, und dann sah sie die weihnachtlichen Auslagen in einem der Kaufhäuser und stellte sich erneut voller Sehnsucht eine Pariser Familie vor, eine kleine Wohnung und einen Christbaum unter der Hängelampe aus Porzellan ...

Währenddessen wurde sie größer. Ihr Körper verlor die stämmige Robustheit der frühen Kindheit; ihre Glieder wurden dünner und magerer; ihr Gesicht wurde blasser, das Kinn länger, die Augen sanken tiefer in die Höhlen; die schönen rosafarbenen Schattierungen ihrer Wangen verflüchtigten sich.

Im Winter, der dem Krieg voranging, wurde sie zwölf Jahre alt. Da wohnte sie in Nizza, und eines Tages kam ihr Vater aus Sibirien zurück und nahm seine Familie mit nach Sankt Petersburg, wo sie von nun an leben würden.

In Nizza sollte Hélène in diesem Jahr zum erstenmal mit einem anderen Gefühl als dem der verächtlichen Gleichgültigkeit das sanfte, liebende Geräusch des Meeres vernehmen, italienische Romanzen, das Wort »Geliebter«, das Wort »Liebe«... Die Nächte waren so warm, so duftend... Sie war in dem Alter, in dem Mädchen plötzlich mit klopfendem Herzen erwachen, unter dem bestickten Stoff des Nachthemds mit zitternden Händen ihre flachen Brüste umklammern und denken:

»Zu der und der Zeit werde ich fünfzehn sein, sechzehn... Zu der und der Zeit werde ich eine Frau sein...«

Boris Karol traf an einem Morgen im März ein. Später sollte das Gesicht ihres Vaters in ihrer Erinnerung immer so aussehen wie an jenem Tag, im Durcheinander und im Dampf eines Bahnsteigs. Er war kräftiger, hatte einen gebräunten Teint und rote Lippen. Als er sich zu ihr beugte, damit sie ihren Mund auf seine rauhe Wange drücken konnte, erfüllte das Gefühl der Liebe, das sie für ihn empfand, ihr Herz auf einmal mit einer fast schmerzhaften Freude, scharf wie die Angst. Sie ließ Mademoiselle Rose los und hängte sich an die Hand ihres Vaters. Er lächelte sie an. Wenn er lachte, erhellte sich sein Gesicht wie durch eine Art Geistesblitz mit spitzbübischer Fröhlichkeit. Zärtlich küßte sie die schöne braune Hand mit den harten Fingernägeln, die ihren eigenen so ähnlich sahen. Kurz darauf erklang der durchdringende und traurige Pfiff des abfahrenden Zuges, wie ein musikalisches Thema, das seitdem immer wieder die kurzen Auftritte ihres Vaters in ihrem Leben begleitete. Gleichzeitig begann, über sie hinweg, jenes Gespräch, das nur noch den Klang menschlicher Worte hatte – denn die Bedeutungen der Worte waren durch Zahlen ersetzt worden – und das in ihrer Nähe, über ihren Kopf hinweg, nicht mehr aufhören würde zu ertönen, von dieser Minute an bis zu dem Augenblick, in dem der Tod die Lippen des Vaters schloß.

»Millionen, Millionen, Aktien ... die Aktien der Shell-Bank ... die Aktien von De Beers, zu 25 gekauft, zu 90 verkauft ...«

Ein junges Mädchen ging langsam vorbei, mit wiegenden Hüften, einen Korb voller silberner Fische auf dem Kopf:

»Sardini! Belli sardini!«

In ihrem herben Tonfall klangen die is klagend, durchdringend wie der Schrei eines Meeresvogels.

»Ich habe spekuliert ... Er hat spekuliert ...«

Die Glöckchen des gemieteten Landauers klingelten leise; das Pferd schüttelte seine langen Ohren, wenn es den Kopf in den Hafersack senkte; der Kutscher kaute an einer Blume.

»Ich habe gewonnen ... Ich habe verloren ... Ich habe wieder gewonnen ... Das Geld, die Aktien ...«

»Kupfer, Silberminen, Goldminen ... Phosphate ... Millionen, Millionen, Millionen ...«

Später, als Karol gegessen und sich umgezogen hatte, ging er aus, und Hélène ließ nicht locker, bis sie ihn begleiten durfte. Sie überquerten die Promenade des Anglais. Sie schwiegen. Worüber hätten sie miteinander sprechen können? Karol interessierten nur Geld, der Mechanismus des Gewinns, die Geschäfte, und Hélène war ein unschuldiges Kind. Sie betrachtete ihn voller Bewunderung.

Er lächelte ihr zu, kniff sie in die Wange. »Was meinst du, wollen wir mal Monte Carlo ausprobieren?«

»O ja!« sagte Hélène leise und schloß halb die Augen; besser konnte sie ihre Freude nicht zum Ausdruck bringen.

In Monte Carlo, kaum hatten sie es ein wenig kennengelernt, zeigte sich Karol beunruhigt. Er trommelte einen Moment auf den Tisch, schien zu zögern, dann stand er unvermittelt vom Tisch auf und zog sie mit sich.

Sie betraten das Kasino.

»Warte hier auf mich«, sagte er und zeigte ihr die Vorhalle; dann verschwand er.

Sie setzte sich und paßte dabei auf, den Rücken geradezuhalten und weder ihre Handschuhe noch ihren Mantel schmutzig zu machen. Der Spiegel, vor dem sich eine verstört und erschöpft aussehende Frau mit ausholenden Bewegungen die Lippen schminkte, zeigte ihr das Bild eines mageren und zierlichen kleinen Mädchens, das Gesicht von Locken umrahmt, das seinen ersten echten Pelz um den Hals trug, einen kleinen, glatten Hermelin, den der Vater aus Sibirien mitgebracht hatte. Lange wartete sie so. Die Zeit verging. Männer kamen herein, andere gingen hinaus. Sie sah seltsame Gestalten, alte Frauen mit Einkaufstaschen, mit noch ganz zittrigen Händen, weil das Gold zum Greifen nah gewesen war. Es war nicht das erste Kasino, das sie sah; in einer ihrer frühesten Erinnerungen bahnte sie sich einen Weg durch den Spielsaal von Ostende, wo manchmal Goldstücke zu den Füßen der gleichmütigen Spieler hinabrollten. Doch heute konnten ihre Augen mehr sehen als die sichtbare Welt. Sie beobachtete diese geschminkten, gepuderten Frauen; sie dachte:

›Haben sie Kinder? Sind sie einmal jung gewesen? Sind sie glücklich?‹

Denn es kommt ein Alter, in dem das Mitleid, das man bis dahin nur Kindern entgegengebracht hat, eine andere Form annimmt, ein Alter, in dem man die verblühten Gesichter der »Alten« betrachtet und ahnt, daß man ihnen eines Tages ähneln wird... Und das ist der Zeitpunkt, an dem die Kindheit endet.

Draußen verdunkelte sich der Himmel; schöne, samtene Nacht, italienische Nacht, leuchtende Wasserstrahlen, Düfte,

strahlende Magnolienblüten, eine sanft streichelnde Brise...
Hélène, deren Gesicht an der Scheibe klebte, sah hinaus in diese
Nacht, die zu sehr zu glühen schien, zu sinnlich war, ›nichts
für Kinder‹, dachte sie lächelnd. Sie kam sich klein vor, verloren und schuldbeladen. (›Warum? Man wird mich nicht erwischen. Es ist nicht meine Schuld. Ich bin mit Papa zusammen
gewesen. Er ist übrigens nicht lange mit mir zusammen geblieben...‹) Es war acht Uhr abends. Vor dem Café de Paris fuhren Wagen vor; festlich gekleidete Männer stiegen aus, Frauen
in Ballkleidern. Unter einem Balkon hörte sie die Klänge von
Mandolinen, Küssen, ersticktem Lachen. An der Mole glänzten schwache Lichter, und aus den dunklen Straßen kamen die
Prostituierten der Küste von überall her auf das Kasino zu.
Jetzt war es neun Uhr... ›Ich habe Hunger‹, dachte Hélène;
›was soll ich tun? Es bleibt mir nichts anderes übrig, als hierzubleiben und weiter zu warten, denn in die Spielsäle wird man
mich nicht lassen. Außerdem gibt es so viele, die warten wie ich
und sich damit abfinden... Die Vorhalle ist voller angstvoller
und erschöpfter Frauen, die warten, ohne sich zu beklagen...‹
Sie fühlte sich sonderbar alt und resigniert; wenn es nötig war,
würde sie sich damit abfinden, die Nacht hier zu verbringen,
auf dieser Bank. Wenn sich nur ihre schweren Lider nicht immer schließen wollten... Die Zeit ging so langsam vorbei...
und doch bewegte sich der Zeiger unter dem Giebel des Kasinos seltsam rasch. Eben war es halb zehn, eine ganz normale
Tageszeit, die Stunde, in der man zu Bett ging. Doch schon war
der Zeiger vorgerückt, zeigte Viertel vor zehn, zehn Uhr... Um
nicht einzuschlafen, begann sie, auf und ab zu gehen. Eine Frau
wanderte im Schatten entlang und ließ ihre Boa aus rosafarbenen Federn flattern. Hélène betrachtete sie. Es kam ihr vor,
als würde ihr Geist, der durch den Hunger auf geheimnisvolle

Weise leicht geworden war, sie in das Leben dieser unbekannten Frau eindringen lassen, so daß sie deren Erschöpfung und deren Unruhe in ihrem eigenen Inneren spürte. Wie hungrig sie war... Sie erschnupperte den Duft der Bouillon, der durch ein Kellerfenster aus der Küche des Café de Paris aufstieg.

›Ich bin wie ein Koffer, den man in der Gepäckaufbewahrung vergessen hat‹, dachte sie in dem Versuch, sich über sich selbst lustig zu machen.

Natürlich war das alles komisch, sehr komisch... Sie sah sich um. Es waren keine Kinder da: Sie waren alle schon im Bett. Eine aufmerksame Hand hatte die Vorhänge zugezogen, die Fenster geschlossen. Sie hörten nicht das Getuschel des alten Mannes, der die Blumenmädchen ansprach; sie sahen nicht die sich küssenden Paare auf jeder Bank.

›Mademoiselle Rose hätte mich nicht vergessen, sie nicht... Ich hatte wirklich noch Illusionen‹, dachte sie bitter, ›nur sie liebt mich wirklich, von allen Menschen auf der Welt.‹

Elf Uhr. Die weiße Stadt im Glanz des Mondes war starr und sonderbar wie ein Traum... Hélène wanderte hin und her, wanderte, mit halbgeschlossenen schläfrigen Augen, zählte, um nicht einzuschlafen, die Lichter auf der Mole, die Lampen in den Häusern. Pah! Nur nicht heulen... Würde sie etwa losheulen wie ein Kind, das man im Park vergessen hat?... Da kamen die letzten Hexen aus dem Kasino, die ihre Einkaufstaschen ans Herz drückten, und auf ihren Gesichtern verlief die Schminke... Und hinter ihnen? Diese weißen Haare, diese Züge, erleuchtet von jenem inneren Feuer der Freude und der Leidenschaft, das sie so sehr liebte?... Es war ihr Vater.

Er nahm ihre Hand und drückte sie fest.

»Meine arme Tochter, na... Ich hatte dich vergessen... Gehen wir schnell nach Hause...«

Sie wagte ihm nicht zu sagen, daß sie Hunger hatte. Sie wollte ihn nicht die Achseln zucken sehen und ihn seufzend sagen hören wie ihre Mutter:

»Die Kinder ... was für eine Last!«

»Hast du wenigstens gewonnen, Papa?«

Die Lippen ihres Vaters bebten bei einem kleinen Lächeln, das freudig und schmerzlich zugleich war.

»Gewonnen? ... Ja, ein bißchen ... Aber spielt man denn, um zu gewinnen?«

»Ach? ... Weshalb denn sonst?«

»Um zu spielen, meine Tochter«, sagte der Vater, und das bittere und brennende Blut, das in seinen Adern floß, schien seine Hitze in Hélènes Hand zu gießen; er betrachtete sie mit liebevoller Verachtung:

»Das kannst du nicht verstehen. Du bist noch zu klein. Und du wirst es nie verstehen. Du bist nur eine Frau.«

Zweiter Teil

1

In der fahlen Dämmerung eines Herbsttages des Jahres 1914 traf Hélène mit Mademoiselle Rose in Sankt Petersburg ein, wo ihre Eltern schon seit mehreren Wochen lebten.

Wie immer, wenn sie ihre Mutter nach langer Abwesenheit wiedersehen sollte, zitterte Hélène vor Angst, doch wollte sie lieber tot sein, als sich etwas anmerken zu lassen...

Es war einer der dunkelsten und feuchtesten Tage einer traurigen Jahreszeit, in der sich in jenen Breiten kaum einmal die Sonne zeigt, in der man im Lampenlicht erwacht, aufsteht, ißt und arbeitet, in der von einem gelben Himmel weiche, feuchte Schneeflocken fallen, die der Wind wütend durcheinanderwirbelt. Wie er an jenem Tag wehte, dieser schneidende Wind des Nordens, und was für ein unappetitlicher Geruch nach fauligem Wasser von der Newa aufstieg!

In den Straßen brannten die Laternen. Dichter Nebel strich wie Rauchschwaden durch die Luft. Von vornherein haßte Hélène diese unbekannte Stadt; bei ihrem Anblick zog sich ihr Herz zusammen, als sähe sie ein Unglück kommen; nervös zerrte sie an Mademoiselle Roses Mantel, suchte ängstlich die vertraute Wärme ihrer Hand, dann drehte sie sich um und betrachtete mit traurigem Erstaunen ihr bleiches und angespanntes Gesicht, das sich im Wagenfenster spiegelte.

»Was ist los, Lili?« fragte Mademoiselle Rose.

»Nichts. Mir ist kalt. Diese Stadt ist entsetzlich«, murmelte Hélène voller Verzweiflung. »Und in Paris sind die Bäume gerade jetzt ganz golden.«

»Aber meine arme Hélène, wir hätten sowieso nicht nach Paris fahren können, denn es ist Krieg«, sagte Mademoiselle Rose traurig.

Sie schwiegen; schwere, eilige Regentropfen rannen an den Scheiben hinunter wie Tränen auf einem Gesicht.

»Sie hat uns nicht einmal am Bahnhof abgeholt«, sagte Hélène bitter, und es schien ihr, als walle eine Flut des Leidens und der Gehässigkeit in ihrem Inneren auf, die ihren Ursprung in den unergründlichen Tiefen ihrer selbst hatte, einem Bereich, über den sie nichts wußte.

Mademoiselle Rose korrigierte automatisch:

»Man sagt nicht einfach ›sie‹. Man sagt: ›Mama‹ ... ›Mama hat uns nicht abgeholt ...‹«

»Mama hat uns nicht abgeholt ... Sie hat wahrscheinlich keine große Lust, mich wiederzusehen ... Mir geht es übrigens genauso«, sagte Hélène leise.

»Na also, worüber beschwerst du dich dann?« antwortete Mademoiselle Rose sanft, »so hast du ein bißchen Zeit gewonnen ...«

Ihr Lächeln war gefärbt von melancholischer Ironie, was Hélène überraschte. Das kleine Mädchen fragte:

»Haben sie jetzt einen Wagen?«

»Ja. Dein Vater hat viel Geld gemacht.«

»Ach, so? Und die Großeltern? Kommen sie nicht hierher?«

»Ich weiß es nicht.«

Doch Hélène wußte sehr wohl, daß ihre Großeltern die Ukraine niemals verlassen würden; eine Rente hielt sie endgültig von den Karols entfernt. Das war das erste, was Bella mit ihrem Vermögen gemacht hatte ...

Als Hélène an ihre Großeltern dachte, empfand sie ein Mitleid, das sie kaum ertrug, es kam ihr feige vor. Sie bemühte sich, nicht mehr an sie zu denken, doch ohne ihr Zutun kamen sie ihr immer wieder in den Sinn: Sie sah wieder, wie sie mit raschen und unsicheren kleinen Schritten den Bahnsteig entlangliefen, als der Zug abfuhr. Ihre Großmutter weinte, und das veränderte sie kaum, die arme Frau; doch der alte Safronow warf sich noch einmal in die Brust, er richtete sich auf, schüttelte seinen Stock und rief mit zitternder Stimme:

»Bis bald! Wir kommen dich in Sankt Petersburg besuchen! Sag Mama, daß sie uns bald einladen soll.«

»Dessen kann er sicher sein, armer Großpapa«, murmelte Hélène. Sie ahnte nicht, daß der alte Mann besser als sie selbst wußte, woran er war. Sie hatte keinen Begriff davon, mit welcher Wut und mit welchen Gewissensbissen er nach der Heimkehr, in dem leeren Haus, mit seiner leise seufzenden und weinenden Frau im Schlepptau, dachte:

›Jetzt bin ich dran, es ist soweit! Ich bin immer der erste gewesen, ich habe alles in der Welt für mein Vergnügen geopfert, für meine Launen! Jetzt bin ich alt und kann nicht mehr mithalten, jetzt bin ich es, der zurückbleibt‹, und als er sich zu seiner Frau umdrehte, auf die er zum erstenmal in seinem Leben zu warten geruht hatte, sagte er, wenn auch unter wütendem Grummeln und indem er mit dem Stock auf den Boden hämmerte:

»Nun komm, beeil dich, du lahme Ente!«

›Großvater, Großmutter, ihr seid entlassen‹, dachte Hélène mit jenem traurigen Humor, den sie von ihrem Vater geerbt hatte.

Unterdessen hatte der Wagen vor einem großen und schönen Haus gehalten. Die Wohnung der Karols war so geschnitten, daß man von der Diele aus bis in die Zimmer am anderen

Ende blicken konnte; durch große, offenstehende Türen sah man eine Flucht weißer und goldener Salons. Hélène stieß an einen weißen Flügel, sah ihr blasses und verstörtes Gesicht in zahlreichen Spiegeln und gelangte endlich in ein kleineres, dunkleres Zimmer, wo sich ihre Mutter aufhielt. Sie stand aufrecht, angelehnt an einen Tisch; neben ihr saß ein junger Mann, den Hélène nicht wiedererkannte.

›Um drei Uhr nachmittags eingeschnürt in ein Korsett‹, dachte Hélène, da sie sich an die locker sitzenden Morgenmäntel, das ungekämmte Haar ihrer Mutter erinnerte; sie sah auf und erfaßte mit einem einzigen Blick die zahlreichen neuen Ringe an den weißen Fingern, das elegante Kleid, die schlanke Taille, den Ausdruck von Freude und Begeisterung, den das harte Gesicht angenommen hatte, sah das alles, bewahrte es in ihrem Herzen und vergaß es nie mehr...

»Guten Tag, Hélène... Der Zug ist also früher gekommen? Ich hatte dich nicht so bald erwartet.«

Hélène murmelte:

»Guten Tag, Mama...«

Das Wort »Mama« sprach sie nie mit zwei deutlich unterschiedenen Silben aus; sie artikulierte es, fast ohne die Lippen voneinander zu lösen, sagte schnell und gleichsam knurrend »Ma«, entriß das Wort angestrengt und mit einem dumpfen und tückischen kleinen Schmerz ihrem Inneren.

»Guten Tag.«

Die geschminkte Wange senkte sich zu ihr herab; sie drückte vorsichtig ihren Mund darauf, indem sie zwischen Creme und Puderstaub instinktiv nach einer freien Stelle suchte.

»Zerzaus mich nicht... Willst du deinen Cousin nicht begrüßen? Erkennst du deinen Cousin nicht, Max Safronow?«

Auf ihrem bemalten Mund, dünn und rot wie ein Blutfaden, erschien ein triumphierendes Lächeln.

Hélène erinnerte sich unvermittelt an die Kutsche Lydia Safronows, der sie früher in den Straßen ihrer Heimatstadt begegnet war; in ihrer Vorstellung sah sie wieder die bewegungslose Frau, die aus dem Skunkpelz heraus ihren kleinen Vipernkopf mit den schwarzen Augen emporreckte und sie mit kaltem Blick durchbohrte.

›Max hier?... Oh, wie reich müssen sie sein‹, dachte sie spöttisch.

Sie war fasziniert von der Blässe des jungen Mannes; zum erstenmal sah sie den weißen Teint der Bewohner von Sankt Petersburg, diese Haut, die völlig blutleer zu sein schien, bleich wie eine Blume, die in einer Höhle gewachsen ist. Er sah hochmütig und affektiert aus, seine leicht gekrümmte Adlernase war schmal und mager, die Augen groß und grün, und sein blondes Haar lichtete sich bereits an den Schläfen, obwohl er erst vierundzwanzig Jahre alt war.

Er berührte Hélènes Wange leicht mit einem Finger und kniff in das Kinn, das sich zu ihm hochreckte.

»Guten Tag, meine kleine Cousine. Wie alt bist du?« fragte er, weil er offensichtlich nicht wußte, worüber er mit ihr sprechen sollte; dabei fixierte er sie mit einem spöttischen, glitzernden Blick aus seinen grünen Augen.

Ihre Antwort hörte er nicht. Er murmelte:

»Wie krumm sie dasteht... Man muß sich aufrecht halten, mein Kind... Als meine Schwestern so alt waren wie du, waren sie einen Kopf größer als du und hielten sich kerzengerade...«

»Das stimmt«, rief Bella unzufrieden, »wie krumm du nur immer dastehst! Das müssen Sie ihr abgewöhnen, Mademoiselle Rose!«

»Sie ist müde von der Reise.«

»Sie nehmen sie immer in Schutz«, sagte Bella unwirsch.

Wenn Hélène vergaß, sich aufzurichten, versetzte sie ihrem Rücken zwischen den zwei kleinen Schulterblättern, die sich wieder einmal nach vorn gesenkt hatten, einen kurzen, festen Schlag mit der Hand.

»Das macht dich nicht hübscher, weißt du, meine arme Kleine... Aber man kann sie ausschimpfen, wie man will, sie hört nicht zu... Und sehen Sie nur, Max, wie schlecht sie aussieht... Ihre Schwestern scheinen so robust zu sein, so sportlich...«

Max murmelte:

»*English education, you know... Cold baths and bare knees and not encouraged to be sorry for themselves...* Sie sieht Ihnen nicht ähnlich, Bella.«

Hélène fragte:

»Und Papa?«

»Papa geht es gut, er kommt sehr spät nach Hause, du wirst ihn noch sehen, bevor du schlafen gehst, er hat sehr viel zu tun.«

Sie schwiegen. Hélène stand starr und aufrecht da wie ein Soldat bei der Parade, sie wagte weder zu gehen noch sich hinzusetzen. Schließlich murmelte Bella in erschöpftem und verärgertem Ton:

»Nun hör schon auf, mich so anzustarren, mit offenem Mund. Geh und schau dir dein Zimmer an...«

Als sie sie verließ, fragte sich Hélène furchtsam, ob dieser Unbekannte ihr Glück oder Unglück bringen werde, denn sie wußte sehr wohl, daß er von nun an der eigentliche Herr ihres Lebens wäre. Später, wenn sie sich als Erwachsene an diesen Augenblick erinnerte, an diese zwei Gesichter, die sich einander zuneigten, dieses Schweigen, das Lächeln ihrer Mutter und alles, was sie mit einem einzigen Blick wahrgenommen, was sie erraten und vorausgeahnt hatte, kam es vor, daß sie dachte: ›Es ist unmöglich... Ich war doch erst zwölf... Die Wahrheit habe ich sicher erst nach und nach begriffen... und jetzt stelle ich mir vor, alles in einer Sekunde gesehen zu haben... Nach und nach habe ich die Wahrheit zu ahnen begonnen... und nicht so, blitzartig... Ich war ein Kind, und sie haben nichts gesagt, an diesem Tag, sie saßen weit voneinander entfernt...‹ Doch wenn zuweilen eine Farbe, ein Geräusch, ein Duft sie zurückversetzte in die Vergangenheit, wenn es ihr gelang, in ihrem Gedächtnis die genaue Form des Gesichts des jungen Max wiederzufinden, spürte sie gleichzeitig, wie die Kinderseele in ihr murmelnd aus langem Schlaf erwachte und ihr leidenschaftlich zurief: ›Auch du hast deine Kindheit verraten!... Erinnerst du dich nicht daran, daß du den Körper eines jungen Mädchens hattest, aber dein Herz schon genauso alt, genauso reif war wie heute?... Ich hatte also recht damit, mich zu beklagen, ich war also wirklich unglücklich und verlassen, denn heute hast auch du mich vergessen...‹

Es stimmte also, an diesem Tag, diesem traurigen Tag, hatte sie Gewißheit über ihr Verhältnis erhalten; sie hatte Angst gehabt um sich selbst; sie hatte diesen herablassenden jungen Mann sofort gehaßt, der gesagt hatte:

»Sie sieht Ihnen nicht ähnlich, Bella...«

›Und Papa? Ich denke nur an mich selbst, wie egoistisch ich bin... Er muß leiden, wenn er davon weiß...‹, dachte sie, doch zugleich war ihr Herz von einem bitteren und gehässigen Gefühl erfüllt:

›Um mich kümmert sich ja niemand. Also muß wenigstens ich mich lieben...‹

Sie ging zu Mademoiselle Rose.

»Sagen Sie...«

»Ja?«

»Dieser junge Mann... mein Cousin... und sie... Ich habe doch richtig geraten, nicht?«

Mademoiselle Rose machte eine abrupte Bewegung, und ihr kleiner, blasser Mund zog sich zusammen bei dem heftigen Versuch, es abzustreiten. Schwach murmelte sie:

»Nein, nein, Hélène...«

Doch Hélène sagte es noch einmal, indem sie sich ihrem Ohr näherte und aufgeregt flüsterte:

»Ich weiß es, ich weiß es, ich sage Ihnen doch, daß ich es weiß...«

Hinter ihnen öffnete sich eine Tür. Mademoiselle Rose fuhr zusammen und sagte leise und indem sie ihr furchtsam die Hand drückte:

»Sei still, sei doch still... Wenn sie je erfahren, daß du etwas ahnst, kommst du ins Internat, mein armes kleines Mädchen, und ich...«

Hélène erstarrte und senkte den Blick; sie murmelte:

»Was für ein Gedanke...«

Sie dachte: ›Im Internat werde ich weniger unglücklich sein... Nirgends kann ich so unglücklich sein wie in diesem Haus! Aber Mademoiselle Rose, meine arme Mademoiselle, was wird aus ihr werden, ohne mich?‹

Dann dachte sie plötzlich mit kalter und verzweifelter Hellsicht: ›Jetzt bin nicht mehr ich es, die sie braucht; ich muß nicht mehr zugedeckt werden, wenn ich ins Bett gehe, ich brauche niemanden mehr, der für mich sorgt, mich streichelt... Ich bin größer geworden, älter geworden... Wie alt man sein kann, wenn man zwölf ist...‹

Plötzlich spürte sie in sich ein Brennen von absoluter Einsamkeit, von Stille, von bitterer Melancholie, und sie wünschte sich, mit diesen Gefühlen ihr Herz vollstopfen zu können, bis es ganz gesättigt wäre von Traurigkeit und Haß...

›Wenn es Mademoiselle Rose nicht gäbe, könnte mir niemand etwas Böses tun... Nur durch sie kommen sie an mich heran... Aber sie hat nur mich... Ich glaube, sie würde sterben ohne mich...‹

Voller Schmerz ballte sie die Fäuste; sie fühlte sich klein und schwach, im Innersten verletzlich, und das Bewußtsein ihrer Ohnmacht zog das Gefühl von Auflehnung und Verzweiflung nach sich, das sie erfüllte.

Sie betrat das benachbarte Studierzimmer, in dem ihre Mutter Wandschränke für ihre Kleider hatte aufstellen lassen; ein leichter Naphthalingeruch stieg aus dem Schrank mit den Pelzen. Überall mußte sie auf sie stoßen!

Wütend schloß sie die Tür, ging in ihr Zimmer zurück und stellte sich ans Fenster, wo sie mit einer Art trübseligem Entsetzen den schwarzen Himmel betrachtete, aus dem der Regen herabströmte; Tränen liefen über ihre Wangen. Schließlich sagte sie mit bebender Stimme:

»Wissen Sie, sie hat... Mama hat doch immer gesagt, wie zufrieden sie sei, Sie zu haben...«

»Ja, ich weiß«, murmelte Mademoiselle Rose, »aber...«

Sie stand mitten im Zimmer, klein und zierlich in ihrem schwarzen Kleid. Mit einem liebevollen und schmerzlichen Blick betrachtete sie Hélènes Gesicht, doch nach und nach wurden ihre Augen starr, und der Blick verlor seinen Fokus. In weiter Ferne, jenseits der sichtbaren Züge Hélènes schien sie nach Bildern zu suchen, die nur sie wahrzunehmen vermochte. Bilder einer weit zurückliegenden Vergangenheit offenbar ... oder einer bedrohlichen Zukunft auf einer kalten und ungastlichen Erde, Bilder von Einsamkeit, Exil und Alter. Sie seufzte und murmelte mechanisch:

»Nun komm, häng deinen Mantel auf. Wirf deinen Hut nicht aufs Bett. Ich muß dich gleich neu frisieren ...«

Wie immer flüchtete sie sich in die alltäglichsten und geringsten Sorgen, doch legte sie dabei eine Art von Nervosität, von fiebriger Erregung an den Tag, die Hélène überraschte. Sie packte die Koffer aus, faltete Handschuhe und Strümpfe und legte sie in die Schubladen der Kommode, ohne sich von den Dienstmädchen dabei helfen zu lassen.

»Sag ihnen, sie sollen mich in Ruhe lassen, Hélène ...«

›Seit der Krieg angefangen hat, ist sie anders‹, dachte Hélène.

2

Die Jahre 1914 und 1915 waren mit quälender Langsamkeit vergangen...

Eines Abends betrat Max das Eßzimmer, in dem Hélène in einem großen Sessel saß, halb begraben unter den Zeitungen, die sie von allen Seiten umgaben, jene Kriegszeitungen, in deren Ausgaben ganze Spalten weiß waren und die – mit Ausnahme der letzten Seite mit den Börsennachrichten – im Haus der Karols sonst niemand las. Er lächelte. Sie war komisch, diese Kleine... Ihre Brust war mager und flach, und aus den kurzen Ärmeln ihres blauen Leinenkleids ragten ihre dünnen, grazilen nackten Arme; ein Kittel aus weißem Batist, mit tiefen Falten, nach deutscher Mode, bedeckte ihren Körper; ihr schwarzes Haar lag dicht gelockt um ihr Gesicht, das die grünliche, leichenblasse Färbung der Petersburger Kinder anzunehmen begann, die ohne Licht und Luft aufwuchsen und keine andere Bewegung kannten als eine Stunde Schlittschuhlaufen an Sonntagen.

Als sie ihn bemerkte, nahm sie mit einer überstürzten Bewegung ihre Brille ab, die sie älter und häßlicher machte: Ihre Augen waren schwach, müde vom Schein der elektrischen Lampen, die vom frühen Morgen an brannten.

Er brach in Gelächter aus:

»Du trägst eine Brille?... Wie ulkig du bist, mein armes Kind! Du siehst aus wie eine alte Oma!«

»Nur zum Lesen und Arbeiten«, sagte sie und spürte, wie ein Strom von Blut in ihre Wangen stieg. Sie erröten zu sehen war ihm ein grausames Vergnügen; schalkhaft betrachtete er sie.

»So eitel zu sein... Armes Kind«, wiederholte er, und das verächtliche Mitleid in seiner Stimme erregte in Hélènes Seele zitternde Wut. »Wo ist deine Mutter?«

Sie zeigte mit einer griesgrämigen Gebärde zum benachbarten Zimmer, doch im selben Moment öffnete sich die Tür, und Bella näherte sich in einem Morgenmantel, dessen reicher Spitzenbesatz kaum ihre Brüste verhüllte, und reichte Max die Hand zum Kuß. Schweigend sahen sie sich an, und er senkte ganz langsam, behutsam die Lider, während er mit einem Ausdruck gierigen Begehrens die Lippen zusammenpreßte.

›Und sie glauben, ich würde nichts sehen? Das ist unvorstellbar‹, dachte Hélène.

Sie gingen in den Salon; Hélène setzte sich wieder in den roten Sessel, nahm die Zeitungen wieder auf. Der Krieg... Wer dachte denn hier daran, außer ihr und Mademoiselle Rose?... Das Gold floß ihnen zu, der Wein strömte. Wer sah die Verwundeten, die Frauen in Trauerkleidung?... Wer hörte den stampfenden Tritt der Soldaten auf der Straße im Morgengrauen, jenen tristen Lärm der Truppen, die in den Tod marschierten?

Sie sah auf die Uhr. Halb neun. Unterrichtsstunden und Hausaufgaben hatten sich seit dem Morgen abgewechselt, ohne eine Sekunde Pause. Doch sie liebte den Unterricht und die Bücher, wie andere den Wein lieben, um der Macht des Vergessens willen. Was kannte sie denn sonst?... Sie lebte in einem leeren und stummen Haus. Das Geräusch ihrer Schritte in den verlassenen Zimmern, die Stille der kalten Straßen hinter den geschlossenen Fenstern, Regen oder

Schnee, die frühe Dunkelheit, eine grüne, bewegungslose und tiefe Flamme, die an den langen Abenden vor ihr brannte und die sie stundenlang betrachtete, bis das Licht vor ihren müden Augen allmählich zu schwanken begann, das war die Umgebung, in der sie lebte ... Ihr Vater war fast nie zu Hause; ihre Mutter kehrte abends zurück und schloß sich mit Max im Salon ein; sie hatte keine Freundinnen: Zu jener Zeit hatte man andere Sorgen als das Glück der Kinder ...

Ein Diener kam, um die Vorhänge zuzuziehen; im angrenzenden Zimmer hörte man Max' ersticktes Gelächter.

›Was machen sie da drüben, die beiden? Ach, mir kann es schließlich egal sein, vorausgesetzt, sie lassen mich in Ruhe ...‹

Sie atmete den Geruch der Zigaretten ein, der unter der Tür durchdrang; ihr Vater war noch nicht zurückgekehrt; er würde zwischen neun und zehn Uhr kommen, und man würde Gerichte essen, die verbrannt oder kalt wären; er würde Männer mitbringen, die Hélène nur als »Geschäftsleute« kannte, wie sie allgemein bezeichnet wurden, ruhelose, hektische Männer, mit ungeduldigen Augen und gespannten, gierigen Händen wie Krallen; sie schloß die Augen und glaubte, schon das Wort zu hören, das ihnen ohne Unterlaß auf die Lippen kam, das einzige, das Hélène verstand, das sie über sich klingen und tönen hörte, das ihr im Wachen und im Schlafen gegenwärtig war: »Millionen ... Millionen ... Millionen ...«

Der Diener hielt auf der Schwelle inne, sah nach der Uhr und zuckte die Achseln:

»Mademoiselle weiß nicht, um wieviel Uhr Monsieur nach Hause kommen wird?«

»Nein, ich weiß es nicht«, sagte Hélène.

Sie schob den Vorhang zur Seite und sah auf die Straße

hinunter, auf der sich bald die Lichter des Schlittens zeigen mußten. Nach und nach verblaßte alles um sie herum. Lustvoll versank sie in einer Träumerei, die ihrem tiefsten Inneren entstammte, wie damals, als sie Napoleon spielte... Aber jetzt beschäftigten sie andere Bilder, in denen stets die gleichen Gefühle gebieterisch nach Beachtung verlangten. Königin sein... Ein gefürchteter Staatsmann sein... Eine Frau von Welt sein, die schönste... Dieser Traum war neu; sie ging vorsichtig mit ihm um, als enthielte er ein geheimnisvolles Feuer:

›Werde ich einmal schön sein?... Nein, bestimmt nicht‹, dachte sie traurig. ›Jetzt bin ich noch im schwierigen Alter, da kann ich nicht gut aussehen... Aber ich werde nie schön sein, ich habe einen großen Mund, einen häßlichen Teint... Lieber Gott, mach, daß sich alle Männer in mich verlieben, wenn ich groß bin...‹

Sie fuhr zusammen: Eben war ihr Vater eingetreten, gefolgt von zwei Männern, Sliwker, einem Juden mit kohlrabenschwarzen Augen, der beim Reden mit stoßweisen Bewegungen seinen Arm in der Luft schwenkte, als würde er noch immer auf einer Caféterrasse stehen, stapelweise Teppiche auf dem Rücken, die er zu Beginn seiner Laufbahn zweifellos verkauft hatte, und Alexander Pawlowitsch Schestow, Sohn einer der kurzlebigen Kriegsminister jener Zeit.

Hélène setzte sich auf ihren Platz neben Mademoiselle Rose. Das Büfett bog sich unter dem Gewicht des Silbergeschirrs, das man bei Versteigerungen gekauft hatte, denn die alte Aristokratie hatte sich vollständig ruiniert und verkaufte auf chaotische Weise alles, was ihr gehörte; so gingen diese Dinge in den Besitz der neureichen Geschäftemacher über.

›In diesem Haus sieht es aus wie in einer Räuberhöhle,

alles ist aus zweiter Hand‹, dachte Hélène; das schwere Silber stammte von verschiedenen Auktionen; man hatte sich nicht die Mühe gemacht, die Gravuren entfernen zu lassen, Initialen, Kronen, Wahlsprüche; die Karols waren nur am Gewicht interessiert. Capodimonte-Gruppen in einer Ecke waren noch in Packpapier eingeschlagen; Sèvres-Statuetten, kleine, zart rosafarbene Teller, mit Figuren und Blumensträußen bemalt, türmten sich auf den Anrichten; Bella hatte sie in der vergangenen Woche gekauft, bei einer Versteigerung, seitdem standen sie da, traurig, unbenutzt, in ihrer Verpackung aus Seidenpapier und Stroh. Auch Bücher gab es, denn Bücher waren meterweise gekauft worden, doch außer Hélène schlug nie jemand diese Bände mit ihren wappengeschmückten Maroquineinbänden auf. Bella sagte scherzend:

»Wo könnte man sich wohl Ahnenporträts beschaffen?«

Nur die aus Sibirien mitgebrachten Pelze waren neu. Jeden Hermelin, der auf den Mantel ihrer Mutter aufgenäht worden war, hatte Hélène gesehen, das kleine, schmale Fell, das man dem toten Tier abgezogen hatte, war auf den Tisch geworfen und von gierigen Händen betastet worden.

»Alexander Pawlowitsch...«

»Salomon Arkadjewitsch...«

Schestow kniff beim Reden verächtlich die Augen zusammen und schob seinen langen Kopf mit den spärlichen blonden, pomadisierten Haaren vorsichtig vor, als fürchtete er, in Gesellschaft dieser Juden etwas Schädliches einzuatmen, und Sliwker antwortete mit einem ebenso verächtlichen, wenn auch durch Angst gemilderten Blick.

Das Eßzimmer war auch vollgestopft mit Blumensträußen, die man Karols Frau geschickt hatte; seit Kriegsausbruch war er sehr reich, und jedermann schmeichelte ihm.

Bevor sie sich zu Tisch setzte, nahm Bella eine rote Rose und steckte sie Max ins Knopfloch. Ihr Spitzenmorgenmantel stand über ihren Brüsten offen; ohne Hast, im Bewußtsein ihrer Schönheit, bedeckte sie sich wieder.

Der Butler waltete seines Amtes, gefolgt von einem kleinen Gehilfen, der die Suppe in einer silbernen Suppenschüssel mit dem Wappen der Besborodkos hereintrug; die Gläser waren aus Baccaratkristall, doch fast alle waren bereits angeschlagen, was niemanden kümmerte; jeder schien zu ahnen, daß dieser Reichtum nicht von Dauer wäre, daß er ebenso schnell verschwinden würde, wie er entstanden war, und da er aus dem Nichts kam, sich auch wieder in Luft auflösen würde.

Mademoiselle Rose beugte sich zu Hélène und fragte leise und voller Sorge:

»Hast du die Zeitungen gelesen?«

»Ja. Es ist immer dasselbe«, sagte Hélène traurig, »man tritt auf der Stelle...«

Sliwker sagte:

»Sie verstehen nicht. Der Krieg ist unser Glück. Sie jonglieren mit Papieren, die morgen weniger wert sein werden als das da«, und er streckte die Hand aus und zeigte auf die kleinen roten Rosen, die, dunkel und duftend, den Tisch zierten. »Was nötig ist, was den Krieg interessiert, sind Waffen, Munition, Artilleriegeschütze, Kanonen – außerdem ist es unsere patriotische Pflicht, uns darum zu kümmern.«

Schestow versetzte in scharfem und herrischem Ton:

»Und wenn der Krieg in einem Monat zu Ende ist?... Dann bleiben wir auf den Aktien sitzen...«

»Wenn es nötig wäre, an morgen zu denken«, sagte Sliwker lachend und schob seinen leeren Teller zurück, während der Sohn des Ministers sein Tun mit aristokratischer Verachtung durch ein Monokel beobachtete, das er aus der Tasche geholt und zwischen seinen Fingern gedreht und gewendet hatte, langsam, zärtlich, wie eine Blume, und das er dann unter plötzlicher Anspannung aller Gesichtsmuskeln in seine Augenhöhle geklemmt hatte; er beugte sich zu Bella und sagte in liebenswürdigem Ton auf französisch:

»Unsere Unterhaltung ist nicht sehr interessant für Madame.«

»Sie ist daran gewöhnt«, sagte Sliwker.

Karol schaltete sich ein:

»Es wäre keineswegs besonders klug, sich die Dinge, die Sie erwähnten, zu besorgen und damit Handel zu treiben. Das fällt ins Gebiet der Landesverteidigung. Nein, was notwendig ist, sind Uniformröcke für die Soldaten, Stiefel, Lebensmittel...«

Der Stör in Gelee erschien auf einem Kräuterbett, umgeben von den goldenen Kugeln der mit Mayonnaise gefüllten Eier; mit ausgestreckten Händen wurde er vom Butler hereingetragen, es folgte die silberne Sauciere mit ihren eingravierten Dudelsäcken und Schäfern.

Einen Augenblick lang aßen sie schweigend. Als Hélène den Kopf hob, hörte sie:

»Es geht um Kanonen... In Spanien gibt es noch Kanonen von 1860, in ausgezeichnetem Zustand übrigens. Offenbar feuern sie besser als die von hier«, sagte Sliwker, der gerade mit zwei Bissen den Fisch verschlungen hatte und auf gut Glück nach einem frisch gefüllten Glas griff, das vor ihm stand. Der Wein war ein süßer Barsac, den man bei den Karols zum Fisch auszuschenken pflegte; als er ihn getrunken hatte, verzog er vor Ekel leicht das Gesicht; er war nüchtern, rauchte nicht und hätte weder eine Frau noch eine Spielkarte, noch ein Schweinekotelett angerührt, wenn die Umstände ihn nicht dazu gezwungen hätten, sich im Umkreis von Mitgliedern der Regierung aufzuhalten; letztere verstanden sich auf geschäftliche Gespräche nur an einem gedeckten Tisch oder bei den Zigeunerinnen.

»Lebe mit den Hunden, lebe nicht wie die Hunde«, sagte er gelegentlich zu Karol, der Glücksspiel, guten Wein und Frauen liebte. »Sonst richten sie dich zugrunde.«

Er kam zu dem Schluß:

»Glänzendes Geschäft, beachtlich... Könnte ein Wort für Sie einlegen, wenn es Sie interessiert... Wunderbare Kanonen«, fuhr er fort, indem er sich endgültig von seiner Natur hinreißen ließ und diese unbekannten Kanonen zu verkaufen versuchte, als wären es Strümpfe auf dem Markt.

»Aber erlauben Sie, sie sind doch von 1860!«

»Warum sollen Sie denn schlechter sein als die von heute? Glauben Sie nicht, daß unsere Väter genauso bösartig waren wie Sie und ich?... Warum?... Wie kommen Sie zu dieser Ansicht?«

»Erlauben Sie«, wiederholte Schestow, der sorgfältig den Wein wählte und langsam trank, mit einem halben Lächeln, verkniffenem Mund und argwöhnischem Blick: »Sie...«

»Nein, erlauben *Sie!*... Man muß wissen, wer wozu befugt ist... Schließlich ist es nicht meine Aufgabe zu beurteilen, ob diese Kanonen gut oder schlecht sind. Ich bin kein Ingenieur. Und ich bin kein Artillerist. Ich bin ein sogenannter Spekulant, ein Geschäftsmann. Das ist meine Rolle«, sagte er, worauf er Schestow den Rücken zudrehte, um sich von dem Rebhuhn in Rahmsoße zu bedienen, das man ihm anbot, und den Salat, den er kurz beschnuppert hatte, mit einer widerwilligen Geste zurückzuweisen, da ihm dieses Grünzeug keinerlei Vertrauen einflößte. »Ich gehe zum Kriegsministerium. Ich sage: ›Hier. Man bietet mir dieses oder jenes. Wollen Sie es haben? Prüfen Sie, ob Ihnen das zusagt.‹ Ich nehme eine solche Verantwortung nicht auf mich, glauben Sie? Ich sage: ›Wollen Sie es? Es kostet soundso viel. Wollen Sie es nicht? Guten Abend.‹ Natürlich ist es nötig, daß Sie verstehen ... daß *alle* verstehen«, betonte er und fixierte dabei Schestow mit einem ironischen und durchdringenden Blick, »was ihr Interesse ist.«

»Das Interesse Rußlands«, sagte Schestow streng, und dabei warf er hochfahrende und prüfende Blicke in die Runde, als wollte er ihnen in Erinnerung rufen, daß er der Vertreter der Regierung war und sich das Recht vorbehielt, sie im Namen des Zaren auf Herz und Nieren zu prüfen.

Darauf sagten sie:

»Natürlich. Übrigens, wer hat die Zeitungen gelesen?«

»Bringen Sie sie«, sagte Bella zu einem Diener.

Sie reichten sie von einer Hand zur anderen und sahen sich in aller Eile die ersten Zeilen an, prüften aufmerksam die Börsenseite und warfen sie dann, zerlesen und zu Kugeln zusammengeknüllt, ungeduldig auf den Boden, worauf sie auf einem vergoldeten Tablett eingesammelt wurden, nachdem der kleine Diener sie mit einer vergoldeten Bürste zusammengekehrt hatte, die verziert war mit dem Wappen der Grafen Petschersky.

»Nichts Neues. Ein neuer Hundertjähriger Krieg«, sagte Max.

Voller Wehmut und Begehren sah er Bella an.

»Diese Rosen haben einen so köstlichen Duft ...«

»Es sind Ihre«, sagte sie lächelnd und zeigte auf den kleinen Korb aus Silberfiligran, wo sie in der Wärme der Tafel aufgeblüht waren.

Schestow sagte inzwischen:

»Was diese Kanonen betrifft, da teile ich Ihre Begeisterung nicht, mein Lieber...«

Er schien ins Stocken zu geraten, nach einem vergessenen Namen zu suchen.

»Äh... Salomon Salomonowitsch...«

Sliwker spürte den Stich, zuckte jedoch die Achseln, als würde er denken:

›Nenn mich ein Schwein, wenn du willst, aber tu, was man dir sagt.‹

In herzlichem Ton korrigierte er:

»Arkadjewitsch, mein Lieber, Arkadjewitsch, aber im übrigen hat das keinerlei Bedeutung... Was wollten Sie sagen?«

»Ihre Kanonen, glauben Sie nicht, daß man sie einem anderen Gebrauch zuführen könnte?... Man könnte sie einschmelzen und Eisen aus ihnen gewinnen, nehme ich an... Ich kann bei diesen Dingen natürlich nur ganz dilettantisch urteilen, aber ich glaube, wir brauchen Eisen...«

Als Sliwker diesen Punkt erreicht hatte, erlaubte er sich ein kleines Schnauben; er wählte umständlich seine Spargel und antwortete nach einiger Zeit:

»Würden Sie mit Ihrem Vater darüber sprechen?«

»Mein Gott... das verpflichtet zu nichts... Natürlich wird er nicht die Katze im Sack kaufen...«

»Aber er ist nicht allein in der Kommission...«

»Oh, die anderen, wissen Sie, das ist eine Frage der Überzeugungskraft.«

»Der Bestechung«, sagte Karol; er nannte die Dinge beim Namen.

»Leider!«

»Unglückliches Land«, sagte Sliwker, der bekommen hatte,

was er wollte, und es in Ordnung fand, daß man Schestow nun ein wenig schmeichelte.

»Wenn es sich, wie hier, um eine in höchstem Maße patriotische Sache handelt, ist es nicht ganz so schlimm, aber wenn Sie wüßten... Aber ich kann Ihnen nicht verraten, was nur Eingeweihte wissen dürfen«, sagte Schestow.

Karol sagte:

»Ich weiß von einer Sache, noch besser als Ihre spanischen Kanonen. Eine Fabrik, die einer österreichischen Gruppe gehörte und zu Anfang des Krieges konfisziert wurde; sie wartet auf ihre Nutzung. Ich weiß es aus sicherer Quelle; man muß das Aktienpaket kaufen; sie stehen bei fünf; in zwei Monaten werden sie fünfhundert kosten. Ich verstehe nicht, warum man nicht lieber solide Geschäfte macht.«

»Weil man«, sagte Sliwker bissig, »zu Beginn eines Geschäfts nie weiß, ob es solide bleiben wird.«

»Wie Sie mit Ihrem Geschäft mit dem Brot für die Soldaten bewiesen haben«, sagte Karol mit einem maliziösen Lächeln.

»Was wollen Sie damit sagen?«

»Ein halbes Jahr lang haben Sie uns damit in den Ohren gelegen. Und das Ergebnis war: kiloweise Schimmel.«

»Das Mehl war von ausgezeichneter Qualität«, sagte Sliwker, der gekränkt zu sein schien, »ich habe mit den besten Getreidemühlen zusammengearbeitet. Dummerweise kam jemand auf die Idee, Öfen zu bauen, die die Kosten minimieren sollten, und da niemand genau wußte, wie das geht, ist der Teig nicht durchgebacken gewesen, und das Brot ist verdorben.«

»Und die Soldaten sind an der Ruhr gestorben«, sagte Schestow.

»Glauben Sie?... Man hat die Ware nicht akzeptiert, das ist alles; es ist bedauerlich, aber das Brot hätte man wegwerfen sollen. Ich habe es den zuständigen Leuten immer wieder gesagt. Nein, ich habe keinen einzigen toten Mann auf dem Gewissen«, sagte Sliwker.

Karol lachte wie ein Kind und verzog sein Gesicht dabei zu einer boshaften Grimasse; er streckte die Hand über den Tisch und zog Hélène leicht an den Haaren; sie fing seine trockene, braune Hand auf und küßte sie. Sie liebte das Feuer seiner Augen, sein weißes Haar und sein Lächeln, das so traurig und manchmal so boshaft sein konnte.

›Nur wenn er diese Frau ansieht, schmilzt er dahin‹, dachte sie voller Groll, ›ist es möglich, daß er das Spiel der beiden nicht durchschaut?... Er ist glücklich, glücklich in diesem Haus, in dem nichts Harmonisches ist, inmitten dieser neuen Möbel, mit diesem Geschirr, das die Initialen fremder Leute trägt, verraten, betrogen... Nein, er wirft ab, er paßt... im Grunde hat er nur eine Leidenschaft auf der Welt, die langsam seine Seele zerfrißt, das Spiel, an der Börse oder mit Spielkarten. Das ist alles.‹

Sie aßen die Apfelcharlotte mit heißer Schokoladensoße. Hélène liebte Schokolade, und für einen Augenblick verlor sie das Interesse am Gespräch der Erwachsenen. Ihre Mutter machte ihr manchmal gerade ihre Neugier zum Vorwurf. Sie sagte:

»Max meint auch, daß du dich zu sehr für die Geschäftsgespräche interessierst. Was gehen dich diese Dinge an? Denk lieber an deinen Unterricht...«

Aus reinem Trotz hörte Hélène erneut mit ganzer Aufmerksamkeit zu und versuchte zu verstehen, was sie vernahm.

Aber sie war müde; nur noch ein unbestimmtes Raunen drang an ihr Ohr:

»Die Schiffe...«

»Das Benzin...«

»Die Pipelines...«

»Die Stiefel...«

»Die Schlafsäcke...«

»Die Sonderpakete...«

»Millionen... Millionen... Millionen...«

Dieses Wort kehrte in regelmäßigen Abständen wieder, es rhythmisierte ihre Äußerungen, es war wie der Refrain eines Liedes.

›Ein altes Lied‹, dachte Hélène ermattet.

Das Essen war beendet; Hélène stand auf, machte einen kleinen, schüchternen Knicks, den niemand bemerkte, und ging schlafen. Der Geruch von Zigarren und erlesenen Weinen schwebte bis zum Morgen im Haus, drang unter ihrer Tür durch und verfolgte sie bis in ihre Träume. Ein entfernter Donner erschütterte das Pflaster: Artilleriekommandos zogen durch die Straßen.

3

Die Revolution hatte noch nicht begonnen, doch man spürte ihr Herannahen; selbst die Luft, die man atmete, schien schwer und mit einer Drohung aufgeladen zu sein, wie der frühe Morgen eines Gewittertags. Niemand interessierte sich für die Neuigkeiten von der Front; der Krieg schien sich in eine ferne Vergangenheit zurückgezogen zu haben; man brachte den Verwundeten Gleichgültigkeit, den Soldaten mißgelaunte Feindseligkeit entgegen. Nur das Geld vermochte es noch, die Menschen in Hélènes Umgebung leidenschaftlich zu erregen. Alle bereicherten sich. Man hatte das große Los gezogen. Das Gold floß in Strömen, doch der Lauf dieser Ströme war so launisch, ungestüm und bizarr, daß es selbst jene erschreckte, die von ihnen lebten. Es ging alles zu schnell, zu leicht ... Man kaufte Aktien an der Börse, und schon stieg ihr Wert wie das Fieber von Schwerkranken. In Hélènes Umgebung gab es kein lautes und fröhliches Ausrufen von Zahlen mehr, jetzt wurde nur noch geflüstert. Sie hörte nichts mehr von »Millionen«, sondern nur noch von »Milliarden«, in zögerndem Ton gesprochen, leise und stöhnend; sie sah um sich nur noch gierige und verstörte Blicke. Gleichzeitig kaufte man. Alles und überall. Morgens und abends kamen Männer, zogen Geldbündel aus ihren Taschen; hinter den geschlossenen Türen hörte Hélène Zahlen, rasche und rauhe Debatten, ohne daß jemand die Stimme erhob. Man kaufte Felle, die weder gegerbt noch irgendwie bearbeitet waren, mit einer Schnur zusammengebunden und an einem Stock hängend, wie der Händler aus

Asien sie auf irgendeinem weit entfernten Basar verkauft hatte; man kaufte Hermelin und Zobel und stapelweise Chinchilla, deren Felle an Ratten erinnerten, Schmuck, Colliers, antike Armbänder, deren Wert nach Gewicht bestimmt wurde, riesige Smaragde, die sich aber als trüb erwiesen, weil Hast und Begehren den Sieg über das klare Urteil davongetragen hatten; man kaufte Goldbarren, aber vor allem Aktien, bündelweise, stoßweise Papiere, die Banken repräsentierten, Tanker, Pipelines, Diamanten, noch in der Erde vergraben ... Diese Papiere ließen die Möbel aufquellen, verstopften die Wände, die Betten; man versteckte sie in den Zimmern der Dienstboten, im Studierzimmer, in den hintersten Ecken der Wandschränke, in den Öfen, als das Frühjahr kam; Aktienbündel waren in die Bezüge der Sessel eingenäht, und die Männer, die die Karols besuchten, setzten sich abwechselnd darauf und luden sie mit ihrer Körperwärme auf, als wollten sie Eier ausbrüten. Im Salon lag der mit einer Rosengirlande verzierte Savonnerie-Wandteppich zusammengerollt in einer Ecke; er enthielt dicke Papierbündel, die im Luftzug raschelten. Hélène machte sich manchmal geistesabwesend einen Spaß daraus, sie unter ihren Füßen knistern zu lassen, wie man im Herbst welke Blätter mit dem Absatz zertritt. Der weiße Flügel war geschlossen und schimmerte schwach im Dämmer; die Goldmuster an den Wänden, die Flöten und Dudelsäcke, die Hüte im Louis-XV-Stil, die Hirtenstäbe, Bänder und Bouquets bedeckten sich mit Staub. Hélènes Eltern, die »Geschäftsleute« und Max verbrachten ganze Abende in einem kleinen, stickigen Arbeitszimmer, einer lediglich mit einem Telefon und einer Schreibmaschine ausgestatteten Kammer; darin drängten sie sich zusammen und waren froh, den dichten Zigarrenrauch einatmen zu können, froh, das blanke Parkett unter ihren Schritten knarren zu hören und die Wände zu sehen, die keinerlei Zierrat mehr aufwiesen, doch dick genug waren, um ihre Worte nicht nach draußen dringen zu lassen. Hier zogen Max und Bella, nebeneinandersitzend, ihren Nutzen aus dem Durcheinander in dem engen Zimmer, aus dem schwachen Licht, das die von der Decke hängende Glühbirne verbreitete, sie rieben ihre Flanken, ihre warmen Körper aneinander. Karol sah nichts, aber zuweilen drückte er in einer Gefühlsaufwallung den nackten Arm seiner Frau im Schatten; sie bewunderte ihn nun und fürchtete ihn, weil sie wußte, daß Luxus und Wohlstand von ihm kamen, und doch fühlte sie sich in diesem Haus nicht wohler als Hélène; oft überfiel sie Sehnsucht nach einem Hotelzimmer, nach zwei Koffern in einer Ecke und kurzen Abenteuern an einer Straßenecke. Dieser Max, widerspenstig und so jung, mit seinem schönen Körper, den nichts ermüdete – sie tat ihren Teil, um von ihm das Maximum an Leidenschaft zu erhalten, an Eifersucht, an Tobsuchtsanfällen, das er geben konnte. Hélène fand sich in jener Atmosphäre von heftigen Wortwechseln, verletzenden Worten und Streitereien wieder, die ihre frühe Kindheit geprägt hatte, doch nun spielte sich das alles zwischen Max und ihrer Mutter ab, und die Hitzigkeit der Dispute war von einer so tiefen Dimension, einer solchen Bitterkeit, daß es sie verwirrte und sie nichts davon recht zu begreifen vermochte. Im übrigen bemühte sie sich nach Kräften, sie zu stören; sie hatte eine gewisse spöttische Art, Max anzusehen, die ihn zur Verzweiflung brachte; nie richtete sie das Wort an ihn; er begann sie zu hassen; er war erst vierundzwanzig und noch Kind genug, um ein kleines Mädchen zu verabscheuen.

Auf das Abendessen wartend, streifte Hélène schwermütig durch alle Zimmer. Was sie lernen sollte, hatte sie gelernt; Mademoiselle Rose nahm ihr das Buch aus den Händen.

»Du verdirbst dir die Augen, Lili...«

Tatsächlich hatte das unmäßige Lesen auf Hélène manchmal die Wirkung eines schweren Rauschs. Doch ohne etwas zu tun und ohne zu sprechen mit Mademoiselle Rose, die sanft und schweigend den Kopf schüttelte, im Studierzimmer zu sitzen, das ging über ihre Kräfte... Einen Augenblick lang folgte sie mit dem Blick geduldig den blassen, geschickten Händen, die immer mit irgendeiner Näharbeit beschäftigt waren, doch dann, nach und nach, trieb der verzweifelte Wunsch nach Bewegung, nach Veränderung sie aus dem Zimmer. Mademoiselle Rose war seit dem Ausbruch des Krieges so alt geworden... Seit drei Jahren hatte sie keine Nachricht mehr von ihren Verwandten, und ihr Bruder, den sie den »Kleinen« nannte, den »kleinen Marcel«, da er einer zweiten Heirat ihres Vaters entstammte, war Anfang 1914 in den Vogesen verschollen. Sie hatte keine Freundinnen in Petersburg; die Sprache des Landes, in dem sie immerhin schon seit fast fünfzehn Jahren lebte, verstand sie nicht. Alles verletzte sie. Ihr ganzes Leben hing vom Wohlergehen Hélènes ab, doch Hélène war größer geworden... Sie brauchte jetzt eine andere Behandlung, und Mademoiselle Rose hatte sie immer nur als Kind gekannt und besaß zuviel angeborene Zurückhaltung und mütterliches Schamgefühl, als daß sie um Hélènes Vertrauen hätte werben können, die zu jener Zeit doch niemand anders vertraut hätte... Hélène war sorgsam darauf bedacht, daß ihr Inneres geheim blieb; hartnäckig verbarg sie es vor allen Blicken, selbst vor den Blicken des Menschen, den sie am meisten auf der Welt liebte. Sie waren vor allem durch die Angst verbunden, von der keine von ihnen zu sprechen wagte, die Angst vor Mademoiselle Roses Entlassung. Alles war möglich ... Ihr ganzes Leben hing von einer Augenblickslaune Bellas ab, von einer Mißstimmung, die sie plötzlich überfallen konnte, etwa als Reaktion auf eine spöttische Bemerkung von Max. Zu keiner Zeit konnte Hélène in jenen qualvollen Jahren frei atmen; keinen einzigen Abend schlief sie ruhig und vertrauensvoll ein. Am Tag führte Mademoiselle Rose Hélène zur Messe, zum Gottesdienst in der Kirche Notre-Dame de France. Ein französischer Priester sprach vor einigen Kindern, die in der Fremde geboren waren, von Frankreich, vom Krieg und betete »für die Sterbenden, für die Reisenden, für die in der Schlacht gefallenen Soldaten ... «.

›Hier ist es gut‹, dachte Hélène, während sie zwei dünne Kerzen betrachtete, die vor dem Bild der Jungfrau aufgestellt waren, und das leise Zischen der Wachstränen hörte, die ganz langsam hinunterrannen und in einer Betpause auf den gefliesten Boden tropften. Sie schloß die Augen. Zu Hause sagte Bella mit einem Schulterzucken:

»Deine Mademoiselle ist so bigott geworden ... Das hat gerade noch gefehlt ... «

In der Kirche fürchtete sich Hélène vor nichts, sie dachte an nichts, wiegte sich in beruhigenden Illusionen, doch kaum hatte sie die Schwelle überschritten, kaum war sie wieder auf der stockdunklen Straße, kaum ging sie wieder an dem düsteren und faulig riechenden Kanal entlang, da zog sich ihr Herz erneut in qualvoller Angst zusammen.

Mademoiselle Rose sah sich zuweilen staunend um, als wäre sie gerade aus einem Traum erwacht. Zuweilen murmelte sie undeutliche Worte, und wenn Hélène ungeduldig ausrief: »Was reden Sie denn da?«, fuhr sie zusammen, ihre großen, tief in den Höhlen liegenden Augen wendeten sich langsam ihrer Begleiterin zu, und sie sagte leise:

»Gar nichts, Hélène.«

Doch das Mitgefühl, das Hélène erfüllte, besänftigte sie nicht; sie ertrug es wütend, wie eine Last. Voller Verzweiflung dachte sie: ›Jetzt werde ich schon böse wie die anderen ...‹

In den Spiegeln des Salons, die beleuchtet wurden von dem Licht, das unter der Tür des benachbarten Arbeitszimmers hindurchdrang, betrachtete Hélène lange ihr Bild: ihr dunkles Kleid, ein schwarzer Fleck vor dem Hintergrund der vornehmen weißen Wandtäfelung; der dünne, bräunliche Hals ragte aus dem engen, quadratisch geschnittenen Kragen; eine Goldkette und ein Medaillon aus Emaille waren das einzige an ihr, was auf Reichtum hinwies. Wie sehr sie sich langweilte ... Sie glaubte, unglücklich zu sein, weil man sie wie ein kleines Mädchen kleidete, mit großen Schleifen und kurzen Röcken, während man in Rußland mit vierzehn Jahren schon eine Frau war... Im übrigen dachte sie:

›Worüber beklage ich mich?... Es geht doch allen wie mir. Bestimmt sind alle Häuser voll von untreuen Frauen, unglücklichen Kindern und vielbeschäftigten Männern, die nur an Geld denken... Wenn man Geld hat, schmeichelt einem alles, alles lächelt, alles läßt sich arrangieren, heißt es. Ich habe Geld, ich bin gesund... aber ich langweile mich...‹

Eines Abends begegnete ihr Schestow, als sie in dieser Stimmung war; er war betrunken; lächelnd betrachtete er das kleine Gesicht, das zu ihm aufblickte, und sagte:

»Schöne Augen ...«

Hélène wußte, daß dieser Mann betrunken war, schlimmer noch, daß er verachtenswert war, daß er sein Land an den Meistbietenden verkaufte, doch es war der erste Mann, der sie ansah ... sie konnte nicht erklären, wie... Es war der erste Blick eines Mannes, der erste Blick, dessen Gewicht sie spürte, der von ihrem Gesicht nach unten gewandert und an der Brust haftengeblieben war, an den kleinen, schwellenden Brüsten, die unter dem Kleid schmerzten. Schestows Blick suchte lange nach der zarten Stelle, wo die noch kleine und spitze Mädchenschulter abfiel; er nahm ihre Hand und küßte sie, dann ging er aus dem Zimmer. In dieser Nacht sollte Hélène zum erstenmal in ihrem Leben wach bleiben, voller Scham, unglücklich, verlegen bis zum Schmerz und so stolz, weil sie noch immer das Gewicht jenes Blickes im Schatten spürte, jenen bedrückenden und aufreizenden Blick eines Mannes. Doch seitdem machte Schestow ihr noch mehr angst, und sie tat alles, um eine weitere Begegnung mit ihm zu vermeiden.

An einem anderen Abend sah sie die ersten Frauentrupps, die durch die Stadt liefen und Brot verlangten. Sie marschierten hinter einem im Wind flatternden Stoffetzen, aber es war kein Geschrei, das sich aus dieser Menge erhob, sondern nur eine dumpfe und schüchternde Klage:

»Brot, Brot, wir wollen Brot ...«

Wo immer sie vorbeikamen, schlossen sich, eine nach der anderen, die Türen.

Im angrenzenden Zimmer hörte Hélène:

»Kaufen ... verkaufen ...«

»Es heißt...«

»Man sagt...«

»Unruhen, Aufstände, die Revolution...«

Doch im Grunde glaubten sie es nicht; sie dachten ebensowenig nach wie Menschen, die von einer Sturzflut mitgerissen werden.

»Es wird immer Geld geben...«

»Man kann nur eines machen... Kaufen, kaufen...«

»Kaufen, egal, was es ist... Glühbirnen, Zahnbürsten, Konservendosen... Vorhin hat man mir einen Rembrandt angeboten. Für ein Stück Brot kann man ihn haben...«

Unruhen? Mit einer Handbewegung schoben sie sie weg; sie ließen sie nicht außer acht; sie unterschätzten sie nicht; doch die ungeduldige Handbewegung signalisierte:

›Ja, doch. Wir wissen, daß es nicht mehr lange dauern kann. Ja, doch. Wir spüren wie ihr, daß es zu Ende gehen wird, daß der Zusammenbruch kommt. Aber wir sind daran gewöhnt. Stabilität langweilt uns, macht uns angst. Wir wissen Bescheid, wir wissen genau Bescheid, aber was uns reizt, was uns gefällt, ist das Spiel mit den Zeichen, mit den Symbolen des Reichtums, mit Diamanten, die vielleicht bald konfisziert werden, Aktien, die morgen nur noch das Gewicht ihres Papiers wert sein werden, Gemälde, die verbrannt werden...‹

Jemand sagte mit gesenkter Stimme:

»Es heißt, daß Rasputin getötet wurde... Es heißt, er sei ermordet worden von...«

Dann ein unbestimmtes Getuschel: Der Zar und die kaiserliche Familie waren für sie noch immer von einem Nimbus der Ehrfurcht und des Schreckens umgeben.

»Ist das möglich?«

Ein Augenblick der Verblüffung, dann schoben sie auch das beiseite. Ja, ja, man werde schon sehen. Aber laßt uns jetzt spielen, uns betrinken, Gold und Juwelen horten oder wenigstens von Geld sprechen, von Geld träumen, mit unseren liebenden Händen Goldbarren betasten, geschliffene Steine, Rubel, was wird morgen noch etwas wert sein?... Wieviel wird das alles wert sein? Ach, das werden wir morgen sehen...

Wozu soll es gut sein, jetzt schon an morgen zu denken?...
Man muß verkaufen, verkaufen, verkaufen... Man muß kaufen, kaufen, kaufen...

»Lieber Gott, beschütze Papa...«

Den Namen ihrer Mutter ließ sie aus.

»Lieber Gott, beschütze Mademoiselle Rose... Vergib mir meine Sünden. Mach, daß die Franzosen den Krieg gewinnen...«

4

Die Februarrevolution brach los und ging vorbei, dann kam die Oktoberrevolution. Die Stadt, unter der Schneedecke verkrochen, war verstört. Es war ein Sonntag im Herbst. Das Mittagessen ging zu Ende. Max war da. Dichter Zigarrenrauch füllte das Zimmer. Man hörte das leise Knacken der in die Sessel eingenähten Dollarbündel und Bücher. Es war drei Uhr; man trank kostbaren Wein aus bauchigen Gläsern. Alle schwiegen und lauschten zerstreut den Schüssen, leise und weit entfernt, die Tag und Nacht in den Vororten ertönten, doch auf die niemand mehr besonders achtete.

Karol hatte Hélène auf seine Knie gezogen. Seit langem hatte er vergessen, daß sie da war; er streichelte sie mechanisch, wie man mit den Ohren eines Hundes spielt. Und manchmal zog er sie beim Reden heftig an den Haaren, was Hélène so weh tat, daß sie zusammenzuckte; seine Zärtlichkeiten waren rauh, doch Hélène ließ sie sich gefallen, ohne sich zu beklagen, weil sie froh war, daß ihre Mutter sich darüber ärgerte. Indessen wollte sie sich aus seinem Griff befreien; doch er hielt sie zurück:

»Warte noch ein bißchen ... Du bleibst nie bei mir.«

»Ich muß etwas für den Unterricht vorbereiten, Papa«, sagte sie, indem sie die braune Hand mit den langen, schmalen Fingern küßte, die nach alter Art geschmückt war mit dem breiten Ehering, dem Symbol der Knechtschaft ...

»Du kannst hier lernen ...«

»Gut, Papa.«

Er steckte ihr ein Stück Zucker zwischen die Lippen, das mit Wein getränkt war:

»Hier, Hélène...«

Und gleich darauf vergaß er sie.

Sie sprachen von Schanghai, von Teheran, von Konstantinopel. Man mußte fort. Aber wohin?... Die Gefahr war überall, doch da sie für alle gleich war, schien sie weder schwerwiegend noch anhaltend zu sein. Hélène hörte nicht zu; der Name des Erdenwinkels, wo sie stranden würde, war ihr völlig gleichgültig. Sie stand wieder auf dem Boden, und jetzt lernte sie, auf einem roten Sessel sitzend, für den morgigen Unterricht. Es war ein Buch mit »deutscher Konversation«, und sie sollte die zwanzigste Lektion auswendig lernen, die Beschreibung einer Familie beim abendlichen Zusammensein; Hélène wiederholte mit gesenkter Stimme:

»Eine glückliche Familie... Der Vater ist ein frommer Mann...«

›Lieber Himmel!‹ dachte sie, ›was für Idioten...‹

Sie betrachtete das Bild unter dem Text.

In einem ganz in Blau gehaltenen Wohnzimmer hatte sich »die glückliche Familie« versammelt; der Vater, im Gehrock, mit blondgelocktem, bis auf die Brust fallendem Bart, saß in Pantoffeln in seiner Ecke am Feuer und las die Zeitung; die Mutter, die »Hausfrau«, trug eine Schürze, die ihr die Taille einschnürte, und war dabei, Nippsachen auf dem Regal abzustauben; das junge Mädchen spielte Klavier, der Gymnasiast lernte unter der Lampe, und zwei kleine Kinder, ein gelber Hund und eine graue Katze saßen in der Mitte des Zimmers auf dem Teppich und »gaben sich«, wie der Text erläuterte, »den unschuldigen Zerstreuungen ihres Alters hin«.

›Was für eine Lüge!‹ dachte Hélène.

Sie betrachtete die Menschen um sich herum. Sie sahen sie nicht, doch auch für Hélène waren sie irreal, weit weg, halb aufgelöst im Nebel, schattenhafte Wesen, haltlos, blutleer und ohne Substanz; sie lebte weit von ihnen entfernt, in ihrer eigenen, imaginären Welt, wo sie Herrin und Königin war. Sie langte in die Tasche und nahm den Bleistift heraus, der sich immer darin befand, zögerte und näherte ihn dem Buch, langsam, ganz langsam und vorsichtig, wie eine geladene Waffe.

Sie schrieb:

»*Der Vater denkt an eine Frau, die er auf der Straße kennengelernt hat, und die Mutter hat sich gerade erst mit einem Liebhaber getroffen. Sie verstehen ihre Kinder nicht, und ihre Kinder lieben sie nicht; das junge Mädchen denkt an ihren Geliebten und der Junge an die schlechten Worte, die er im Gymnasium gelernt hat. Die kleinen Kinder werden groß werden und so werden wie sie. Die Bücher lügen. Es gibt auf der Welt keine Tugend und keine Liebe. Alle Häuser sind gleich. In jeder Familie gibt es nur den Profit, die Lüge und das Unverständnis füreinander.*«

Sie hielt inne, drehte den Bleistift in der Hand, und ein kleines, schüchternes und grausames Lächeln trat auf ihre Lippen. Es erleichterte sie, diese Dinge zu schreiben. Niemand kümmerte sich um sie. Es stand ihr zu, sich so zu amüsieren, wie es ihr gefiel; sie fuhr fort, fast ohne Druck auf den Stift auszuüben, mit einer sonderbaren Schnelligkeit und nie gekannten Leichtigkeit, einer Gewandtheit des ganzen Denkens, durch die sie gleichzeitig im Auge behalten konnte, was sie schrieb und was sich in ihrem Geist vorbereitete, um sich gleich darauf zu verfestigen. Sie genoß dieses neue Spiel; es war, als würde sie an einem Winterabend ihre Tränen über Wangen und Hände rinnen sehen, während der Frost sie gleichzeitig zu Eis erstarren ließ.

»Es ist überall dasselbe. Und auch bei uns ist es so. Der Mann, die Frau und...«

Sie zögerte und schrieb:

»der Liebhaber...«

Sie strich das letzte Wort durch und schrieb es erneut hin, freute sich an seinem Anblick und strich es dann noch einmal durch, übermalte jeden einzelnen Buchstaben mit kleinen Pfeilen und Schleifen, bis das Wort seine ursprüngliche Gestalt verloren hatte und aussah wie ein Tier, aus dem Antennen stachen, eine Pflanze voller Dornen. So sah es merkwürdig unheilvoll aus, rätselhaft und grobschlächtig, und das gefiel ihr.

»Was schreibst du da, Hélène?«

Auf die rasche Bewegung hin, die sie nicht unterdrücken konnte, während ihr Gesicht sich langsam mit einer fahlen Blässe überzog und ihre Züge plötzlich von vorzeitigem Alter und Erschöpfung geprägt zu sein schienen, betrachteten alle sie erstaunt und mißtrauisch:

»Aha! So ist das... Was schreibst du, gib das her!« befahl Bella.

Angestrengt und schweigend begann Hélène, das Papier zu zerknittern und einzureißen.

Bella sprang auf:

»Gib her!«

Verzweifelt und mit zitternden Händen versuchte Hélène, das Blatt herauszureißen und zu zerknüllen, doch bei dem dicken Buch fruchteten ihre Bemühungen wenig; das kolorierte Bild auf dem glatten Papier knitterte, ohne zu reißen;

voller Angst und Entsetzen sog sie jenen Geruch nach Leim und groben Farben ein, den sie nie vergessen sollte...

»Bist du verrückt geworden!... Gibst du mir das jetzt sofort her?... Paß bloß auf, Hélène!« schrie Bella wutschäumend, und als sie das junge Mädchen an der Schulter packte, war sie so zornig, daß Hélène die Spitzen ihrer Nägel spürte, die durch das Kleid in ihr Fleisch eindrangen. Doch sie klammerte sich an das Buch, ohne eine Träne, mit zusammengebissenen Zähnen, bis es ihr auf einmal entglitt und zu Boden fiel. Bella stürzte sich auf die halb herausgerissene Seite, las die wenigen mit Bleistift geschriebenen Sätze, betrachtete verblüfft das Bild, und plötzlich stieg ein Strom von Blut in dieses allzu weiße Gesicht, das von der Schminke doch so gut gegen alles geschützt war.

Sie schrie: »Sie ist verrückt!... Dummes, undankbares, schamloses Mädchen! Elende Lügnerin! Du bist ja nur eine dumme Gans, verstehst du? Du bist ja nur ein unverschämtes kleines Gör!... Wenn man solche Sachen denkt, wenn man es wagt, solche Sachen zu denken, solche unverschämten, dummen Sachen, schreibt man sie wenigstens nicht hin, man behält sie für sich! Die Stirn zu haben, das Urteil über seine Eltern zu fällen! Und was für Eltern! Die sich für dich aufopfern, für dein Wohlergehen! Die um deine Gesundheit bangen, um dein Glück! Undankbares Gör! Weißt du überhaupt, was das bedeutet, Eltern zu sein?... Sie sollten dir heilig sein! Es sollte nichts geben, was dir teurer ist auf der Welt!«

›Zu allem Überfluß‹, dachte Hélène bitter, ›wollen sie auch noch geliebt werden!‹

Das wutverzerrte Gesicht ihrer Mutter näherte sich dem ihren; sie sah das Blitzen der verhaßten Augen, die geweitet waren vor Furcht und Zorn:

»Was fehlt dir denn, du undankbares Mädchen? Schau dich doch an! Du hast Bücher, Kleider, Schmuck! Schau her!« schrie sie und riß an dem kleinen Medaillon aus blauem Emaille, das sich von der Kette löste und zu Boden fiel; sie zertrat es wütend mit dem Fuß.

»Schaut sie euch an, schaut euch dieses Gesicht an! Kein Wort der Reue! Keine Träne! Warte nur, meine Kleine! Ich bringe dich schon noch zur Vernunft! An alldem ist deine Gouvernante schuld! Sie entfremdet dich deinen Eltern! Sie bringt dir bei, sie zu verachten! Na schön, sie kann ihre Sachen packen, hörst du!... Du kannst ihr adieu sagen, deiner Mademoiselle Rose! Du wirst sie nicht wiedersehen!... Ach! Das bringt dich also zum Weinen, was!... Schau sie dir an, Boris!... Bewundere deine Tochter!... Für mich, für ihre Mutter, für dich, keine Träne! Aber wenn es um Mademoiselle Rose geht, da ist sie plötzlich ganz zahm!... Ach! Jetzt hast du also die Güte, mit mir zu sprechen! Und was hast du zu sagen, na komm schon, los!«

»Es hat nichts mit ihr zu tun, Mama! Mama, es ist meine Schuld!«

»Halt den Mund!«

»Verzeih mir, Mama, verzeih mir!« rief Hélène; es kam ihr vor, als wäre ihre Erniedrigung das einzige Opfer, das wertvoll genug war, um das Wüten des Schicksals zu besänftigen. Voller Verzweiflung dachte sie:

›Sie sollen mir antun, was sie wollen! Sie soll mich schlagen, sie soll mich töten, aber nicht das!‹

»Mama, verzeih mir, ich werde es nie wieder tun!« schrie sie, indem sie eigens nach Worten suchte, die ihren Stolz am meisten verletzten, Worte eines bestraften Kindes: »Ich flehe dich an, verzeih mir!«

Doch obwohl Bella keinen Widerstand mehr spürte, steigerte sie sich nur noch mehr in ihren Zorn hinein. Oder wollte sie mit Schreien und Tränen vielleicht ihren Mann verwirren, seine Gedanken von Max ablenken?

Sie lief zur Tür, öffnete sie und rief:

»Mademoiselle! Kommen Sie sofort!«

Mademoiselle Rose eilte zitternd herbei. Sie hatte nichts gehört; entsetzt sah sie Hélène an.

»Was los ist, wollen Sie wissen?« schrie Bella. »Ich will es Ihnen sagen: Dieses Mädchen... dieses Mädchen ist ein undankbares Gör, eine Lügnerin! Und Sie haben sie dazu erzogen! Ich beglückwünsche Sie dazu! Aber jetzt reicht es damit! Ich habe mir alles gefallen lassen, aber das sprengt alle Grenzen! Sie werden gehen, hören Sie! Ich werde Ihnen zeigen, daß ich in diesem Haus immer noch das Sagen habe!«

Mademoiselle Rose hörte ihr zu, ohne etwas zu sagen. Sie war nicht einmal blaß geworden: Bei ihrem durchsichtigen Teint war es unmöglich, noch blasser zu werden... Als Bellas Stimme nicht mehr zu hören war, schien sie immer noch zuzuhören... Die wütenden Worte schienen ein Echo in ihr hervorzurufen, das nur sie vernehmen konnte.

In verstörtem Ton, mit leiser Stimme sagte sie:

»Sehr wohl, Madame...«

Max, der den Mund noch nicht geöffnet hatte, zuckte die Achseln:

»Lassen Sie sie doch, Bella... Sie machen ja aus einer Mücke einen Elefanten!«

»Geh!« schrie Bella, an ihre Tochter gewandt, und ohrfeigte das unbewegte, stumme Gesicht, auf dem sie die rote Spur ihrer Fingerspitzen hinterließ. Hélène stieß einen dünnen Schrei aus, aber sie weinte nicht und wandte sich ihrem

Vater zu. Er hielt noch das Buch mit der bekritzelten Seite in der Hand. Er schwieg. Er stand da und machte eine Bewegung, die Hélène weich werden ließ und ihr Herz mit Reue erfüllte, denn sie erkannte, wie charakteristisch es für ihn war zurückzuweichen, sich an die Wand zu schmiegen, als wollte er sich selbst zerdrücken, sich unsichtbar machen im Schatten.

Hélène ging zu ihm und flüsterte ganz leise zwischen halbgeschlossenen Lippen:

»Papa, willst du, daß ich dir sage, wie das Wort hieß, das Wort, das ich durchgestrichen habe?«

Er schob sie rabiat zur Seite und antwortete wie sie, in gesenktem Ton:

»Nein!«

Dann sagte er leise, mit ebenfalls halbgeschlossenen Lippen (und sie begriff, daß er nichts erfahren wollte, daß er diese Frau und dieses Zerrbild eines Heims weiterhin lieben wollte, die einzige Illusion behalten wollte, die ihm auf Erden blieb):

»Geh! ... Du bist ein böses Mädchen!«

5

Wie jeden Abend kam Mademoiselle Rose zu Hélène ans Bett, deckte sie zu und nahm die Kerze mit. Wie jeden Abend sagte sie mit ruhiger Stimme:

»Schlaf schnell ein und denk an nichts...«

Sanft fuhr sie mit ihrer warmen Hand über Hélènes Stirn, eine mechanische Bewegung, elf Jahre lang täglich ausgeführt, dann seufzte sie und ging zu Bett.

Hélène zerriß es das Herz. Lange betrachtete sie voller Verzweiflung das ruhige Gesicht im Kerzenschein; Mademoiselle Rose schlief nicht... Wie Hélène hörte sie zweifellos die Stunden schlagen; sie sog den Geruch des Rauchs ein, der unter der Tür hindurchquoll; im angrenzenden Zimmer sprachen Hélènes Eltern mit gesenkten Stimmen. Ab und zu drang ein Schrei herüber, der noch im Bett des Mädchens zu hören war.

»Es stimmt nicht... Boris, ich schwöre dir, daß das nicht stimmt...«

Wie gut sie log...

Hélène hörte noch:

»Kaum zu glauben, die Undankbarkeit der Kinder... Sie ist lieber mit einer Fremden zusammen, einer Intrigantin, als mit uns... Denn diese Französin ist es, die sie uns entfremdet...«

Dann nahm sie nur noch ein undeutliches Geflüster wahr, Schluchzen, die müde Stimme ihres Vaters:

»Nun beruhige dich doch... Bella, Liebste...«

»Ich schwöre dir, er ist ein Kind... ein Kind, das mich

liebt... Ist das meine Schuld?... Du kennst mich doch... Es freut mich, wenn ich anderen gefalle, das stimmt, aber für mich ist er ein Kind... Es hat mich amüsiert, ihn zu reizen, manchmal, verstehst du, aber nur die verdorbene Phantasie dieses Görs oder einer alten Jungfer... Ich liebe dich, Boris... Glaubst du mir denn nicht?«

Hélène vernahm Karols abgrundtiefen Seufzer:

»Doch, natürlich, doch...«

»Dann küß mich, schau mich nicht so an...«

Das Geräusch von Küssen. Die Kerze erlosch. Hélène dachte verzweifelt:

›Sie wird sterben... Unmöglich, daß sie ohne mich weiterleben kann... Sie ist allein, ganz allein... Warum begreifen sie nicht, was das ist?... Warum sehen sie nicht, daß sie einen Menschen töten?... Ach! Ich hasse sie‹, sagte sie sich, an ihre Mutter und an Max denkend, ›wie ich sie hasse...‹

Krampfhaft rang sie ihre schwachen Hände:

»Am liebsten würde ich sie umbringen«, murmelte sie.

Draußen zogen anarchistische Terroristen vorbei und ließen die schmalen weißen Regale ihres Zimmers und die albernen Porzellanfigürchen, die darauf standen, erzittern; die Anarchisten waren auf einen alten Ford gestiegen und trugen Schilder mit aufgemalten Totenköpfen. In den leeren Straßen waren die Salven ihrer Maschinengewehre zu hören. Doch niemand hörte sie. Hinter ihren geschlossenen Fenstern schliefen die Menschen, die stumpfsinnig geworden waren und sich mit allem abfanden.

Der folgende Tag verging, ohne daß Bella in Hélènes Gegenwart den Mund öffnete. Karol war nicht da. Ein heftiges Gefühl der Scham versiegelte Hélènes Lippen, wenn sie Mademoiselle Rose gegenüberstand. Ein weiterer Tag verging. Mademoiselle Rose packte ihre Koffer. Unterdessen ging das Leben weiter, auf die alltäglichste Weise ... Nicht anders als in jenen Fieberträumen, in denen sich das Entsetzlichste mit vertrauten Einzelheiten mischt. Hélène lernte für den Unterricht; sie aß unter den Augen ihrer Mutter am Tisch; seit einigen Wochen war der Strom abgestellt; die schwache Flamme einer Kerze flackerte mitten in einem riesigen dunklen Zimmer. Zwischen Mittag und zwei Uhr gingen Hélène und Mademoiselle Rose aus. In diesen Stunden gab es nur selten Schüsse, die Straßen waren ruhig.

Ein vergessenes Licht brannte im Inneren eines verlassenen Hauses, dessen Fenster mit Brettern vernagelt waren. Dichter Nebel füllte Hélènes Mund und drang mit seinem faden und bedrückenden Geruch in ihre Kehle ein. An diesem Tag gingen sie nebeneinander her, und plötzlich nahm Hélène Mademoiselle Roses Hand, drückte sie schüchtern und ließ die mageren Finger in den schwarzen Wollhandschuhen nicht mehr los.

»Mademoiselle Rose ... «

Mademoiselle Rose fuhr zusammen, aber sie antwortete nicht und ließ Hélènes Hand fallen, als hätte der Kontakt mit ihr sie beim Hören eines weit entfernten Geräuschs gestört, das nur sie allein wahrzunehmen vermochte. Hélène seufzte und schwieg. Die Luft war gelb und verdichtete sich von Augenblick zu Augenblick. Manchmal wurde die Straße so dunkel, daß Hélène Mademoiselle Rose nicht mehr sah, und als sei sie körperlos, verloren im Nebel, umklammerte sie voller Angst die Hand und faßte nach dem Mantel, der sie bedeckte; dann gingen sie wieder schweigend nebeneinander her. Manchmal warf eine wunderbarerweise brennende Gaslaterne ihren trüben Schein auf sie, und in der undurchsichtigen Luft enthüllte sich vor dem Hintergrund der ruhelosen Nebelschwaden das schmale Gesicht, der kleine Mund mit den fest geschlossenen Lippen, die Mütze aus schwarzem Samt. Im Schatten stieg der vergiftete Geruch der Kanäle auf; seit der Februarrevolution hatte niemand mehr daran gedacht, sie zu säubern oder ihre steinernen Befestigungen zu sichern; unter dem Druck der Gewässer zerfiel die Stadt, löste sich langsam auf, eine Stadt des Rauchs, des Traums und des Nebels, die ins Nichts zurücksank.

»Ich bin müde«, sagte Hélène. »Ich will nach Hause.«

Mademoiselle Rose antwortete nicht. Hélène kam es vor, als hätten sich ihre Lippen bewegt, doch es kam kein Ton aus ihrem Mund. Im übrigen erstickte der Nebel das Geräusch der Stimmen.

Sie gingen weiter.

›Es muß spät sein‹, dachte Hélène.

Sie hatte Hunger. Sie fragte:

»Wieviel Uhr ist es?«

Keine Antwort. Sie wollte auf die Uhr an ihrem Handgelenk blicken; doch es war zu dunkel. Sie gingen an der Uhr des Winterpalasts vorbei; Hélène verlangsamte ihren Schritt, um sie schlagen zu hören, doch Mademoiselle Rose ging im gleichen Tempo weiter; Hélène mußte laufen, um sie einzuholen. Danach fiel ihr ein, daß diese Uhr zerstört worden war und nicht mehr schlagen konnte.

Der Nebel war auf einmal so dicht geworden, daß sie Mademoiselle Rose kaum noch erkennen konnte, doch die Straße war sehr schmal; bald war der vertraute Kontakt mit dem Wollmantel wiederhergestellt.

»So warten Sie doch auf mich, Sie gehen ja so schnell ... Ich bin müde, ich will nach Hause ...«

Vergeblich wartete sie auf eine Antwort. Verstimmt und erschrocken wiederholte sie:

»Ich will nach Hause gehen...«

Und auf einmal, starr vor Schreck, hörte sie Mademoiselle Rose, die mit sich selbst sprach, leise, vernünftig:

»Es ist spät, aber das Haus ist ganz in der Nähe. Warum haben sie das Licht nicht angemacht?... Mama vergißt doch nie, die Lampe aufs Fensterbrett zu stellen, wenn es Abend wird. Hier setzen wir uns hin, meine Schwestern und ich, um zu nähen und zu lesen... Weißt du, daß Marcel gekommen ist?« sagte sie, an Hélène gewandt. »Er wird staunen, wie groß du geworden bist... Erinnerst du dich noch daran, wie er dich auf die Schultern genommen hat, damit du alles sehen konntest, auf dem Turm von Notre-Dame? Wie du gelacht hast... Du lachst nicht mehr oft, arme Kleine... Hör zu, ich wußte, daß ich dich niemals liebgewinnen durfte... Man hat es mir gesagt... Wer denn?... Das hab ich vergessen... Man darf die Kinder der anderen niemals liebgewinnen... Ich hätte auch gern ein Kind gehabt... Es wäre jetzt in deinem Alter... Ich wollte mich in die Seine werfen... Die Liebe, verstehst du... Nein, nein, ich bin alt... Du verstehst doch, daß ich nach Hause zurückkehren muß, Hélène... Ich bin sehr müde... Meine Schwestern warten auf mich. Ich werde den kleinen Marcel sehen...«

Sie brach in ein kurzes, spöttisches Gelächter aus, das mit einem traurigen Seufzer endete. Dann äußerte sie einige unzusammenhängende Worte, doch sie schien ruhiger geworden zu sein, fast ihren alltäglichen Geisteszustand wiedergewonnen zu haben. Sie hatte Hélènes Hand wieder genommen und drückte sie nun fest. Hélène folgte ihr; all das war so sonderbar, daß es ihr ein wenig so vorkam, als würde sie sich in einem Traum bewegen ... Sie überquerten eine Brücke über die Newa, die von springenden Pferden bewacht wurde; ihre bronzenen Kruppen waren von leichtem Schnee gesprenkelt. Als sie am Sockel vorbeikamen, stieß Hélène mit der Hand daran, und der Schnee fiel auf sie herab, bedeckte ihren Mantel; noch einmal hörte sie das brüchige Gelächter, das mit einem Seufzen endete. Doch bald senkte sich der Nebel wieder über alles. Langsam gingen sie die Straße entlang. Mademoiselle Rose war immer etwas schneller und wiederholte ungeduldig:

»Schnell, schnell, komm, schneller ...«

Die Straße war verlassen. Nur ein Matrose tauchte aus dem Schatten auf, an der Ecke eines Palasts; er hielt eine goldene Tabaksdose in der Hand, die er Hélène unter die Nase hielt; sie sah deutlich die braunen Flecken schwärzlichen Bluts, das man von dem goldenen Deckel nicht abgewischt hatte; der Mann schien bis zur Taille im Nebel zu schweben, seine Beine und die obere Hälfte seines Gesichts waren nicht zu sehen; dann schob sich eine Dunstwolke zwischen ihn und Hélène, und er schien sich aufzulösen in der nächtlichen Dunkelheit.

Hélène rief verzweifelt:

»Bleiben Sie stehen! ... Lassen Sie mich los ... Ich will nach Hause!«

Mademoiselle Rose fuhr auf und lockerte ihren Griff. Hélène hörte sie leise seufzen. Als sie von neuem anfing zu sprechen, schien der Anfall von Wahnsinn vorbei zu sein; mit sanfter Stimme sagte sie:

»Hab keine Angst, Lili ... Wir gehen jetzt nach Hause. Seit einiger Zeit ist mein Gedächtnis so schlecht ... Dort, am Ende der Straße, ist ein Licht gewesen, das mich an das Haus erinnerte ... Das kannst du nicht wissen ... Aber jetzt weiß ich ja, leider, daß all das Vergangenheit ist. Ich frage mich, ob es die Schüsse sind, die das in mir auslösen... Die ganze Nacht hört man sie, unter unseren Fenstern... Du schläfst... Aber in meinem Alter sind die Nächte lang.«

Sie hielt inne und sagte ungeduldig:

»Hörst du keine Schreie?«

»Nein, nein, wir müssen jetzt schnell nach Hause. Sie sind krank.«

Sie konnten sich kaum noch orientieren. Hélène zitterte vor Kälte; bald glaubte sie, im Nebel eine Straße wiederzuerkennen, bald ein Denkmal; der Sockel einer hohen Statue tauchte aus einem Nebelmeer auf; sie näherten sich der Newa, doch der Dunst wurde noch dichter; man kam nur weiter, wenn man sich an den Wänden entlangtastete.

»Wenn Sie nur auf mich gehört hätten«, sagte Hélène wütend, »jetzt haben wir uns verirrt...«

Doch Mademoiselle Rose ging weiter, seltsam zügig und mit der Sicherheit einer Blinden; Hélène schob mechanisch ihre Hand in den Muff aus Otterfell, berührte das kleine Veilchensträußchen aus Stoff, das dort aufgenäht war.

»Kennen Sie den Weg? Ich sehe nichts... Mademoiselle Rose! Antworten Sie mir! Woran denken Sie?«

»Was sagst du, Lili? Sprich lauter, ich verstehe dich nicht...«

»Der Nebel dämpft die Stimmen...«

»Der Nebel und die Schreie. Seltsam, daß du die Schreie nicht hörst... Weit, sehr weit weg; aber sehr deutlich... Du bist müde, meine arme Kleine?... Aber das macht nichts, das macht nichts, wir müssen uns beeilen, uns beeilen«, wiederholte sie voller Ungeduld.

»Ach so! Aber warum?« sagte Hélène bitter. »Es wartet ja

niemand auf uns... Sie sorgen schon dafür... *Sie* ist mit Max zusammen... Oh! Wie ich sie hasse...«

»Pst! Pst!« sagte Mademoiselle Rose sanft. »So etwas darf man nicht sagen. Es ist böse...«

Sie begann in sehr schnellem Tempo weiterzumarschieren. Hélène fragte:

»Wohin gehen Sie denn? Denken Sie nach... Sie können nicht sehen, wohin Sie gehen... Ich bin sicher, daß wir uns immer weiter von zu Hause entfernen.«

Und Mademoiselle Rose gab die ungeduldige Antwort:

»Ich weiß, wohin ich gehe... Mach dir keine Sorgen deswegen... Folge mir... Bald werden wir uns ausruhen...«

Plötzlich riß sie ihre Hand weg; der Muff, den sie gehalten hatte, blieb bei Hélène; sie machte ein paar rasche Schritte, bog zweifellos um eine Ecke, und sogleich verschluckte sie der Nebel; sie verschwand wie ein Schatten, wie ein Traum.

Hélène stürzte hinter ihr her und rief:

»Warten Sie auf mich... Bitte! Wohin wollen Sie? Man wird Sie noch umbringen! Auf dieser Seite der Straße wird geschossen! Oh, so warten Sie doch auf mich, warten Sie, ich flehe Sie an... Ich habe Angst! Man wird Ihnen etwas Schlimmes antun!«

Sie sah nichts; auf allen Seiten war Nebel; es kam ihr vor, als wäre in der Ferne ein Schatten zu erkennen; sie lief eilig hin, doch es war ein Milizionär, der sie zurückstieß. Sie schrie:

»Hilfe! Helfen Sie mir!... Haben Sie nicht eine Frau gesehen, die hier vorbeikam?«

Doch der Soldat war betrunken, und die Stimme eines Kindes, das um Hilfe ruft, war in jenen Tagen etwas ganz Gewöhnliches. Sich an den Mauern festhaltend, entfernte er sich. Dann dachte sie, daß sie zu schnell gelaufen sei, daß Mademoiselle Roses schwache Beine sie nicht so weit hätten tragen können; sie ging denselben Weg zurück; sie rückte vor in dem schweren Dunst, der langsam aufwallte wie Rauch und bald die Gestalt eines hohen Hauses zum Vorschein kommen ließ, bald eine Straßenlampe oder den Bogen einer Brücke, um sich gleich darauf wieder zu senken. Verzweifelt dachte sie:

›Ich werde sie nie wiederfinden!‹

Die eigene Stimme hallte ihr in den Ohren, wattig, gedämpft vom Nebel:

»Mademoiselle Rose... Ach! Liebe, liebe Mademoiselle Rose... Warten Sie auf mich, antworten Sie mir!... Wo sind Sie?«

Sie sah schwache Lichter glimmen; sie beugte sich vor; Männer umringten ein totes Pferd; sie zerlegten es schweigend, Stück für Stück; eine Hand hielt eine Laterne hoch; sie sah, ganz nah, die langen gelben und lockeren Zähne in einem Mund, der im Dunkeln hämisch lachte. Hélène stieß einen Schrei aus und rannte überstürzt auf eine unbekannte Straße zu, die sich zwischen hohen Gebäuden verlor. Sie keuchte; bei jedem Schritt spürte sie den scharfen Schmerz ihres stockenden Atems; sie wußte nicht, wo sie war; sie erkannte nichts wieder und war verwirrt von den Nebelschwaden und ihrer eigenen Panik; sie floh – nur fort von diesen Menschen, von diesen unheimlichen Lichtern, diesen langen Zähnen des Todes... Von Zeit zu Zeit rief sie noch:

»Hilfe, Hilfe! Mademoiselle Rose!«

Doch bald darauf verlor sich ihre schwache und atemlose Stimme. Zudem bewirkte ein Hilferuf zu jener Zeit nur, daß die vereinzelten Passanten sich beeilten, in ihre Häuser zurückzukommen. Noch immer floh sie. Von weitem sah sie eine helle Straßenlaterne, denn in jeder Straße gab es eine

Lampe, die brannte; umgeben von einem roten Hof aus Licht verströmte sie ihren bleichen Schein, mit dem sie nur ein Stück schwarzer Erde und die Nebelschwaden erleuchtete; sie rannte bis dorthin, rettete sich mit einem Sprung aus dem Raum der Finsternis, schmiegte sich keuchend an den bronzenen, mit feuchtem Schnee bedeckten Laternenmast und klammerte sich an ihn wie an den Körper eines Freundes. Sie nahm Schnee in die Hand; die eiskalte Berührung beruhigte sie. Verzweifelt sah sie sich nach einem Menschen um, aber es war niemand da... Die Straße war verlassen. Sie lief immer im selben Viereck mit hohen Gebäuden im Kreis herum, verloren im Nebel, und traf immer wieder auf ihre eigenen Fußspuren. Einmal stieß sie mit einem Passanten zusammen, doch als sie seinen Atem an ihrem Gesicht spürte, als sie seine Augen sah, schreckgeweitet und fremd, die sie anstarrten, kam es ihr vor, als hörte ihr Herz vor Entsetzen auf zu schlagen; mit aller Kraft stieß sie die Hand zurück, die sie festhalten wollte, und begann von neuem zu laufen, weiter weg, mit zusammengebissenen Zähnen. Immer wieder rief sie:

»Mademoiselle Rose! Wo sind Sie, wo sind Sie, Mademoiselle Rose!«

Doch im tiefsten Inneren wußte sie, daß sie die Verschwundene nie wiedersehen würde. Schließlich blieb sie stehen und murmelte voller Verzweiflung:

»Ich muß jetzt nach Hause zurück, ich muß versuchen zurückzukehren... Vielleicht ist sie zu Hause?«

Und dann erinnerte sie sich, daß Mademoiselle Rose ohnehin bald fortgehen würde, und sie sagte laut und indem sie schmerzlich erstaunt den Worten nachlauschte, die aus ihrem Mund kamen: »Wenn sie sterben muß... Wenn ihre Stunde gekommen wäre... Es wäre vielleicht besser, mein Gott...«

Tränen strömten über ihre Wangen; es schien ihr, als hätte sie, als sie aufgehört hatte, sich gegen das Schicksal zu wehren, Mademoiselle Rose verlassen. Sie ging jetzt an den Kais entlang; unter ihren Händen fühlte sie den Granit; er war eiskalt und feucht; sie zitterte vor Kälte; Wind war aufgekommen; er erfüllte die Luft mit einem zornigen Geräusch.

Der Geruch des Wassers, dieser faulige Geruch der Kanäle von Sankt Petersburg, der für sie der Atem der Stadt war, schwächte sich unvermittelt ab; der Nebel löste sich auf, die Schwaden wälzten sich weiter von ihr fort. Lange betrachtete sie das Wasser des Kanals.

›Ich könnte mich jetzt hineinstürzen‹, dachte sie, ›ich würde am liebsten sterben...‹

Doch sie wußte genau, daß das eine Lüge war. Alles, was sie in diesem Moment sah, alles, was sie fühlte, selbst ihr Unglück, ihre Einsamkeit und dieses schwarze Wasser, die kleinen Flammen der Laternen, die im Wind flackerten, alles, sogar ihre Verzweiflung, trieben sie zum Leben zurück.

Sie blieb stehen, strich sich mit der Hand über die Stirn und sagte laut:

»Nein, ich lasse mich nicht unterkriegen. Das werden sie nicht schaffen. Ich habe Mut...«

Sie zwang sich sich dazu, das Wasser zu betrachten, die zwiespältige Anziehung seiner flimmernden Wirbel zu überwinden; sie sog in tiefen Zügen den Wind ein und dachte:

›Wenigstens das bleibt mir... Ich bin böse, ich bin hartherzig, ich kann nicht verzeihen, aber mir bleibt der Mut... Helft mir! Mein Gott...‹

Und langsam, die Zähne aufeinanderbeißend, um nicht zu weinen, kehrte sie nach Hause zurück.

6

Mademoiselle Rose starb am selben Abend im Krankenhaus, wohin Milizsoldaten sie gebracht hatten, nachdem sie an einer Straßenecke bewußtlos zusammengebrochen war. Ein Brief in ihrer Manteltasche, der letzte Brief, den sie aus Frankreich erhalten hatte, half bei ihrer Identifizierung, denn ihr Name stand auf dem Umschlag.

Man benachrichtigte die Karols. Man sagte Hélène, daß sie nicht gelitten habe. Ihr angegriffenes Herz habe aufgehört zu schlagen. Sie habe einen Anfall von Wahnsinn gehabt, dessen Ursache zweifellos das Heimweh gewesen war... Sie müsse seit langem krank gewesen sein.

Hélènes Mutter sagte zu ihr:

»Das arme Mädchen... Sie hing so an dir... Wir hätten ihr eine kleine Rente gezahlt, und sie hätte ein ruhiges Leben führen können... Aber andererseits wäre sie schrecklich einsam gewesen, denn wir müssen fort, und wir hätten sie nicht mitnehmen können... Vielleicht ist es so am besten.«

Es gab aber zu jener Zeit so viele Tote, daß weder zu dieser Zeit noch später irgend jemand Muße genug hatte, um Hélène zu trösten.

Immer wieder sagte man:

»Arme Kleine... Stellen Sie sich vor, was für eine Angst sie gehabt haben muß... Man kann froh sein, wenn sie nicht krank wird... Das fehlt uns gerade noch...«

Dann ging der Tag vorbei, und Hélène war allein in dem leeren Zimmer, in dem sich immer noch alle Habseligkeiten der Toten befanden, das alte Photo, das sie zwischen ihren Schwestern zeigte – doch es war kaum noch etwas darauf zu erkennen –, im Alter von zwanzig Jahren, mit dem feinen Haar, das ihr Gesicht wie Rauch umgab, dem Samtband um den Hals, der schmalen, rundlichen Taille, zusammengeschnürt mit einem Gürtel mit Schnalle. Hélène betrachtete das Bild lange und eingehend. Sie weinte nicht. Es kam ihr vor, als würde das Gewicht der Tränen ihr Herz füllen, es hart und schwer machen wie einen Stein.

Die Abreise war auf den übernächsten Tag festgesetzt worden. Sie gingen nach Finnland. Karol begleitete sie und kehrte dann noch einmal zurück, um die Goldbarren zu holen, die ein Freund in Moskau für ihn aufbewahrte. Max fuhr mit ihnen. Seine Mutter und seine Schwestern waren geflohen und befanden sich im Kaukasus, doch er hatte sich geweigert, zu ihnen zu fahren. Karol gab vor, nichts zu sehen. Hélène hörte, wie ihre Eltern im Nachbarzimmer Geld zählten und in Bellas Kleider Juwelen einnähten. Sie hörte ihr gedämpftes Geflüster und das Klicken der Goldstücke.

›Wenn ich es gewußt hätte‹, dachte Hélène, ›wenn ich hätte verstehen können, daß die Arme wahnsinnig werden würde... Wenn ich mit den Erwachsenen gesprochen hätte... Sie wäre behandelt worden, man hätte sie geheilt, sie würde noch leben...‹

Doch gleich darauf schüttelte sie mit einem trockenen, schmerzlichen kleinen Lachen den Kopf. Wer, um alles in der Welt, hätte Zeit gehabt, sich damit zu beschäftigen? Was bedeutete die Gesundheit, das Leben eines Menschen in dieser Zeit? Einer stirbt, ein anderer lebt, was änderte das? In den Straßen der Stadt trugen Männer tote Kinder auf den Friedhof, in Säcke genäht, denn es gab zu viele von ihnen, als daß man für jedes einen Sarg hätte bezahlen können. In ihrer Erinnerung sah sie sich einige Tage zuvor zwischen zwei Unterrichtsstunden am Fenster stehen, das Gesicht an die Scheibe gedrückt, ein kleines Mädchen in einem Kittel, schweres, lockiges Haar im Nacken, die Finger voller Tintenflecken, wie sie begierig, ohne den Blick zu senken, ohne zu schreien, ohne ein anderes äußeres Zeichen ihrer Ergriffenheit als eine fahle Blässe, die ihr Gesicht bis zu den Lippen überzog, die Hinrichtung eines Mannes beobachtete. Fünf Soldaten in einer Reihe; vor der Mauer, aufrecht stehend, ein bereits verwundeter Mann mit blutigem, bandagiertem Kopf, der wackelte wie der Kopf eines Betrunkenen. Er war zu Boden gestürzt, und man hatte ihn fortgebracht, wie man an einem anderen Tag, auf einer Bahre, eine unbekannte tote Frau fortgebracht hatte, eingehüllt in einen schwarzen Schal, und einmal einen Hund, einen ausgehungerten Hund mit offener, blutiger Flanke, der unter das Fenster gekommen war, um dort zu sterben. Und das Kind war zu seinem Schreibtisch zurückgekehrt und hatte im bleichen Schein der kleinen Kerze wieder stokkend zu lesen begonnen:

»Racine zeichnet die Menschen so, wie sie sind, und Corneille so, wie sie sein sollten...«

Oder – denn die Geschichtsbücher waren noch nicht umgeschrieben worden:

»Der Vater unseres geliebten Zaren Nikolaus II. hieß Alexander III. und bestieg den Thron im Jahre...«

Das Leben, der Tod, es ist so wenig...

Ihr schwerer Kopf fiel wieder auf die Brust, doch wovor sie sich nun am meisten fürchtete, war der Schlaf... Nicht einschlafen, nicht vergessen, nicht beim Erwachen, wenn die Erinnerung an das Unglück noch vage und verschwommen ist, auf dem leeren Kopfkissen nach dem vertrauten Gesicht suchen...

Sie biß die Zähne zusammen, wandte sich der Dunkelheit zu, doch die Dunkelheit war erschreckend, voll grimassierender Gesichter und schwarzer Wasserwirbel... Der Nebel drückte seine fahlen, vom Mond erhellten Schwaden ans Fenster. Der Geruch des Wassers schien durch die geschlossenen Fenster zu dringen, vom Boden aufzusteigen, auf sie zuzukriechen. Und als sie sich voll panischer Angst umdrehte, sah sie wieder das leere Bett.

›Geh‹, flüsterte eine innere Stimme, ›ruf deine Eltern, sie sind da, sie werden verstehen, was du leidest, daß du Angst hast, sie werden dafür sorgen, daß du in einem anderen Bett schläfst, man wird es wegschaffen, dieses Bett, dieses flache und leere Bett...‹

Doch sie wollte wenigstens ihren Stolz behalten:

›Ich bin also ein Kind?... Ich habe Angst vor dem Tod, vor dem Unglück? Angst vor der Einsamkeit?... Nein... Ich werde niemanden rufen, vor allem nicht sie. Ich brauche sie nicht. Ich bin stärker als sie alle! Sie werden meine Tränen nicht sehen! Sie sind es nicht wert, mir zu helfen! Nie wieder wird mir ihr Name über die Lippen kommen... Sie sind es nicht wert, ihn zu hören!‹

Am nächsten Tag war sie es, die die Schubladen ausräumte und die wenigen Hinterlassenschaften von Mademoiselle Rose in einen Koffer packte; auf die Wäsche, die Bücher, die Blusen, bei denen sie jede Falte kannte, jede fein ausgebesserte Stelle, legte sie den Mantel, den man zurückgebracht hatte und der noch immer den Geruch des Nebels verströmte, dann schloß sie den Deckel, zog den Schlüssel ab und sprach vor keinem ihrer Verwandten je wieder Mademoiselle Roses Namen aus.

Dritter Teil

1

Der Pferdeschlitten fuhr auf ein kaum sichtbares Licht zu, das in einer Falte des Schneetuchs auftauchte, dann zu verlöschen schien und freundlich blinkend wieder auftauchte. Die Nacht war klar und die Kälte grausam. Die Schneefelder Finnlands erstreckten sich ohne einen Felsen, ohne einen Hügel, wie aus einem einzigen eisigen Guß bestehend, bis zum Horizont, wo sie sich zu krümmen, sich unmerklich zu neigen schienen, als schmiegten sie sich an die Erdkugel an.

An diesem Morgen hatte Hélène Sankt Petersburg verlassen. Der November hatte gerade erst begonnen, aber hier herrschte bereits Winter. Es gab keinen Wind, doch ein eisiger Luftzug stieg von der Erde auf. Freudig sammelte er Kraft, um den schwarzen Himmel, die Sterne zu erstürmen, die unter seinem Anhauch flackerten wie Kerzen im Wind. Ihr Glanz wurde blasser; sie zitterten wie Spiegel, die der Atem vernebelt, dann verflüchtigte sich der eisige Dunst; sie funkelten noch stärker, und der Schnee begann, schwach zu leuchten, als hätte ihn ein bläuliches Feuer in Brand gesetzt. Es schien ganz nah zu sein. Man mußte nur die Hand ausstrecken... die Pferde würden es erreichen, und die Hand würde es fühlen können... Aber nein, der Schlitten fuhr weiter, und jener weiche Schimmer zog sich zurück und glich nun wieder einem spöttischen Blinken.

Der Schlitten bog ab; das Licht am Horizont wurde größer; die Pferde schüttelten die Glöckchen, die an ihrem Hals aufgereiht waren, und jedes davon schwang noch fröhlicher hin und her. Hélène spürte den Fahrtwind an ihren Ohren, dann fiel das Gespann in eine langsamere Gangart, und das Glöckchengeläut wurde leise und träge.

Hélène saß auf dem Rücksitz zwischen ihren Eltern; ihr gegenüber saß Max. Sie hielt Abstand von ihnen, schlug den Schal zurück, der ihr Gesicht einhüllte, und sog in langen Zügen die Luft ein wie eisigen Wein. Drei Jahre lang hatte sie nur den faden und fauligen Geruch der schmutzigen Gewässer Sankt Petersburgs eingeatmet; nun entdeckte sie wieder die Herrlichkeit der klaren Luft, die frei durch die weit geöffnete Nase, den geöffneten Mund zog und bis ins Innerste des Körpers drang, bis zum Herzen, wie es schien, das darauf kräftiger und gesünder zu schlagen begann.

Karol streckte die Hand aus und zeigte auf das Licht, das nun ganz nah war:

»Das ist wohl das Hotel?«

Die Hufe der Pferde wirbelten Schneeklumpen auf, und Hélène nahm den Geruch von Tannen, von Eis, Wind und Weite wahr, den Atem des Nordens, den man nie vergißt.

Sie dachte:

›Hier ist es gut.‹

Das Hotel kam immer näher; nun konnte man es erkennen. Es war ein einfaches, zweistöckiges Holzhaus. Knarrend öffnete sich ein schneebedecktes Tor.

»Jetzt seid ihr da!« sagte Karol. »Ich werde ein Glas Wodka trinken und wieder fahren.«

»Was? Noch in dieser Nacht?« rief Bella, bebend vor Freude, aus.

»Ja«, sagte er, »es muß sein. Je später ich komme, desto größer die Gefahr... Von einem Moment auf den anderen kann die Grenze geschlossen sein...«

»Aber was wird aus uns?« schrie Bella.

Er beugte sich zu ihr und küßte sie. Doch Hélène sah nichts davon. Sie war aus dem Gefährt gesprungen; fröhlich stieß sie mit der Ferse gegen den Boden, der hart war und glitzerte wie ein Diamant. Sie sog die eisige und klare Luft ein, den Hauch der Winternacht; eine rote, helle Flamme erschien an einem Fenster; in der menschenleeren Gegend erklang eine Walzermelodie.

Sie hatte sofort ein Gefühl von Feierlichkeit und tiefem Frieden, wie sie es nie zuvor in ihrem kurzen Leben empfunden hatte. Und gleich darauf, wie das Wohlgefühl, das dem Trinken eines belebenden Getränks folgt, erfüllte eine kindliche Fröhlichkeit, eine Art freudige Begeisterung ihre ganze Seele; sie rannte auf das Haus zu und trat ein. Ihre Eltern hatten Freunde wiedergetroffen, mit denen sie sich auf der Schwelle unterhielten. Durch die offene Tür hörte sie undeutlich ihre Worte:

»Die Revolution... Die Roten... Das dauert mindestens noch den ganzen Winter...«

»Hier ist alles ruhig...«

Ein Mann erklärte in schmetterndem Ton:

»Die Kommunisten von hier sind Lämmer, Schafe... Der liebe Gott beschütze sie... Und wir haben Butter, Mehl, Eier...«

»Kein Mehl, übertreib nicht«, sagte eine Frau. »Ich glaube nichts mehr, selbst wenn man mir sagen würde, daß es im Paradies noch Butter gibt, würde ich es nicht glauben.«

Hélène hörte sie lachen; sie betrat die Diele, wo sie später so oft Station machen sollte, um ihre Schneeschuhe auszuziehen; durch die offene Tür sah man das Eßzimmer. Es war ein großer Raum, ein Tisch mit zwanzig Gedecken stand in der Mitte. Die Dielenbretter, die Wände, die Möbel, alles bestand aus dem gleichen hellen Holz, harzig und glänzend; es verströmte noch den köstlichen Duft der frisch gefällten Tannen, deren Saft ausläuft, wenn man eine tiefe Kerbe in das Herz des Stamms schlägt. Doch was Hélène am meisten überraschte, war der fröhliche Lärm, der das Haus erfüllte; sie hörte die Schreie von Kindern, junge Stimmen, deren Klang sie vergessen hatte. In Gruppen, in Trauben kamen Kinder von draußen herein, mit ihren Schlitten auf den Schultern, ihren Schlittschuhen an Riemen um den Hals, die Wangen brennend von der Nachtkälte, das Haar gepudert von Schnee. Hélène warf ihnen einen hochmütigen Blick zu. Sie war viel älter als sie. Sie war schon fünfzehn. Sie schüttelte den Kopf und seufzte wie eine alte Frau. Es war so schnell gekommen, und die Zeit war auf so traurige Weise vergangen, dieses Alter, von dem sie in Nizza geträumt hatte, als sie klein war, als Mademoiselle Rose noch lebte... Eine Welle des Schmerzes überflutete sie. Sie machte ein paar Schritte, öffnete eine Tür, sah einen kleinen, elenden Salon, wo junge Mädchen tanzten, die sie mit kalten Blicken betrachteten. Sie ging in die Diele zurück, wo die kleinen Jungen mit den blonden Haaren und den dicken roten Backen spielten.

Ein junger Mann, dessen Schultern voller Schnee waren, tauchte auf der Schwelle auf. Die Kinder schrien »Papa!« und liefen auf ihn zu; er nahm sie in die Arme. Eine sehr schöne Frau mit schwarzem, schlicht frisiertem und mit Bändern zusammengehaltenem Haar, sanftem und lächelndem Gesicht, öffnete eine Tür und sagte mit einem zärtlichen und spöttischen Unterton in der Stimme zu dem jungen Mann:

»Mein Gott, Fred, wie siehst du denn aus! Laß doch die Kinder los, sie sind ja schon voller Schnee!«

Der junge Mann schüttelte sich lachend, nahm, als er Hélène bemerkte, seine Pelzmütze ab und lächelte ihr zu. Dann ging er zu seiner Frau, die ihn unterhakte. Ein Hausmädchen kam, um die Kinder abzuholen; sie klammerten sich an den Rock ihrer Mutter, einen langen, weiten Rock aus schwarzem Taft, der leise raschelte. Sie beugte sich zu ihnen hinunter, um sie zu küssen. Hélène sah, daß sie lange Ohrgehänge aus Gold trug; sie liefen in zwei Perlen aus, die vor ihrem schwarzen Haar schimmerten. Sie hatte einen Kragen aus plissiertem Linon und schöne Hände. Als sie bemerkte, daß Hélène sie betrachtete, lächelte sie ihr ebenfalls zu. Dann öffnete ihr Mann eine Tür, und sie verschwanden. Hélène hörte das Rascheln des Tafts und erneut die Töne eines Klaviers; die Frau begann mit warmer und weicher Stimme ein französisches Liebeslied zu singen. Hélène lauschte, ohne sich zu bewegen, versunken in heitere Gedanken. Kaum hörte sie, daß ihr Vater sie rief; er mußte fort. Sie lief auf ihn zu; er umarmte sie mit linkischer, mißtrauischer Zärtlichkeit, dem einzigen Gefühl, das er sich ihr gegenüber an den Tag zu legen gestattete; dann setzte er sich auf den Rücksitz des Schlittens, der sie hergebracht und an der Außentreppe gewartet hatte, und fuhr ab.

Hélène rannte in den Garten. Sie umrundete ihn einmal, ziellos, keuchend, und atmete Schnee ein. Der weiße, vereiste Pfad, der sich unter ihren Schritten weiterzog, schimmerte, beleuchtet von der Lampe über der Treppe. Was für eine Freude, so zu laufen... Ihre Beine, die schon geformt waren wie die einer Frau, hatten nichts von ihrer Beweglichkeit eingebüßt. Die Glocke läutete zum Abendessen. Allein die Gewißheit dieser beruhigenden Regelmäßigkeit, dieser wohltuenden Routine erfüllte sie mit außerordentlicher Zufriedenheit. Das elende kleine Klavier ließ in der feierlichen

Nacht die kraftvollen Akkorde des Liebeslieds erklingen, und die warme Frauenstimme stieg ohne ersichtliche Mühe in die Höhe, wie ein Vogel, der seinen Gesang hören läßt, wie ein Pfeil, der zum eisigen Himmel fliegt.

Ein großer gelber Hund tauchte aus der Dunkelheit auf und legte seine feuchte Nase in Hélènes Hand. Sie zog ihn an sich, umarmte ihn. Der Geruch heißer Suppe stieg ihr in die Nase; dazu der Duft nach Gebäck aus Kartoffelstärke, die damals das Mehl ersetzte.

Hélène dachte: ›Ich habe Hunger‹ und lief schnell wieder zum Haus zurück. Selbst dieser Hunger war neu für sie: Es war nicht mehr das quälende, widerliche Bedürfnis zu essen, das sie manchmal in Sankt Petersburg empfunden hatte, als die Lebensmittel zwar noch nicht völlig ausblieben, doch allmählich knapp geworden waren. Sie ging um das Haus herum, näherte sich der Küche, sah den roten Herd, die brennende Lampe, eine Frau mit weißer Schürze, vom Feuer beschienen... Wie friedlich alles war! Wieder dachte sie an Mademoiselle Rose, doch die Erinnerung an die Ereignisse, die doch noch gar nicht so lange zurücklagen, hatte bereits an Intensität verloren. Gewiß war die tragische Wucht des Schreckens daran schuld, daß sich das Geschehene in ihrem Gedächtnis in eine Art düsteren und poetischen Traum verwandelte... Gegen ihren Willen fühlte sie sich sorglos, kalt, leicht, befreit; sie schämte sich dafür, dachte aber:

›Jetzt kann mir nichts mehr, was von *ihnen* kommt, etwas anhaben, denn die arme Frau ist nicht mehr da.‹

Sie stand unter den Fenstern des kleinen Salons; trat mit Wonne auf den schweren und harten Schnee, der leise knirschte. Eine mit einem roten Tuch verhängte Lampe erleuchtete das Zimmer. Die Frau in Schwarz, die »Fred!« gerufen hatte, spielte jetzt einen Walzer. Ihr junger Ehemann beugte sich zu ihr und küßte ihre Schulter. Hélène wurde von dem Gefühl einer sonderbaren Poesie, eines sanften Entzückens ergriffen. Sie sprang von dem Schneehügel herunter, auf dem sie gestanden hatte, und nun mußten sie ihre gewandte Gestalt erkennen, die sich in der Nacht verlor. Die Frau lehnte sich zurück, lächelte, und der junge Mann drohte ihr lachend mit dem Finger. Hélène floh mit freudig pochendem Herzen und leise lachend, ohne Grund, nur um des Vergnügens willen, in der Dunkelheit diesen vergessenen Klang eines Lachens zu hören.

2

Die Grenze war noch nicht geschlossen, aber jeder Zug, der sie passierte, schien der letzte zu sein. Eine Reise nach Sankt Petersburg war ein äußerst schwieriges Unterfangen und ein Beweis von Torheit und Heldentum. Und doch kehrten Bella, Karol und Max unter diversen Vorwänden jede Woche dorthin zurück, weil sie nirgends so zufrieden waren wie in dem Haus, das sie zurückgelassen hatten. Aber jetzt saß Boris Karol in Moskau fest und schaffte es nicht mehr herauszukommen. Die Safronows hatten dem Kaukasus den Rücken gekehrt, aber Max wußte nicht, ob es ihnen gelungen war, nach Persien oder Konstantinopel weiterzureisen. Anfang Dezember bekam er einen Brief seiner Mutter, in dem sie ihn dringend bat, zu ihr zu kommen, da sie allein sei, alt und krank, und sie beklagte sich darüber, daß er sie verlassen habe, »wegen dieser unseligen Frau...« »Sie wird Dich vergessen. Nimm Dich in acht...« schrieb sie. »Ich werde sterben, ohne Dich wiedergesehen zu haben. Du liebst mich, Max. Du wirst es Dir nicht verzeihen, wenn Du mir meinen Wunsch jetzt abschlägst. Komm, setz alle Hebel in Bewegung, um zu mir zu kommen...«

Doch er hatte seine Abreise aufgeschoben bis zu dem Tag, an dem es nicht mehr möglich war, den Süden Rußlands zu durchqueren, weil er nun von den Weißen besetzt war. Als er das erfuhr, war er bei Bella eingetreten und hatte – ohne Rücksicht darauf, daß Hélène im Zimmer war – gesagt:

»Ich habe das Gefühl, daß ich die Meinen nie wiedersehen werde. Jetzt habe ich nur noch Sie auf der Welt.«

Wenn sie nach Sankt Petersburg aufbrachen, blieb Hélène allein zurück; ohne genauere Anweisungen zu geben, vertraute man sie den Hotelbewohnern an, besonders Xenia Reuss, jener jungen Frau, die Hélène schon am ersten Abend gesehen hatte, und einer alten Dame namens Madame Haas, die einmal über Bella gesagt hatte:

»Das soll eine Mutter sein?... Eine Karikatur von einer Mutter, jawohl!«

Wie Passagiere, die sich in einer stürmischen Nacht zusammenfinden und Freundschaft schließen, ohne Ansehen ihres Vermögens oder ihrer gesellschaftlichen Klasse, lebten in Finnland Russen, Juden »aus guter Familie« (diejenigen, die Englisch sprachen und mit stolzer Demut die Riten ihrer Religion vollzogen) und die Neureichen – skeptisch, freigeistig und steinreich – in gutem Einvernehmen zusammen.

Abends ließ man sich in dem heruntergekommenen Salon nieder. Um den Bridgetisch versammelten sich die Spieler, immer dieselben: der große und dicke Salomon Levy mit hochrotem Hals sowie der Baron und die Baronin Lennart, schwedischstämmige Russen, beide hochgewachsen, mager, bleich und kaum wahrnehmbar im Qualm ihrer Zigaretten. Der Baron hatte eine weiche, stets belegte Stimme und das knappe und affektierte Lachen eines jungen Mädchens, während seine Frau mit dem rauhen Akzent eines Grenadiers sprach, anzügliche Geschichten erzählte, an einem Abend eine kleine Karaffe Kognak trank und sich jedesmal bekreuzigte, wenn der Name Gottes fiel, ganz mechanisch und ohne ihre jeweilige Tätigkeit dabei zu unterbrechen.

Auch der alte Haas kam zu diesen Zusammenkünften; er war herzkrank, zerbrechlich, es lag stets eine Decke über seinen Schultern, und das geschwollene blaue Fleisch unter seinen Augen zeigte die langsame Zermürbung durch den Tod, der das Gewebe angriff. Er spielte, und seine Frau, die neben ihm saß, ließ ihn nicht aus den Augen; dabei lag ein Ausdruck von Angst, Hoffnung und schlechter Laune auf ihrem Gesicht, der charakteristisch ist für all jene, die mit der Pflege eines unheilbar kranken und ihnen teuren Menschen beschäftigt sind. Nur hin und wieder wandte sie sich ab, reckte energisch ihren grauen Kopf über dem enganliegenden Perlenhalsband und schleuderte den Blitz ihrer Lorgnette auf all diejenigen, die in ihr Blickfeld traten. Die Diener zündeten die Petroleumlampen an. Die jungen Frauen, die auf den unbequemen kleinen, leichten und knarrenden Bambussofas saßen, stießen die Nadel in ihre Stickereien. Madame Reuss war unter ihnen. Wenn sie von Madame Reuss sprachen, mußten die Frauen zugeben:

»Sie ist schön...«

Nach einem Moment des Schweigens fügten sie hinzu:

»Sie hat einen reizenden Mann...«

Dann, mit einem leichten Kopfschütteln und einem unwillkürlich nachsichtigen Lächeln, das ihre Mundwinkel flüchtig nach oben zog, und jener heuchlerischen, empörten, stolzen und verschwiegenen Miene von Frauen, die noch viel mehr dazu sagen könnten, wenn sie wollten, äußerten sie schließlich:

»Dieser Fred... So ein Taugenichts...«

Fred Reuss war dreißig Jahre alt und sah außergewöhnlich jugendlich aus, mit schwarzen, fröhlich glänzenden Augen, einem lebhaften, spöttischen Blick und blendend weißen Zähnen. Wie die Kinder hielt es ihn nie an einem Ort, er war immer auf dem Sprung, immer bereit zu entschlüpfen, konnte um keinen Stuhl herumgehen, wenn es möglich war, über ihn zu springen, tollte mit seinen Söhnen herum und spielte mit ihnen im Schnee, während seine Frau, ruhig, ein wenig schwer, mit einem schönen Gesicht, ihm lächelnd und mit mütterlicher Zärtlichkeit zusah. Fred Reuss wurde nur ernst, wenn er seinen ältesten Sohn betrachtete, seine einzige Liebe. Mit einem Scherz, einem unvermittelten Lachen, einer Kehrtwendung wich er allen Sorgen aus, jeder Verantwortung, allem Leid. Sein Lachen war laut und schallend, es war unwiderstehlich wie das der Kinder. Sein Spott war fein und verschmitzt. Frauen gegenüber, vor allem seiner eigenen, spielte er das verzogene Kind; selbst vor den Augen der alten Madame Haas fand er Gnade. Jeder seiner Schritte war von Freude begleitet. Er war einer jener Männer, deren jugendliche Ausstrahlung sich nie zu verändern scheint und die nicht reifen können, bis sie dann plötzlich alt sind und bissig, gehässig und tyrannisch werden. Doch er war noch jung...

Der Abend ging vorüber. Die Kindermädchen stiegen die Treppe hinauf, um die Kinder zu Bett zu bringen, die an ihren Armen, an ihren Schürzen hingen. Die vereisten Fenster bedeckten sich allmählich mit durchscheinendem Dunst; die Lampe rauchte und flimmerte.

Die Juden sprachen von Geschäften, und zu ihrer Unterhaltung oder um nicht aus der Übung zu kommen, verkauften sie sich gegenseitig Grundstücke, Minen und Häuser, die die Bolschewiken übrigens schon seit einigen Monaten beschlagnahmt hatten. Doch die neue Regierungsform für dauerhaft zu halten, wäre ein Zeichen destruktiven Verhaltens gewesen. Man billigte ihr zwei, drei Monate zu... Die Pessimisten sagten, es werde noch den ganzen Winter dauern. Sie spekulierten auch auf den Kurs des Rubels, der finnischen Mark und der schwedischen Krone. Die Kurse waren aber so launisch, daß in diesem elenden kleinen, dunklen Salon mit seinem Zierrat aus Plüsch und Bambus von einer Woche zur anderen ganze Vermögen entstanden und wieder verlorengingen, während draußen der Schnee fiel.

Die Russen hörten zu, hochmütig, mißtrauisch, dann neugierig, interessiert; nach und nach rückten sie mit ihren Stühlen näher. Am Ende des Abends sah man, daß sie diesen Leuten, die sie nun »Israeliten« nannten, voller Herzlichkeit den Arm um den Nacken legten.

Wenn sie allein waren, sagten sie sogar noch:

»Wirklich, man hat ihnen unrecht getan. Es gibt reizende Menschen unter ihnen...«

Die Juden sagten:

»Sie sind gar nicht so dumm, wie man immer sagt. Der Baron wäre ein ausgezeichneter Börsenmakler geworden, wenn er es nötig gehabt hätte, seinen Lebensunterhalt selbst zu verdienen.«

So verbrüderten sich die beiden unversöhnlichen Rassen, die durch das Unglück der Zeit aufeinandertrafen, und vereint durch Interesse, Gewohnheit und Schicksal bildeten sie die Bestandteile einer kleinen, trauten und glücklichen Gesellschaft.

Der Rauch dicker Zigarren stieg langsam in die Luft; Pakken von Banknoten, die jeden Tag wertloser wurden, lagen auf dem Boden; niemand machte sich die Mühe, sie aufzuheben, und oft wurden sie von den Hunden zerrissen. Manchmal ging man nach draußen, auf die Terrasse mit dem unter den Sohlen knirschenden Schnee, dann sah man einen schwachen Lichtschein am Horizont.

»Terrioki brennt«, sagte man gleichmütig und kehrte, den dichten Schnee abschüttelnd, der einem in einer Sekunde auf

Rücken und Schultern gefallen war, ins Haus zurück. Unterdessen erklang das Klavier unter den Händen eines langen, farblosen Mädchens mit angegriffener Lunge und flachsfarbenem Haar, das den ganzen Tag unbeweglich auf der Terrasse verbrachte, eingepackt in einen Pelzsack, und wenn es Abend wurde, von den Lichtern des Salons angezogen und gleichzeitig erschreckt wie ein Nachtvogel, den Raum durchquerte, ohne anzuhalten und ohne auf die freundlichen Fragen zu antworten, die man ihm stellte, sich dann auf einen kleinen, mit grünem Plüsch bezogenen Schemel setzte, um ohne Unterlaß zu spielen, von einem Nocturne von Chopin über ein Rondo von Händel zu allerlei Vaudevilles und Schlagern, während das abendliche Fieber auf seinen Wangen brannte.

Die jungen Frauen brachten Hélène das Nähen und Sticken bei; sie fühlte sich beruhigt, zufrieden; ihre alte Gesundheit kehrte zurück, die Kraft ihrer Kindheit; der Schnee, der Wind, das lange Herumlaufen im Wald hatten ihrem Gesicht die kräftige, rosige Farbe zurückgegeben; heimlich, mit schüchternem und lächelndem Blick sah sie es im Spiegel.

»Wie diese Kleine sich verändert!« sagten die Frauen, indem sie sie liebevoll betrachteten. »Wie gut sie aussieht!«

Hélène zog im Augenblick diese Gruppe sittsamer Matronen, die mit zusammengepreßten Lippen den Erzählungen der Baronin Lennart lauschten, untereinander von ihren Kindern sprachen und Marmeladenrezepte austauschten, der Gesellschaft aller anderen vor; während in den Fenstern der Widerschein eines entfernten Brandes größer wurde, senkten sie unter der Lampe ihre Köpfe und schnitten mit ihren kleinen goldenen Scheren in den Zierdeckchen feine Löcher aus...

Samstagabends begab man sich ins Dorf, um die Rotgardisten und die Dienstmädchen tanzen zu sehen. Man bestieg große Bauernschlitten, deren Inneres mit Pelzen oder Schaffellen vollgestopft war. Es war unmöglich, sich aufrecht hinzusetzen; auf den Ellbogen gestützt, machte man es sich liegend bequem, und bei jedem Stoß fielen alle durcheinander.

Madame Reuss blieb mit dem jüngsten Kind zu Hause, doch ihr Mann hätte den »Ball« um nichts in der Welt versäumt. Er nahm seinen ältesten Sohn mit, seinen Georges, ließ ihn in der Obhut der alten Madame Haas und streckte sich dann neben Hélène aus. Lächelnd versuchte er im Dunkeln, ihre Hand zu nehmen; behutsam zog er ihr den dicken Handschuh aus rauher Wolle aus und drückte die schmalen Finger, die unmerklich zitterten. Mit klopfendem Herzen betrachtete Hélène das ihr zugewandte Gesicht, das erhellt war vom Schein des Mondes und der rauchenden und flackernden Flamme einer seitlich am Schlitten befestigten Laterne. Auf Freds Lippen, auf seinem sensiblen, bebenden Frauenmund, spielte eine kleine ironische und zärtliche Grimasse; die Pelzmütze war mit Schneepailletten gesprenkelt, kleinen, blitzenden und harten Sternchen. Hélène schloß die Augen; sie war müde; den ganzen Tag hatte sie gespielt und war im Schnee herumgelaufen; wenn es an Rodelschlitten fehlte, stürzte man sich in einem abgeschirrten Bauernschlitten in rasendem Tempo von einem Hügel hinab, doch sobald man an einen vereisten Stein stieß, landeten die Insassen unweigerlich auf der tiefen, überwachsenen Bahn, im weichen, dichten Schnee ... Die Liebe zu den gefährlichen Spielen, die Brutalität, die jungenhafte Härte, all das hatte Hélène hier wiedergefunden.

Die samstäglichen Bälle fanden in einem Schuppen statt, in dem man durch die unregelmäßig zusammengefügten Balken der Decke wie in einer Weihnachtskrippe den schwarzen

Himmel und den schwachen Schimmer zuckender Sterne erblickte. Die Musikanten mit ihren geräuschvollen Instrumenten, den Trommeln und dem Blech, setzten sich rittlings auf die Bänke; wenn die jungen Männer tanzten, waren sie gespickt mit geladenen Gewehren, und das große Messer zur Bärenjagd, dessen flache Klinge samt Griff in einem Hirschfuß steckte, baumelte an ihrem Gürtel; mit ihren Stiefeln schlugen sie auf den Holzboden, aus dem zuweilen eine duftende Wolke aus Heustaub aufstieg, denn die Speicher befanden sich direkt darunter; die Mädchen trugen rote Schürzen und in übertriebener Zurschaustellung ihrer Loyalität leuchtend rote Bänder in ihrem blonden Haar sowie rote Unterröcke, die beim Tanzen herumwirbelten.

Manchmal öffnete sich die Tür, und ein Luftzug drang in den Raum. Auf der Schwelle sah man vom Mond beleuchtete Tannen; sie waren steif und starr und silberhell, und jeder Ast, vereist, hart und leuchtend wie Stahl, funkelte in der Finsternis. Der Ofen bullerte; man schob Scheite von frischem Holz hinein, noch feucht und weiß von Schnee. Dichter Rauch füllte den Raum; in ihn mischten sich die Atemwölkchen der Tänzer und der Dampf der Umhänge und der Pelzmützen. Hélène saß auf einem Holztisch, ihre Füße baumelten in der Luft; Fred Reuss stand neben ihr und drückte kräftig ihr Bein. Hélène wich zurück, aber hinter ihr küßte sich ein Pärchen, schwankend, halb auf dem Tisch liegend. Sie bewegte sich wieder auf den jungen Mann zu; still genoß sie diese neue Freude, diesen Frieden, die Hitze, die, von Freds Körper ausgehend, seiner streichelnden, zärtlich ihre Wade kneifenden Hand, bis in ihr Herz aufstieg. Sie schwelgte in dem zwiespältigen neuen Vergnügen, ihr Gesicht so zu halten, daß das Licht auf ihre Wange fiel, denn sie wußte, daß ihre Haut matt und rein war, rot von ihrem jungen, lebhaften und leidenschaftlich glühenden Blut. Sie lachte, um ihre weißen und strahlenden Zähne zu zeigen; sie ließ ihre kleine, magere und braune Hand hängen, die Fred zwischen Tisch und Körper an sich drückte. Die an der Decke aufgehängten Petroleumlampen waren mit einem gelben Öl gefüllt, das hin und her wogte, wenn der Tanz wieder begann, eine Art Bourrée, die den Boden knarren und krachen ließ und mit einem ungeheuren Wirbel endete. Hélène sprang und drehte sich in Reuss' Armen; blaß, mit zusammengedrückten Lippen, spürte sie, wie ein süßer, unerhörter Schwindel sie überkam. Um sie herum flogen die Bänder und die langen Zöpfe der Mädchen und peitschten ihre Wangen, peitschten wie Lederriemen Hélènes Gesicht, wenn der Tanz die Paare aneinanderstoßen ließ.

Wenn die Männer genug getanzt und genug geschmuggelten Alkohol getrunken hatten, nahmen sie ihre Mauserpistolen und schossen in die Decke. Auf dem Tisch stehend, die Hände auf die Schultern von Reuss gelegt, grub Hélène, ohne darauf zu achten, in der Erregung ihre Fingernägel in seinen Rücken, während sie dieses Spiel beobachtete und den Pulverdampf einsog, der ihr schon so vertraut war. Reuss' ältester Sohn, mit rasiertem Kopf wie ein frisch gemähter Rasen im Frühjahr – sein kleiner Pelzmantel hatte sich über der Drillichbluse geöffnet –, hüpfte fröhlich auf und ab. Erst als es keine Patronen mehr gab, begannen die Raufereien.

Fred Reuss sagte bedauernd:

»Es ist Zeit, wir müssen gehen, was wird meine Frau sagen? Es ist schon fast Mitternacht, kommt schnell...«

Sie gingen; draußen warteten die Pferde, den gefrorenen

Boden beschnuppernd und hin und wieder ihre schneebedeckten Köpfe schüttelnd; die Glöckchen, die sie um den Hals trugen, bewegten sich, und ein zartes, geheimnisvolles Geläut ertönte über dem Wald und dem in seinem Eispanzer gefangenen Fluß. Hélène und Reuss schaukelten im Halbschlaf leicht hin und her, im Takt der trabenden Pferde, die den Hang erklommen. Hélène spürte ihre Wangen wie Feuer brennen; das lange Wachsein, die Müdigkeit und der Rauch hatten ihre Lider gerötet; unbekümmert folgte sie mit ihrem Blick dem rosigen Mond, der am Winterhimmel langsam höherstieg.

3

Hélène pfiff nach ihren Hunden, öffnete geräuschlos das Tor und verließ den Garten. Der Himmel war blaß und leuchtend; draußen hörte man keinen Vogelruf; auf dem festen Schnee, zwischen den vereinzelten kleinen, vereisten Tannen zeigten sternförmige Spuren, daß wilde Tiere hiergewesen waren; die Hunde beschnüffelten den Boden; dann liefen sie wieder auf den Wald zu, in dem sich Hélène seit über einer Woche täglich mit Reuss traf.

Zuerst war er mit seinen Söhnen gekommen, dann allein. Am Waldrand stand ein verlassenes Haus; es war eine alte Datscha, ein Lusthaus aus Holz, wassergrün gestrichen und mit zwei steinernen Greifen, die die Außentreppe bewachten; offensichtlich hatte man versucht, das Haus in Brand zu setzen, aber das Feuer war gelöscht worden: Ein Teil der Außenwand war von den Flammenzungen schwarz verbrannt. Die Fenster waren durch Steinwürfe zerbrochen: Wenn man sich auf die Zehenspitzen stellte, sah man einen dunklen Salon, mit Möbeln vollgestopft. Eines Tages hatte Reuss mit dem Arm durch ein Fenster gelangt und eine Photographie von der Wand gerissen. Das Papier unter dem Glas war gelblich und gewellt von der Feuchtigkeit eines langen Herbstes und eines Winters ohne Ofenwärme. Es war das Bild einer Frau. Lange hatten sie es betrachtet, und es war ihnen nicht wohl dabei gewesen; eine Art dunkler, zwielichtiger Poesie war von diesen unbekannten Zügen ausgegangen. Dann hatten sie es im Schnee vergraben, unter einer Tanne. Die Türen des Hauses hingen wackelnd in den halb abgesprungenen Angeln.

An diesem Tag war Reuss, während er auf Hélène wartete, in den Schuppen eingedrungen und hatte zwischen allen möglichen Gespannen einige leichte »finnische Schlitten« mitgenommen. So nannte man die einfachen Gefährte, die aus Gartenstühlen bestanden, die man auf Metallkufen montiert hatte. Auf den Rückenlehnen dieser Stühle waren noch die Namen von Kindern zu finden, die in großen, unbeholfenen Buchstaben mit Taschenmessern in das Holz geschnitzt worden waren. Wenn man die Bauern über das Schicksal der Bewohner dieses Hauses befragte, schienen sie ganz plötzlich ihr Russisch und darüber hinaus jede menschliche Sprache vergessen zu haben. Sie kniffen ihre kleinen, schmalen und grausamen Augen zusammen und wandten sich ab, ohne Antwort zu geben.

Als Hélène um das Haus streifte, angezogen von seiner unerklärlichen Stimmung der Verlassenheit und Traurigkeit, kam Fred Reuss auf sie zu, und indem er sie lachend an den Haaren zog, sagte er:

»Lassen Sie das doch! ... Es riecht hier nach Alter, Unglück und Tod! Kommen Sie mit mir, kleines Mädchen ...«

Er zeigte auf den vereisten Weg, der aus geringer Höhe zur Ebene hin abfiel:

»Los geht's!«

Normalerweise wurden die finnischen Schlitten von einem Mann auf Schneeschuhen angeschoben; die Passagiere saßen auf den Stühlen. Aber das ging zu langsam für die beiden; sie stellten sich also beide hinter den Schlitten und schoben ihn durch den Schnee. Er sauste den Abhang hinab und wurde immer schneller; der Wind pfiff in den Ohren und peitschte ihre Gesichter.

»Achtung, Achtung!« rief Fred, und sein fröhliches Lachen erscholl in der klaren, eisigen Luft. »Achtung! Der Baum! Der Stein! Wir fallen! Wir sind tot! Halten Sie sich fest, Hélène... Bremsen Sie mit dem Fuß! So! Weiter! Weiter!... Schneller!... Ach, ist das herrlich...«

Mit angehaltenem Atem glitten sie geräuschlos und mit dem schwindelerregenden Tempo eines Traums den Hang hinab, den weißen, vereisten Weg der Ebene entlang. Sie fuhren so lange, bis der Schlitten an eine Baumwurzel stieß und seine Passagiere in den Schnee warf. Zehnmal, hundertmal begannen sie von neuem, zogen den Schlitten bis zur Hügelkuppe und stürzten sich dann den vereisten Hang hinab.

Hélène spürte den glühenden Atem des jungen Mannes am Hals; die bittere Kälte trieb ihr Tränen in die Augen, die ihr die Wangen hinabrollten, ohne daß sie sie abwischen konnte; der Fahrtwind trocknete sie. Wie Kinder stießen sie, ohne daß es ihnen bewußt war, helle, fröhliche Schreie aus und beschleunigten mit den Füßen. Dann machte der kleine Schlitten einen Satz und raste wie ein Pfeil den Hügel hinab.

Schließlich sagte Fred:

»Hören Sie, das ist mir nicht schnell genug. Wir brauchen einen richtigen Schlitten.«

»Wie sollen wir das anstellen?« sagte Hélène. »Das letzte Mal haben wir den Schlitten kaputtgemacht, und seitdem paßt der Kutscher auf und schließt alles ein, was wir mitnehmen könnten. Aber hier, im Schuppen, habe ich einen gesehen...«

Im Laufschritt kehrten sie zu dem Schuppen zurück und nahmen den schönsten Schlitten, der mit rotem Stoff ausgeschlagen war und vorn eine Reihe von Glöckchen hatte. Es war nicht ganz leicht, ihn von der Hügelkuppe hinunterzubringen, doch als er einmal Fahrt aufgenommen hatte, kam nichts auf der Welt seiner Schnelligkeit gleich; der Schnee flog ihnen ins Gesicht, drang in ihre halboffenen, keuchenden Münder ein, blendete sie, verbrannte ihre Wangen. Hélène sah nichts mehr. Die blendende Weiße der Ebene blitzte unter den glühenden, rubinroten Strahlen der Wintersonne, die auf der Schneedecke ein rotes Feuer entzündete. Doch nach und nach wurde es blasser, wurde rosarot.

›Was für ein Rausch!‹ dachte Hélène.

Sie zählten ihre Abfahrten nicht mehr. Schließlich, als sie in einer Schlucht gelandet waren, aus der sie sich nur mit Mühe wieder befreien konnten, und ihre Wangen ganz zerkratzt waren vom eisverkrusteten Schnee, sagte Reuss, Tränen lachend:

»Wir werden uns noch alle Knochen brechen, das steht fest! Lieber nehmen wir wieder den guten alten finnischen Schlitten.«

»Nie im Leben! Es gibt nichts Schöneres, als sich im Schnee zu wälzen.«

»Ach, wirklich, das haben Sie am liebsten?« murmelte Reuss. Er zog sie an sich, hielt sie einen Augenblick fest an seine Brust gedrückt. Er schien zu zögern; sie stand aufrecht vor ihm und sah ihn mit ihren fröhlichen Augen an, die ihre ganze Unschuld wiedergewonnen hatten. Er sagte unvermittelt:

»Na gut, wenn Sie sich gern im Schnee wälzen, klettern Sie auf meine Schulter!«

Er nahm sie bei der Taille, half ihr, auf seinen Rücken zu klettern, und warf sie dann zwei Schritte weit in den festen Schnee. Sie schrie vor Angst und Vergnügen; man sank in den Schnee ein wie in ein Nest aus Federn; Schnee drang am Hals durch den halboffenen Pulloverkragen; Schnee war im Inneren der Handschuhe und füllte den Mund mit dem eisigen, parfümierten Geschmack von Sorbet. Hélènes Herz pochte laut vor Glück. Ängstlich beobachtete sie, daß sich am Himmel schon die frühzeitige Dämmerung zeigte.

»Wir gehen noch nicht nach Hause, ja? Wir bleiben noch ein kleines bißchen?« bat sie. »Es ist ja noch nicht dunkel...«

Schließlich sagte Fred bedauernd:

»Doch, wir müssen gehen.«

Sie richtete sich auf, schüttelte sich, und dann waren sie auf dem Heimweg. In der verschneiten Weite blieb ein einziger Lichtpfeil übrig, und die Dunkelheit kam sonderbar schnell; sie war zartviolett; am leuchtenden Himmel ging über einem kleinen zugefrorenen See langsam der bleiche Wintermond auf. Sie schwiegen. Ihre Schritte waren laut auf der eisigen Erde. In weiter Ferne hörte man von Zeit zu Zeit, nicht allzu häufig, das dumpfe Geräusch von Kanonenschüssen. Zerstreut lauschten sie. Seit Monaten hörte man diesen leisen Donner ständig, so daß man aufgehört hatte, ihn wahrzunehmen... Woher kam er nur?... Wer schoß?... Auf wen?... Wenn ein gewisser Grad tragischen Entsetzens erreicht ist, reagiert der menschliche Geist mit Gleichgültigkeit und Egoismus. Sie gingen Seite an Seite den Weg entlang, müde und glücklich. Hélène spürte, daß Reuss sie anstarrte. Plötzlich blieb er stehen und legte die Hände um ihr Gesicht. Er näherte seine Wange der ihren, schien einen Moment staunend die Beschaffenheit ihrer Haut zu betrachten, den Widerschein des Blutes, das so heiß und glühend in ihr kreiste und ihr Gesicht rötlich schimmern ließ wie eine Rose; der Kuß zögerte, traf dann mitten auf die leicht geöffneten Lippen, ein leichter Kuß, rasch und brennend wie eine Flamme. Der erste

Kuß, der erste Mund eines Mannes, der sie je auf diese Weise berührt hatte... Zuerst war in ihr nur Angst und Zorn; sie rief:

»Was machen Sie da? Sind Sie verrückt geworden?«

Sie hob einen Klumpen Schnee auf und warf ihn dem jungen Mann ins Gesicht – doch er konnte durch einen Satz zur Seite ausweichen. Sie hörte ihn lachen. Wütend schrie sie:

»Ich verbiete Ihnen, mich anzufassen, verstehen Sie?«
Und sie lief den vereisten und schon dunklen Weg entlang in Richtung des Hauses; auf ihren Lippen hatte sie noch den Geschmack der jungen, gierigen Zähne, doch sie weigerte sich, ihre Gedanken darauf zu konzentrieren, gewährte sich selbst nicht den Genuß dieser neuen und brennenden Freude.

›Mich einfach zu küssen wie ein Dienstmädchen‹, dachte sie, und ohne anzuhalten, lief sie bis zum Zimmer ihrer Mutter, vor dem sie sich kaum Zeit nahm zu klopfen. Sie öffnete die Tür.

Auf dem Sofa saßen schweigend Bella und Max. Hélène hatte es schon gesehen, hatte schon genügend andere überrascht... Aber was sie dieses Mal in Unruhe versetzte, war etwas Seltsames, Neues, die Zärtlichkeit, die intime Vertrautheit zwischen diesen beiden Menschen, das Gefühl von Liebe, das sie ausstrahlten, nicht von Laster oder Leidenschaft, sondern von durchaus menschlicher, ganz gewöhnlicher Liebe...

Bella drehte langsam den Kopf.

»Was willst du?«

»Nichts«, sagte Hélène bedrückt, »nichts... ich dachte... ich...«

Sie schwieg.

Ihre Mutter murmelte:

»Dann geh nach draußen. Es ist noch nicht dunkel. Ich habe

Fred Reuss gesehen, er hat dich gesucht, geh mit ihm und den Kindern...«

»Du willst, daß ich zu ihm gehe?« fragte Hélène, und ein kleines maliziöses und melancholisches Lächeln verzog ihren Mund, »ich gehe, wenn du es willst...«

»Natürlich, geh«, sagte Bella.

4

Der folgende Tag war ein Sonntag. Hélène betrat den kleinen Salon und hauchte an die vereisten Fensterscheiben, um den Himmel zu sehen. Alles schien von außerordentlicher Freude erfüllt, klar und still zu sein; die weiß gekleideten Kinder spielten im schneebedeckten Garten; die Sonne schien; im Haus stieg ihr der Geruch nach heißem Kuchen und Rahm in die Nase, vermischt mit dem der frisch gescheuerten Holzdielen. Alles zeugte von dem freien Tag und seiner unschuldigen Fröhlichkeit.

Vor dem alten Spiegel stehend, der in der Sonne glänzte und ihr ein fernes, verschwommenes, bläuliches Bild zurückwarf, wie wenn man sich an einem Sommertag über ein Gewässer beugt, lächelte Hélène, als sie ihr weißes Kleid aus gestärkter Baumwolle betrachtete; sie sah Fred Reuss eintreten und nickte ihm, ohne sich umzudrehen, im Spiegel zu.

Sie waren allein. Weniger brutal als am Abend zuvor, doch mit einer ironischen Zärtlichkeit, die sie nicht kannte, zog er sie an sich. Sie ließ sich küssen, hielt ihm willig ihr Gesicht hin, ihre Hände, ihre Lippen, und genoß die Wellen der Wonne und des ungetrübten Glücks, die ihren Körper durchfluteten.

Sie fühlte sich jünger, als sie war, im Besitz einer dauerhaften, unveränderlichen Jugend, und das war in ihren Augen der größte Reiz, den sie besaß. Er war sanft, gelöst, selbstbewußt, spöttisch, hitzig und fröhlich wie ein Kind. Wenn sie zusammen im Schnee spielten, mit seinen beiden Söhnen, spürte sie, daß er nicht deshalb ohne Unterlaß den kleinen Hügel erklomm und hinunterrodelte, damit er sie in Reichweite hatte oder sie gar heimlich küssen konnte, sondern daß er vor allem und ebensosehr wie sie selbst die klare Luft, die Sonne, die Schreie und die Stürze in den weichen, pulverigen Schnee liebte. Von nun an verbrachten sie fast ihre ganze Zeit zusammen. Die beschwingte und nachsichtige Zärtlichkeit, die Hélène für ihn empfand, wurde von dem scharfen Reiz, den seine Küsse hervorriefen, angestachelt und verstärkt. Doch am besten gefiel ihr das Gefühl von Stolz, das er ihr gab, das Bewußtsein ihrer Macht als Frau. Was für ein Spaß es war zu sehen, wie Fred für sie die jungen Mädchen vernachlässigte, die sie, weil sie schon zwanzig waren, von oben herab betrachteten! Manchmal richtete sie es so ein, daß sie sich von ihm entfernen konnte, und freute sich über seinen stillen Zorn, wenn sie statt in den Garten, wo er auf sie wartete, zu seiner Frau ging und gesenkten Blicks an ihrer Seite nähte. Wenn sie im Laufschritt zur Terrasse eilte, hielt er sie an den Haaren fest und sagte flüsternd, in wütendem Ton:

»So jung und schon niederträchtig wie eine echte Frau!«

Er lachte – doch das kurze, abschätzige Verziehen der Mundwinkel, der Blitz des Begehrens, der sein Gesicht erbleichen ließ, von alldem konnte Hélène nicht genug bekommen. Er wußte durchaus um seine Macht.

»Wenn Sie älter sind, werden Sie dankbar an mich zurückdenken, denn wenn ich gewollt hätte ... Zuerst hätte ich Sie so leiden lassen können, daß Ihr ganzes Leben davon belastet gewesen wäre und Sie diese wunderbare Selbstsicherheit vor der Liebe für immer eingebüßt hätten ... Und dann ... aber das werden Sie später verstehen, und Sie werden mich als Ihren Freund betrachten ... Sie werden sagen: ›Er war ein

Nichtsnutz, ein Schürzenjäger, aber für mich war er doch ein feiner Kerl...‹ Oder Sie sagen: ›Was für ein Dummkopf...‹ Das wird sehr von dem Mann abhängen, den Sie heiraten werden...«

Inzwischen kam der Frühling; in den schwarzen, feucht glänzenden Schäften der Bäume schien ein geheimes Leben aufzukeimen. Unter der dichten Schneekruste hörte man das erste Beben des eingeschlossenen Wassers; die Wege mit ihren tiefen Spurrillen waren, da kein Schnee sie mehr bedeckte, schwarz von getrocknetem Schlamm. Tag für Tag war der Kanonendonner deutlicher zu vernehmen: Die Weißen, reguläre Truppen, die später die Stütze der neuen Republik bilden sollten, kamen vom Norden herunter.

Abends nähten die Leute, die ihre Ruhe und ihre Arroganz verloren hatten, in ihren Zimmern in fiebriger Eile Wertsachen und ausländisches Geld in Gürtel und Kleiderfutter ein. In dieser Panik dachte niemand an Hélène oder an Fred Reuss. Sie blieben im Salon, dessen Fenster rot wurden, als die Dunkelheit kam, denn die Brände kamen immer näher und umgaben das Dorf mit einem zuckenden, flackernden Ring, und wenn der Wind von Osten kam, brachte er den schwachen Geruch von Pulver und Rauch mit. Sie waren allein und tauschten lange, schweigende Küsse auf dem harten kleinen Bambussofa, das im Schatten wackelte und leise knarrte... Die Tür war offen, und man hörte das Geräusch von Schritten und Stimmen im Gang. Es gab nicht genug Petroleum, und die Lampe hatte einen rötlichen Schein, der gelegentlich ganz ausblieb. Hélène vergaß die Welt; sie lag auf Freds Knien; sie spürte an ihrer Wange den lebhaften, unregelmäßigen Herzschlag ihres Freundes, sie bewunderte die großen, lächelnden dunklen Augen, die sich wehmütig schlossen.

»Ihre Frau... passen Sie auf!« sagte sie manchmal, ohne sich zu rühren.

Doch er hörte nicht; er sättigte sich an dem Atem, der ihren halbgeöffneten Lippen entströmte.

»Ach, lassen Sie mich in Ruhe, es ist so dunkel, niemand wird uns sehen... Und außerdem ist mir das völlig egal!« murmelte er. »Mir ist alles egal...«

»Wie still das Haus heute abend ist!« sagte sie schließlich, während sie sich von ihm löste.

Er zündete eine Zigarette an und setzte sich auf ein Fensterbrett. Die Nacht war dicht, undurchdringlich, ohne einen Lichtschein; Eistropfen glitzerten auf den Scheiben. Die alten Tannen ächzten leise; mit einem erstickten Laut, wie das Seufzen eines Menschen, bewegten sich ihre Zweige. Zwischen den Bäumen blitzte plötzlich die Flamme einer Laterne auf.

»Was ist das?« sagte Hélène zerstreut.

Reuss gab keine Antwort; vornübergebeugt folgte er am Fenster den Lichtern, die nun zahlreich auftauchten; sie waren von allen Seiten her gekommen, schwankten, erloschen, tauchten wieder auf, kreuzten einander, als tanzten sie ein Ballett. Er zuckte die Achseln.

»Unbegreiflich... Ich sehe einen, zwei, drei Umhänge von Frauen«, sagte er mit der Nase an der Scheibe, »aber was können sie dort suchen? Sie suchen irgend etwas im Schnee«, wiederholte er und zählte bedächtig die kleinen Flammen, die das Haus umgaben, aber dann entfernten sie sich allmählich.

Er ging zurück zu Hélène, die noch immer unbeweglich dalag; sie lächelte und hob mit Mühe die Lider: Vom frühen Morgen bis zum Abend Schlitten fahren, Ski fahren, auf den Feldern herumlaufen und diese anstrengenden Küsse...

Wenn es dunkel wurde, dachte sie nur noch an ihr Bett, daran, lange und tief zu schlafen bis zum Morgen.

Er setzte sich wieder neben sie und begann erneut, sie zu küssen, ohne sich um die offenstehende Tür zu kümmern. Mit einem durchdringenden Wohlgefühl genoß sie diese langsamen, diese schweigenden Küsse, den roten Schein der Lampe, die schwelte und rauchte, diese vollkommene Sorglosigkeit, diese Fröhlichkeit, dieses Gefühl, daß die ganze Welt einstürzen konnte und nichts den Geschmack dieses feuchten Mundes aufzuwiegen vermochte, den sie zwischen den Zähnen hielt, oder die Liebkosungen seiner weichen und starken Hände. Manchmal schob sie seine ausgestreckten Hände zurück.

»Was ist? Habe ich dir angst gemacht?« sagte er.

Sie erwiderte:

»Nein, warum?« Und diese kindliche Unschuld, während sie sich wie eine Frau küssen ließ, reizte sein Begehren nur noch mehr.

»Hélène!« murmelte er.

»Ja?«

Er flüsterte; seine Zunge war von einer geheimnisvollen Trunkenheit gelähmt; seine Blässe, sein zerzaustes Haar, seine zitternden Lippen erschreckten sie, doch was sie am stärksten spürte, war ein stolzes und wildes Vergnügen.

»Liebst du mich?«

»Nein«, sagte sie lächelnd.

Niemals würde er von ihr ein Wort von Liebe hören, ein Geständnis ...

›Er liebt mich nicht!‹ dachte sie, ›er hat nur seinen Spaß, und deshalb zeige ich mich nicht als ein dummes, kleines Mädchen, verliebt und unterwürfig, damit er mich weiter haben will, damit ich ihn nicht langweile ...‹

Sie fühlte sich so klug, so reif, sie war so sehr Frau...

»Ich liebe Sie nicht, mein Schatz, aber Sie gefallen mir«, sagte sie.

Zornig schob er sie zurück:

»Sie kleines altes Weib, gehen Sie, ich hasse Sie!«

Madame Haas trat ein und rief aufgeregt:

»Haben Sie gesehen?«

»Nein, was ist los?«

Sie antwortete nicht, nahm die Lampe, ging damit ans Fenster und ließ an der Flamme das Eis schmelzen, das die Scheiben überzog.

»Ich bin sicher, daß ich die Dienstmädchen gesehen habe, als sie vor einer Stunde das Haus verließen. Sie sind in den Wald gelaufen, und seitdem sind sie nicht zurückgekommen!«

Sie hielt ihr Gesicht dicht an die Scheibe, doch draußen war es zu dunkel; sie öffnete das Fenster halb; der Wind blies die Strähnen ihres grauen Haars zurück.

»Wohin sind sie gegangen? Man sieht nichts mehr. Ach, das wird alles noch schlecht enden! Jeden Tag kommen die Weißen näher! Glauben Sie, sie werden es uns melden, wenn sie die Absicht haben, das Dorf zu stürmen?... Aber wer hört auf eine alte Frau? Sie werden schon sehen, Sie werden sehen! Gott gebe, daß ich mich irre, aber ich spüre, daß es ein Unglück geben wird!« rief sie mit dünner und klagender Stimme und kopfschüttelnd wie eine alte Kassandra.

Hélène erhob sich und ging hinaus, um die Tür zur Küche zu öffnen; da sahen sie, daß das noch immer brennende Feuer einen für das Abendessen gedeckten Tisch beleuchtete, wiewohl sich in dem großen, leeren Raum, in dem gewöhnlich so viele Stimmen und Schritte zu hören waren, kein Mensch zeigte. Die Waschküche nebenan war ebenfalls verlassen, doch über den Bügelbrettern hingen noch feuchte Laken, sorgfältig gefaltet: Jemand mußte die Dienstmädchen alarmiert haben, und von einer Sekunde auf die andere waren sie geflohen.

Hélène ging hinaus zur Außentreppe, sie rief, aber niemand gab Antwort.

»Sie haben die Hunde mitgenommen!« sagte sie, als sie zurückkehrte, den Schnee abschüttelnd, der ihren bloßen Kopf bedeckte. »Man hört sie nicht, obwohl sie meine Stimme gut kennen...«

Eine Frau tauchte auf:

»Die Weißen umzingeln das Dorf!« schrie sie.

Türen öffneten sich; jeder hielt eine brennende Kerze in der Hand, denn nur sie gaben in den Zimmern Licht, und nun schwebten die kleinen, zuckenden Flämmchen von Zimmer zu Zimmer; die Kinder wurden wach und weinten.

Hélène ging zurück in den Salon; er hatte sich allmählich mit Menschen gefüllt. Die Frauen drückten sich an die Fensterscheiben; sie sprachen mit gesenkten Stimmen:

»Das ist doch unmöglich... Man hätte sie doch gehört...«

»Warum? Glauben Sie, daß sie Kuriere schicken?« fragte Madame Haas mit albernem Kichern.

»Bitte!« sagte Reuss an Hélènes Ohr. »Schaffen Sie mir diese Frau vom Hals, damit ich ihr nicht länger zuhören muß, sie ist ein Unglücksrabe, ich werde sie noch erwürgen!«

»Hören Sie doch!« rief Hélène.

Die Küchentür schlug heftig in der Stille. Alle schwiegen.

Auf der Schwelle erschien eines der Dienstmädchen, die alte russische Köchin, deren Sohn Rotgardist war, in ihrem schwarzen, schneebedeckten Umhang, mit erschöpftem, verstörtem Blick und zerzaustem, in die Stirn fallendem weißem Haar.

Sie sah die Frauen an, die sie umrundeten, bekreuzigte sich langsam und sagte:

»Beten Sie für die Seelen von Hjalmar, von Iwan, von Olaf und Erik. Sie und andere junge Männer des Dorfes sind heute nacht von den Weißen gefangengenommen worden. Sie haben sie mitgenommen und erschossen, dann haben sie die Leichen einfach irgendwo in den Wald geworfen. Wir, die Frauen, wir sind hingelaufen, um die Leichen zu suchen und sie zu beerdigen, aber der Priester hat sich geweigert, uns auf den Friedhof zu lassen, er sagte, daß Kommunistenhunde kein Grab in geweihter Erde bräuchten. Wir werden sie jetzt selbst im Wald begraben. Gott helfe uns!«

Sie schloß die Tür und verließ mit langsamen Schritten das Haus. Hélène öffnete das Fenster und verfolgte, wie sie und die anderen Frauen in der Nacht verschwanden, jede mit einer Schaufel und einer Laterne in der Hand, die den Schnee erhellten.

»Aber wir, aber wir!« schrie der dicke Levy. »Was wird jetzt aus uns?«

Hinter Hélène erhob sich ein Gewirr von Stimmen.

»Wir haben von den Weißen nichts zu befürchten, das ist sicher, aber wir sind mitten auf das Schlachtfeld geraten. Das beste wäre es, wenn wir noch heute nacht verschwinden würden!«

»Ich habe es vorausgesehen!« murmelte die alte Madame Haas mit tiefer Befriedigung.

Xenia Reuss fragte:

»Fred! Sollen wir die Kinder wecken?«

»Natürlich! Und wir müssen sie vor allem warm anziehen. Wer kommt mit mir, um die Pferde zu holen?«

Der alte Haas gab mit seiner atemlosen Stimme den Rat:

»Warten Sie bis morgen früh. Es ist zu dunkel. Sie laufen Gefahr, von einer verirrten Kugel erwischt zu werden. Wo wollen Sie denn auch hin, mitten in der Nacht, in dieser Kälte, mit Frauen und Kindern?«

Nun tauchten alle Mütter mit ihren Kindern auf den Armen auf. Sie weinten nicht, hatten nur staunend geöffnete Augen. Reuss schlug vor, Karten zu spielen, damit die Zeit schneller verging, und man stellte wie jeden Abend die Bridgetische auf. Hélène sah sich um; alle Kinder, ob groß oder klein, saßen bei ihren Müttern, und diese hatten ihre zitternden Hände auf die Schultern und die gebeugten Köpfe gelegt, als hätten diese schwachen Hände die Macht, die Kugeln abzuwehren.

Reuss ging zu seiner Frau und legte ihr zärtlich die Hand auf den Arm.

»Hab keine Angst, mein Liebling. Wir dürfen keine Angst haben, denn wir sind zusammen«, murmelte er, und Hélène spürte, daß sich ihr Herz krampfhaft zusammenzog.

›Wie sehr er sie liebt... Aber ich weiß doch, daß er sie liebt, es ist schließlich seine Frau‹, dachte sie mit dumpfem Zorn: ›Was ist nur mit mir los?... Trotzdem, wie einsam ich bin...‹

Sie ging davon, setzte sich aufs Fensterbrett und betrachtete zerstreut, wie draußen der Schnee fiel. Gepeinigt von einem Schmerz, der ihr völlig neu war, dachte sie:

›Wie er sie ansieht, wie er seine Söhne bei der Hand nimmt, wie er seine Söhne liebt... Was will er jetzt noch von mir wissen, obwohl er mich gerade eben noch so zärtlich streichelte und küßte, keine fünf Minuten ist es her... Ach, wie froh bin ich, daß ich nicht zu ihm sagte: Ich liebe dich. Aber liebe ich ihn denn?... Ich weiß nicht, ich weiß nur, daß ich leide, es ist ungerecht, ich dürfte nicht so leiden, ich bin zu jung dafür...‹

Voller Haß beobachtete sie ihre Mutter und Max.

›Sie sind schuld... Ich hasse ihn, ich würde ihn am liebsten umbringen!‹ dachte sie, wenn sie Max ansah, doch noch während ihr die schwächlichen Beschimpfungen eines Kindes auf der Zunge lagen, dachte sie zum erstenmal:

›Wie dumm ich bin!... Ich hätte es in der Hand, mich zu rächen, und doch... Es ist mir gelungen, daß Fred Reuss sich für mich interessiert, dem alle Frauen nachlaufen... Max ist auch nur ein Mann... Wenn ich wollte... O mein Gott, bringe mich nicht in Versuchung! Und doch... Sie hat es verdient... Meine arme Mademoiselle Rose, wie haben sie sie leiden lassen... Vergeben? Warum? In wessen Namen? Ja, ich weiß. Gott hat gesagt: Mein ist die Rache... Ach, was ist schon dabei, ich bin keine Heilige, ich kann ihr nicht verzeihen! Warte, warte nur noch ein Weilchen, du wirst sehen, ich werde dich noch zum Weinen bringen, wie du mich zum Weinen gebracht hast! Güte, Vergebung, das hast du mir nicht beigebracht. Es ist ganz einfach: Du hast mir nichts anderes beigebracht als Tischmanieren und dich zu fürchten. Alles ist hassenswert, ich leide, die Welt ist schlecht! Warte, warte nur, meine Beste!‹

Die Lampe sandte einen letzten Lichtstrahl aus und verlosch. Fluchend wedelten die Männer mit ihren brennenden Zigaretten in der Luft herum.

»Das hat gerade noch gefehlt! Es ist natürlich kein Tropfen Petroleum mehr da, und die Küche ist leer...«

»Ich weiß, wo die Kerzen sind«, sagte Hélène.

Sie fand zwei; eine wurde auf dem Spieltisch aufgestellt, die andere auf dem Klavier, und nun wurde es ein wenig heller in dem elenden kleinen Zimmer, das Hélène nach dieser Nacht nicht wiedersehen sollte.

Die Kinder schliefen ein. Ab und zu sagte einer der Männer:

»Eigentlich wäre es besser, wenn wir uns einfach schlafen legen würden. Es ist lächerlich aufzubleiben... Was tun wir denn hier?...«

Doch die Frauen erwiderten voller Angst:

»Wir sollten zusammenbleiben, man fühlt sich besser, wenn man zusammen ist...«

Es war fast Mitternacht, als die ersten Schüsse knallten. Erbleichend ließen die Spieler ihre Karten sinken.

»Diesmal...«

Die Mütter zogen ihre Kinder an sich, drückten sie in ihre Rockfalten. Der Schußwechsel kam bald näher, bald entfernte er sich wieder.

»Machen Sie die Lichter aus!« rief jemand ängstlich.

Sie stürzten sich auf die Kerzen, bliesen sie aus. In der Dunkelheit hörte Hélène keuchendes, abgehacktes Atmen, Seufzer.

»Mein Gott, mein Gott, Herrgott...«

Hélène lachte lautlos; sie liebte das Geräusch der Schüsse; eine wilde Begeisterung ließ sie freudig zittern und beben.

›Wieviel Angst sie haben, wie unglücklich sie alle sind! Ich habe keine Angst! Ich zittere für niemanden! Ich amüsiere mich, ich habe meinen Spaß‹, dachte sie; die Schlacht, die Gefahr, das Risiko verwandelten sich für sie in ein schreckliches und erregendes Spiel; und auf einmal fühlte sie eine Kraft, eine gleichgültige, freudige Ausgelassenheit, wie sie sie in ihrem Leben nie mehr empfinden sollte. Dank einer Art Vorahnung beeilte sie sich, dieses Gefühl auszukosten, als wüßte sie schon in diesem Augenblick, daß ihr später jeder geliebte Mensch, jedes geliebte Kind ein wenig von dieser Kraft, dieser Sicherheit, dieser kalten Bravour rauben und sie den anderen gleichmachen würde, der Herde, in der jeder sich an die Seinen drückte, an die Menschen gleichen Bluts, in der Dunkelheit. Sie schwiegen. Jede Mutter bedeckte ihre Kinder mit ihrem Kleid, achtete darauf, sie vor der Kälte der Nacht zu beschützen, obwohl sie davon überzeugt war, daß keines von ihnen den nächsten Tag erleben würde. Im tiefen Schatten hörte man Gürtel reißen, die voller Gold waren; ein Kind weinte leise; der Schal des alten Haas glitt zu Boden; er klagte und seufzte bekümmert; seine alte Frau, die fürchtete, daß die Aufregung und die eisige Nacht ihren herzkranken Mann töten würden, sagte mit ärgerlichen Tränen und einem Unterton von Liebe und Zorn:

»Mein Gott! Wie dumm du sein kannst, mein armer Mann...«

Max und Fred Reuss waren ins Dorf gegangen, um Pferde aufzutreiben. Die Nacht verging. Sie kehrten nicht zurück. Madame Reuss fragte:

»Wer hat Alkohol? Sie müssen etwas trinken, wenn sie wiederkommen. Die Nacht ist kalt.«

Sie hatte mit leiser, ruhiger Stimme gesprochen, als handelte es sich um einen friedlichen Spaziergang in der Gegend.

›Arme Frau!‹ dachte sie. ›Begreift sie denn nicht, daß sie nie wiederkommen werden?‹

Mit an ihrem Gürtel klirrenden Schlüsseln verließ Madame Haas den Raum, ging in ihr Zimmer und kam bald mit einer kleinen Flasche Alkohol zurück. Madame Reuss dankte ihr und nahm sie ihr aus der Hand; erst in diesem Moment sah Hélène im Lichtschein eines Feuerzeugs, das jemand entzündet hatte, daß das Gesicht der jungen Frau von einer fahlen Blässe überzogen war.

›Sie liebt ihn zu sehr, als daß sie verzweifeln könnte!‹ dachte sie, während sich in ihrem Inneren zögernd Gewissensbisse meldeten. ›Wenn man so sehr liebt, kann man niemals einverstanden sein mit dem Tod. Man glaubt, daß die Liebe einen schützt. Selbst wenn er nicht zurückkommt, wenn er sich im Schnee verirrt oder ihn eine verirrte Kugel trifft, wird sie noch auf ihn warten ... Treu ... Ist es möglich, daß sie nichts bemerkt hat? O doch, im Gegenteil, sie hat seit langem alles begriffen, aber sie muß daran gewöhnt sein ... Sie sagt nichts. Sie hat recht. Er fühlt sich wohl bei ihr, ihr Fred ...‹

Sie beobachtete ihre Mutter, die zitterte und ängstlich nach einem Licht in der Nacht Ausschau hielt, während Madame Haas mit leiser und falscher Stimme zu ihr sagte:

»Warum machen Sie sich solche Sorgen, meine Liebe? Ihre Tochter ist doch bei Ihnen ...«

Es schien Hélène, als öffnete ihr jeder der hier Versammelten freiwillig oder unfreiwillig sein Herz; sie saß auf dem Fensterbrett und ließ über jener undeutlich erkennbaren, aneinandergedrückten Menge im Dunkeln ihre Beine baumeln; sie hörte das Geräusch der Schießerei, das nicht aufhören wollte, dumpf und feierlich ... Nach einer kleinen Weile verließen alle das Zimmer und verteilten sich auf den Treppenstufen, denn sie fürchteten die Fenster, die leicht von Kugeln durchschlagen werden konnten. Hélène blieb mit dem lungenkranken Mädchen allein zurück, das geräuschlos eingetreten war, sich auf den Klavierschemel setzte und tastend zu spielen begann, während die Familien im Stall saßen, in der Wärme ihrer animalischen Liebe. Hélène öffnete einen Fensterladen, und gleich darauf flutete das Mondlicht herein und beleuchtete das Klavier, die mageren Hände, die ein leidenschaftliches und verschmitztes Stück spielten.

»Mozart!« sagte das junge Mädchen.

Dann schwieg sie. Sie hatten nie ein Wort gewechselt; sie sollten sich nie wiedersehen ... Hélène lauschte, das Gesicht in die Hände gelegt, der zarten, delikaten, spöttischen Harmonie, jenen klaren und fröhlichen Akkorden, jenem Lachen, das sich lustig machte über Dunkelheit und Tod, und bis zum Schwindligwerden fühlte sie den rauschhaften Stolz darauf, sie selbst zu sein, Hélène Karol, ›stärker, freier als sie alle ...‹

Morgens rief man sie: Die Pferde waren da.

»Vielleicht werden nicht alle hineinpassen«, sagte Reuss. »Zuerst die Frauen und die Kinder.«

Aber jeder sagte:

»Nein. Alle zusammen.«

Bella nahm Max bei der Hand:

»Alle zusammen ...«

Erst dann erinnerte sie sich daran, daß Hélène noch da war; hastig fragte sie:

»Hast du deinen Mantel? ... Und einen Schal? Hast du keinen Schal? Jetzt bist du schon so groß, und ich muß doch noch an alles denken.«

Hélène schob sich verstohlen an Reuss heran:

»Wohin gehen Sie? Können wir nicht zusammen gehen?«

»Nein. Am Waldrand müssen wir uns trennen, um keine Aufmerksamkeit auf uns zu ziehen, und jeder geht mit seinen Angehörigen weiter.«

»Ich verstehe«, murmelte sie.

Vor der Treppe aufgereiht, warteten die Wagen, wie an den Abenden, an denen man zum Tanzen ins Dorf zu den Rotgardisten fuhr. Doch diese Männer waren nun tot und lagen in der Erde.

Der Horizont war von entfernten Flammen erleuchtet, und

die schneebedeckten Tannen zeigten sich rosafarben unter dem weichen grauen Himmel des frühen Morgens.

»Adieu!« sagte Fred. Heimlich drückte er seine Lippen auf Hélènes kalte Wange und wiederholte leise:

»Adieu, arme Kleine...«

Dann trennten sie sich.

5

Helsingfors, wo die Karols nach einer langen und mühevollen Reise im Frühjahr strandeten, war ein weißes, heiteres und friedliches Städtchen. Blühende Fliederbüsche säumten die Straßen. Es war die Jahreszeit, in der der Himmel niemals dunkel wird und bis zum Morgen eine milchige Helligkeit bewahrt, die weiche Transparenz einer Maidämmerung.

Hélène wurde bei der Witwe eines finnischen Pastors in Pension gegeben, Fru Martens, eine achtbare Person, die Tugend und Kinder zu bewachen hatte. Sie war klein, mager und beweglich, mit blondem Haar, trockener Haut, rosaroter Nase, die einmal erfroren gewesen war und deren Haut in der Mitte immer noch veilchenfarbige Risse aufwies. Sie unterrichtete Hélène in Deutsch und las ihr mit lauter Stimme *Mutter Sorge* vor. Während sie las, beobachtete Hélène unter der gelben Haut des alten, trockenen Halses einen kleinen spitzen Knochen, der wie ein Adamsapfel vorsprang; sie hörte kein Wort und träumte, wie es ihr gefiel.

Sie war nicht unglücklich, langweilte sich aber schrecklich. Es war nicht nur Fred Reuss, den sie vermißte. Im Gegenteil, sie hatte Fred Reuss erstaunlich schnell vergessen... Aber die Freiheit fehlte ihr, die Weite, die Gefahr, jenes exzessive Leben, das sie geführt hatte und nicht mehr vergessen konnte.

Abends, wenn die kleinen Martens' im Chor sangen: »O Tannenbaum, o Tannenbaum, wie grün sind deine Blätter...«, lauschte sie mit Vergnügen ihren wohlklingenden, zarten Stimmen, doch gleichzeitig dachte sie:

›Kanonendonner... Gefahr, egal, welche!... Aber leben!... leben!... Oder wenigstens ein Kind sein wie die anderen... Eine Mutter haben wie die anderen!... Aber nein, dafür ist es zu spät... Ich bin sechzehn, aber meine Seele ist vergiftet...‹

Der Herbstmond warf sein kaltes, klares Licht in den kleinen Salon voller grüner Pflanzen; sie ging zum Fenster, betrachtete die Bucht, die im Dunkeln schimmerte, und dachte:

›Ich muß mich rächen... Soll ich sterben, ohne mich an ihnen gerächt zu haben?‹

Denn seit der Nacht, in der dieser Gedanke ihr zum erstenmal in den Sinn gekommen war, hatte sie ohne Unterlaß daran gedacht, davon gezehrt, sich daran gelabt.

›Ihr ihren Max wegnehmen! Ihnen das zurückgeben, was sie mir angetan haben!... Ich habe nicht darum gebeten, geboren zu werden!... Ach! Ich hätte es lieber gehabt, nicht geboren worden zu sein... Aber niemand hat an mich gedacht, soviel ist gewiß... Man hat mich auf diese Erde geworfen und hat mich groß werden lassen!... Na gut, aber das ist nicht genug! Es ist ein Verbrechen, Kinder in die Welt zu setzen und ihnen keinen Krümel, kein Atom Liebe zu geben!

Rache nehmen!... Nein! Ich kann nicht darauf verzichten!... Fordere das nicht von mir, mein Gott!... Mir ist, als würde ich lieber sterben, als darauf zu verzichten!... Ihr ihren Geliebten wegnehmen!... Ich, die kleine Hélène!‹

Nur sonntags sah Hélène ihre Mutter und Max. Sie kamen zu zweit, blieben eine kurze Weile und gingen wieder. Max ließ manchmal ein paar Mark auf dem Tisch zurück.

»Du kannst dir Bonbons davon kaufen...«

Nachdem sie fort waren, gab sie das Geld den Dienstboten, und lange gelang es ihr nicht, das haßerfüllte Zittern zu unterdrücken, das sie von Kopf bis Fuß erschaudern ließ.

Doch sie nahm eine Veränderung wahr, die sich zwischen ihrer Mutter und Max vollzog, obwohl sie noch subtil und kaum spürbar war. Ihre Worte, aber auch die Pausen zwischen ihren Sätzen waren anders. Sie hatten sich schon immer gestritten, doch jetzt hatten ihre Streitereien einen schärferen Unterton, der Ungeduld und Wut verriet.

›Sie werden langsam ein Ehepaar‹, dachte Hélène.

Lange, erbarmungslos betrachtete sie das Gesicht ihrer Mutter; sie konnte es sich ansehen, solange sie wollte, denn der Blick der harten Augen verirrte sich nie zu ihr; Bella schien ganz und gar auf Max ausgerichtet zu sein; mit leidenschaftlicher Aufmerksamkeit prüfte sie jede Bewegung in seinen Zügen, wenn er sich von ihr abwandte, als könnte er das Gewicht ihres Blicks kaum noch ertragen.

Bellas Gesicht begann zu altern; die Muskeln verloren an Spannkraft; unter dem Puder und der Creme sah Hélène Falten zum Vorschein kommen, die vom klebrigen Überzug der Schminke nicht mehr verdeckt werden konnten und in den Augenwinkeln, über den Lippen und an den Schläfen als feine und tiefe Linien hervortraten. Die bemalte Oberfläche ihres Gesichts bekam Risse, verlor ihr glattes, cremiges Aussehen, wurde körnig, gröber, rauher. Unter dem Kinn zeigte sich die dreifache Furche der Frauen um die Vierzig.

Eines Tages trafen sie nach einer längeren und härteren Auseinandersetzung bei Hélène ein; sie erkannte es gleich an der leidenden und verärgerten Miene ihrer Mutter, am Zittern ihres zusammengezogenen Mundes. Bella zog mit einer heftigen Bewegung ihren Pelz aus und warf ihn aufs Bett.

»Eine Hitze ist hier drinnen!... Arbeitest du gut, Hélène?... Du hast das ganze letzte Jahr nichts getan!... Warum hast du eine so unvorteilhafte Frisur?... Das macht dich fünf

Jahre älter, wenn du die Haare so nach hinten ziehst!... Aber ich bin gar nicht darauf versessen, mich mit einem heiratsfähigen Mädchen zu schmücken. Max! Geh nicht immer auf und ab wie ein Tiger im Käfig!... Du solltest uns Tee anbieten, Hélène...«

»Um diese Zeit?«

»Wieviel Uhr ist es denn?«

»Sieben. Ich hatte euch früher erwartet.«

»Du kannst ruhig einmal eine Stunde auf deine Mutter warten... Ach, die Undankbarkeit der Kinder und der ganzen Welt... Keine Seele, die einen liebt, die Mitleid mit einem hätte!... Niemand...«

»Bist du wirklich so zu bedauern?« fragte Hélène vorsichtig.

»Ich sterbe vor Durst«, sagte Bella. Sie nahm ein Glas Wasser und trank gierig. Tränen standen in ihren Augen. Als sie ihr Glas hingestellt hatte, sah Hélène, daß sie heimlich mit dem Finger über ihre Wimpern fuhr und ihr Gesicht ängstlich im Spiegel betrachtete: Die Tränen verwischten die Schminke. Max stieß mühsam zwischen den verkrampften Lippen hervor:

»Allmählich ist das widerwärtig!«

»Ach, wirklich, das ist also Ihre Ansicht?... Und die Nacht, die ich damit verbracht habe, auf Sie zu warten, während Sie mit ihren Freunden und diesen Frauen...«

»Welchen Frauen denn?« sagte er seufzend in entnervtem Ton. »Sie wollen mich doch am liebsten einsperren und den Schlüssel dreimal umdrehen, damit ich nichts anderes sehe, höre und atme als Sie!«

»Früher...«

»Ja, genau, das war früher!... Warum begreifen Sie es denn

nicht?... Jung und verrückt ist man nur einmal. Man darf alles aus dem Fenster werfen, seine Familie, seine Vergangenheit, seine Zukunft, aber nur einmal, ein einziges Mal!... Mit vierundzwanzig!... Dann geht das Leben weiter, der Mensch verändert sich, wird älter, klüger... Aber Sie! Sie!... Sie sind tyrannisch, egoistisch, anstrengend... Sie haben alles getan, um widerwärtig zu sein, für andere und für Sie selbst... Ich bin unglücklich in diesen Tagen, das sehen Sie doch, ich bin traurig, müde, gereizt... Sie haben kein Mitleid mit mir... Und doch bitte ich Sie nur um eine Sache! Lassen Sie mich allein!... Ziehen Sie mich nicht hinter sich her, wie Sie es immer tun, wie einen Hund an der Leine!... Lassen Sie mir Luft zum Atmen...«

»Was haben Sie denn nur?... Begreifst du das, Hélène?... Er hat keine Nachrichten von seiner Mutter, keinen Brief von seiner lieben Mama. Ist das etwa meine Schuld?... Ich frage dich: Ist das meine Schuld?...«

Max versetzte dem Tisch nervöse Schläge mit der Faust.

»Geht das dieses Mädchen etwas an?... O nein! Genug der Tränen!... Ich schwöre Ihnen, Bella, wenn Sie wieder zu heulen anfangen, gehe ich, und Sie sehen mich im ganzen Leben nicht wieder!... Früher waren Sie wenigstens hart zu sich selbst wie zu allen anderen!... Das war irgendwie verführerisch«, sagte er sehr leise. »In Gedanken nannte ich Sie immer Medea... und jetzt...«

›Ja‹, dachte Hélène, stumm und unsichtbar im Schatten, ›du wirst älter... Jeder Tag, der vergeht, nimmt dir eine Waffe, und ich kriege eine dazu. Ich bin jung, ich bin sechzehn, ich werde ihn dir nehmen, deinen kleinen Freund, und es wird nicht lange dauern und mich keine besondere Schlauheit kosten, leider Gottes!, es wird nicht schwer sein, und wenn ich dich genug habe leiden lassen, werde ich ihn abblitzen lassen, denn für mich wird er immer nur der verhaßte Max meiner Kindheit sein, der Feind meiner armen Toten!... Oh! Wie gründlich werde ich sie rächen. Aber ich muß noch warten!...‹

Verworrene Erinnerungen an jene Abende ihrer Kindheit stiegen in ihr auf, als sie mit vor Durst brennender Kehle vom Park heimkehrte und unter dem Gewölbe der Linden dahinging, ihren Duft in der Nase, und von der kalten Milch träumte, die sie in einer blauen Schale erwartete, und wie sie diesen Durst in sich hegte und pflegte, die Augen halb schloß und sich die süße Empfindung der eiskalten, die Kehle hinabrinnenden Milch vorstellte; dann, in ihrem Zimmer, reizte sie ihre Begierde noch einmal, indem sie die Schale lange in Händen hielt, das Gesicht langsam näherte und mit den Lippen die Flüssigkeit berührte, bevor sie in langen Zügen trank.

Plötzlich läutete das Telefon. Hélène nahm den Hörer; man fragte nach Max. Sie sagte:

»Für Sie, Max. Nachrichten aus Konstantinopel. Jemand vom Hotel ist am Apparat.«

Max riß ihr den Hörer aus den Händen. Sie sah, daß sein Gesicht den gewohnten Ausdruck verlor. Er lauschte einen Moment, ohne etwas zu sagen, legte dann auf und wandte sich an Bella:

»Da haben Sie es!« sagte er mit gesenkter Stimme. »Jetzt können Sie sich freuen!... Sie haben mich ganz für sich!... Es bleibt mir nichts mehr, nichts, außer Ihnen!... Meine Mutter ist tot... Allein... Wie sie es vorausgesagt hat!... Oh! Ich werde dafür bestraft werden, ich werde schrecklich bestraft werden!... Das war es also, diese Last, die mich erstickte!... Im Hospital in Konstantinopel ist sie gestorben, Fremde haben mir ihren Tod mitgeteilt... Sie war allein... Und meine Schwestern?... Was ist aus ihnen geworden auf dieser Reise, als ich nicht an ihrer Seite war, um sie zu beschützen, um ihnen zu Hilfe zu kommen, weil ich in dieser Zeit mit Ihnen zusammen war, mit Ihnen und den Ihren!... Nein, das werde ich Ihnen nie verzeihen!«

»Aber Sie phantasieren!« rief Bella in Tränen aufgelöst und indem sie ihm ihr verzerrtes Gesicht mit der verwischten Schminke zuwandte. »Ist es etwa meine Schuld?... Seien Sie nicht grausam... Stoßen Sie mich nicht zurück!... Sie bestrafen mich für Ihre eigenen Fehler! Ist das gerecht?... Ja, ich habe Sie behalten wollen, ich wollte Sie zurückhalten!... Welche Frau hätte anders gehandelt?... Ist es meine Schuld?«

»Alles ist Ihre Schuld!« rief er, indem er sie heftig von sich stieß.

Sie klammerte sich an seine Kleider; er sagte voller Haß:

»Nein, das ist genug, genug, wir sind hier nicht im Schmierentheater!... Lassen Sie mich los!«

Er öffnete die Tür; sie schrie noch:

»Sie werden mich nicht verlassen!... Sie haben nicht das Recht, mich zu verlassen... Verzeihung, Max, Verzeihung!... Doch ich bin stärker, als Sie glauben!... Ich habe mehr Macht über Sie, als Sie glauben!... Sie werden nicht fähig sein, mich zu verlassen...«

Hélène hörte in der leeren Straße das Tor schlagen. Mit vor Zorn zitternder Stimme sagte sie:

»Sei still, ich bitte dich. Wir sind hier nicht zu Hause.«

Bella rang die Hände, sie war außer sich.

»Das ist alles, was dir dazu einfällt?... Du siehst doch, daß ich verzweifelt bin!... Kein Wort des Mitleids, keine Liebkosung... Du hast also nicht bemerkt, wie er mich behandelt!...

Seine Mutter ist an Brustkrebs gestorben!... Ist das meine Schuld?«

»Das geht mich nichts an«, sagte Hélène.

»Du bist sechzehn. Du verstehst das Leben. Du verstehst das alles sehr wohl.«

»Ich will es nicht verstehen...«

»Armselige kleine Egoistin, hartherzig... Schließlich bist du meine Tochter!... Kein Wort der Zuneigung... Kein Kuß!«

Fru Martens öffnete die Tür einen Spalt:

»Das Abendessen ist serviert!... Zu Tisch, Helenchen!«

Hélène hielt ihre Stirn den Lippen ihrer Mutter hin, die sich von ihr abwandten, und folgte Fru Martens, die vor dem dampfenden Suppentopf Gott für das tägliche Brot dankte. Hélènes Herz hämmerte vor Haß und Wut.

›Ach, es wird wirklich viel zu einfach sein!‹ dachte sie.

Vierter Teil

1

Die Druckwelle der Revolution, die die Menschen nach Lust und Laune auf der Oberfläche der Erde verteilte, schleuderte die Karols im Juli 1919 nach Frankreich.

Boris Karol hatte einige Monate zuvor Finnland durchquert, hatte durch Kursschwankungen fünf Millionen schwedische Kronen verloren und zwei davon wiedergewonnen, dann war er nach Paris gereist, wohin seine Frau, seine Tochter und Max nachkommen sollten.

Das Schiff erreichte am Tag nach der Unterzeichnung des Friedensvertrags die Küste Englands. Die Nacht war kalt und neblig wie im Herbst; die Sterne glitzerten und verschleierten sich einer nach dem anderen. An Land war alles hell erleuchtet; Lampiongirlanden verbanden die kleinen Küstenstädtchen miteinander, die ihrerseits eine einzige zitternde Masse aus Licht waren, gelblich, diffus, umgeben von einem Nimbus, der im feuchten Seenebel leicht schwankte. Raketen stiegen in den Himmel auf, einige davon leuchtend hell, andere nur rostroten Rauch hinter sich her ziehend. Der Wind trieb stoßweise kriegerische Musik auf das Schiff zu, doch es gelang diesen heroischen Fanfaren nicht, die feierliche Melancholie jener Nacht zu zerstreuen: Der Rausch des Waffenstillstands war seit langem verflogen, übrigblieb das schwerfällige und ungeschickte Bemühen um Freude. Ein englischer Lotse kam an Bord; er war betrunken; er torkelte; mit Cockney-Akzent und mit belegter Stimme, in rührseligem Ton sagte er immer wieder:

»*Every man on land is married tonight, ladies ...*«

Um ihm zu entgehen, versteckte sich Hélène an ihrem Lieblingsplatz im vorderen Teil des Schiffs, wo der braune Bullterrier des Kapitäns ohne Aufhebens das Tauwerk zernagte. Lange betrachtete sie die Küste Frankreichs, die ihr in der Dunkelheit still entgegentrieb. Ihr Blick war voller Zuneigung. Wenn sie nach Rußland zurückgekehrt war, hatte ihr Herz nie so freudig geklopft ... Mit seinen beleuchteten Ufern und den übers Meer fliegenden Raketen schien das Land sie feierlich willkommen zu heißen. Je mehr sie sich ihm näherte, desto deutlicher hatte sie das Gefühl, den Geruch des Windes wiederzuerkennen; sie schloß die Augen. Fünf Jahre, ohne dieses liebliche Land wiedergesehen zu haben, das schönste der Welt ... Dieser so kurze Zeitraum schien ihr unendlich lange gedauert zu haben: Sie hatte so viel erlebt ... sie war kein Kind mehr, sie war zu einem jungen Mädchen geworden ... Eine Welt war zusammengestürzt und hatte unzählige Menschen in den Tod gerissen, doch das hatte sie vergessen, oder vielmehr gab es einen eisernen Egoismus in ihr, der sie vor solchen Gedanken bewahrte. Mit der unbarmherzigen Härte der Jugend schob sie die finsteren Erinnerungen beiseite; in ihr blieb allein das Bewußtsein ihrer Stärke, ihres Alters, ihrer berauschenden Macht. Nach und nach wurde sie von einer wilden Erregung ergriffen. Sie sprang auf den Stapel aufgerollter Taue, um den Wind besser spüren zu können. Das Meer, kaum erhellt von den Schiffslampen, blinkte. Zart spitzte sie die Lippen, wie um der Seeluft einen Kuß zuzuwerfen. Sie fühlte sich leicht und schwebend vor Freude, als würde eine Kraft sie tragen, die stärker war als sie selbst.

›Das ist die Jugend‹, dachte sie lächelnd. ›Ach, es gibt nichts Besseres auf der Welt ...‹

Sie sah Max kommen; sie erkannte seinen Schritt und die Glut der kleinen Pfeife, die er rauchte.

»Hier bist du?« fragte er mit müder Stimme.

Er kam näher, stützte sich neben ihr auf und sah schweigend aufs Meer; ein Positionslicht beleuchtete das Wasser. Wie er sich verändert hatte!... Er gehörte zu jenen Männern, die in der ersten Jugend schmaler und edler wirken, als sie eigentlich sind; jetzt war er noch keine dreißig, und doch wurde sein bartloses und unterhalb der Wangen abgespanntes Gesicht bereits fleischiger, schwerer, es zerknitterte und wurde häßlich; seine Wimpern waren nicht mehr schön und seidig wie früher, und es fehlte auch der verächtliche Zug um seinen hübschen Mund, dessen Winkel sich nun müde und gereizt nach unten senkten; in seinem Mund sah man viel Gold.

Er pfiff leise dem Hund:

»Hep, Svea, laß mich an deinen Platz... Rutsch ein bißchen, Hélène...«

Mit einem Satz war er neben ihr, setzte sich und nahm den Terrier auf die Knie. Hélène sagte mit gedämpfter Stimme:

»Diese Lichter dort, das ist bestimmt Le Havre... Wie das leuchtet... Ich glaube, ich erkenne den Umriß der Côte de Grâce... Ja, es ist Frankreich, Frankreich!«

»Du freust dich, ja?« fragte er seufzend.

»Ja. Warum sollte ich mich denn nicht freuen? Ich liebe dieses Land, und diese Lichter sind für mich ein gutes Vorzeichen...«

Er lachte:

»Selbstgerechte Jugend... Die Lichter, die Musik, die Schreie, das alles wird nicht veranstaltet, um ein so belangloses Ereignis wie den Friedensvertrag zu feiern, sondern allein für dich, so stellst du es dir vor ... Wie dumm ein kleines Mädchen doch sein kann ...«

»Na, kommen Sie«, sagte sie, indem sie seine Hand nahm, »Sie würden doch liebend gern an meiner Stelle sein ... Sehen Sie sich an ... Bedrückt, gereizt ... warum? Aber ich bin zufrieden, ich fühle mich leicht, glücklich ... Weil ich nämlich siebzehn bin, mein Lieber, und das ist ein glückliches Alter!«

Sie hob behutsam ihren nackten Arm zu den Lippen und fuhr mit der Zungenspitze über die glatte und gebräunte Haut; die zehn Tage auf dem Meer hatten einen salzigen Geschmack darauf hinterlassen. Max sah neugierig auf sie hinunter.

»Willst du, daß ich es dir sage?« fragte er nach einem Moment des Nachdenkens. »Du wirst nicht gekränkt sein, hoffe ich! ... Du bist nicht gewachsen und nicht älter geworden, wie du mir weismachen willst, sondern du hast dich verjüngt. Mit fünfzehn warst du eine alte Großmutter ... Jetzt bist du endlich so, wie es deinem Alter entspricht ...«

»Sieh an, das haben Sie bemerkt?« murmelte sie.

Er senkte den Kopf.

»Ich sehe alles, mein Kind, ich verstehe alles, und wenn ich etwas nicht verstehe, dann deshalb, weil ich es nicht verstehen will ...«

»Ach, wirklich?« sagte sie, indem sie dachte:

›Gut, es ist Zeit anzufangen ... Wir werden schon sehen, wer der Stärkere ist ...‹

Sie zitterte, erregt von Heimtücke und Grausamkeit, und dachte gleichzeitig mit aufrichtiger Traurigkeit:

›In Wahrheit bin ich nicht besser als sie ...‹

Die Erinnerung an ein kleines, unglückliches Mädchen mit einem Herzen voller Liebe stieg wieder in ihr auf; zärtlich betrachtete sie dieses Bild im tiefsten Inneren ihrer selbst, und sie dachte:

›Nur Geduld, du wirst sehen...‹

Sie fuhren zwischen zwei festlich beleuchteten Küsten hindurch; an beiden Ufern, dem französischen und dem englischen, gab es die gleichen Fanfaren und Feuerwerke, und langsam trieben dem Schiff im rötlichen Dunst des Meeres die festlich beflaggten und funkelnden Häfen entgegen.

Unwillkürlich drückte Hélène wie früher als Kind ihre zitternden Hände zusammen:

»Als Kind kam ich hierher. Das ist der einzige Ort auf der Welt, wo ich glücklich gewesen bin«, sagte sie leise, in Erwartung des trockenen kleinen Lachens, das sie so gut kannte.

Doch er gab zunächst keine Antwort, und als er sprach, hatte sich seine Stimme verändert, war weich und zögernd geworden:

»Ich weiß, daß du kein glückliches Kind gewesen bist... Weißt du, Hélène, es kommt vor, daß man etwas Schlechtes tut, ohne es zu wissen... Man hat sein Leben nicht immer im Griff... Du bist in einem Alter...«

Er verstummte.

»Ich frage mich, ob du begreifen könntest, was das Wort ›Leidenschaft‹ bedeutet...«

Einen Augenblick lang rauchte er schweigend und betrachtete die Sterne.

»Sie leuchten fast gar nicht... Die Lichter der Erde nehmen ihnen die Helligkeit... Was habe ich gerade gesagt?... Ja, die Leidenschaft... Nimm zum Beispiel deinen Vater... Seine Leidenschaft ist das Spiel, eine schreckliche und unüberwindliche Verblendung... Meine arme Hélène, du gehörst zu einem Geschlecht leidenschaftlicher Menschen, die sich voll und ganz hingeben, ohne sich zu schonen und ohne an irgendeine Pflicht oder an die Moral zu denken... So sind sie. Du wirst sie nicht ändern. Aber ich bin nicht wie sie... Nur gibt es Bindungen, die sich nicht lockern, die einen einschnüren, einen nicht mehr atmen lassen... Ich bin fähig, schlechte Dinge zu tun, aber ich kann mich auch ändern, ich bereue, ich könnte nicht alles um mich herum vergessen... Diese Gier, diese Grausamkeit, ich verstehe das nicht... obwohl ich geglaubt habe, sie zu verstehen...«

Er wandte sich ab und fuhr sich langsam und verschämt mit der Hand über die Augen, offenbar, um eine Träne abzuwischen.

»Ich weiß nicht, was über mich gekommen ist«, sagte er schließlich. »Seit dem Tod meiner Mutter, Hélène, bin ich in trüber Stimmung... Ach, wie krank und traurig ich bin, das kannst du dir nicht vorstellen... Ich habe meine Mutter so geliebt... Den anderen kam sie spröde und kalt vor... Aber wie zärtlich hat sie mich geliebt... Wenn ich zu ihr kam, habe ich gesehen, wie sich ihr Gesicht veränderte, wie es aufleuchtete, nicht weil sie lächelte, sondern von einer Art innerem Licht, das nur für mich da war...«

Sie hörte ihm erstaunt zu, denn für sie war die Liebe eines Kindes für seine Mutter das außergewöhnlichste Gefühl, das es gab, das am schwersten zu verstehen war, doch etwas später dachte sie, daß er sich an seinem Leidensgefühl berauschte und es mit der ganzen Wut nährte, die er Bella und ihrer bedrängenden, tyrannischen Liebe gegenüber hegte.

Er aber erinnerte sich voller Unbehagen an etwas, was seine Mutter vor langer Zeit einmal bei einem Streit beiläufig geäußert hatte: »Und eines schönen Tages wirst du Hélène heiraten... So enden diese Dinge immer...« Damals hatte er gelacht... Und heute lächelte er noch immer... Doch gewisse unbedeutende Worte gewinnen, wenn der Mensch, der sie ausgesprochen hat, nicht mehr ist, einen neuen Wert, werden prophetisch und bedrohlich... Er schob die Erinnerung beiseite. Hélène sagte sanft:

»Wenn Sie möchten... wir könnten – gute Kameraden sein...«

Er seufzte. »Natürlich will ich das. Ich habe nicht viele. Ich habe keinen Freund.«

Er drückte ihr die Hand.

»Weißt du, wir hätten schon lange Freunde sein können, wenn du gewollt hättest... Aber du bist unausstehlich gewesen...«

»Nein«, sagte sie lachend, »übertreiben Sie nur nicht... Aber jetzt haben auch wir unseren Friedensvertrag unterschrieben, heute nacht...«

Sie sprang auf den Boden.

»Ich gehe schlafen...«

»Wo ist deine Mutter?«

»Im Bett. Sie hält das Schlingern nicht aus...«

»Ach so«, murmelte er zerstreut, »na dann, gute Nacht...«

Der Frachter transportierte Theaterkulissen von Norrköping nach Le Havre, absurde Güter... Das Meer war so bewegt, daß man sie in Le Havre nicht ausladen konnte und das Schiff in die Seinemündung einfahren mußte bis nach Rouen. Morgens waren die Felder mit Obst übersät. Hélène rührte sich nicht, betrachtete starr vor Staunen dieses friedvolle Land. Apfelbäume... Das war etwas so Außergewöhnliches, als würde man Kokospalmen um sich sehen oder Käsebäume, oder Bäume, auf denen Brot wuchs... Dann tauchte Rouen auf und noch am gleichen Abend Paris...

In Paris wartete Karol auf sie. Er hatte abgenommen; um seine ausgehöhlten Schultern wirkten die Kleider zu groß und faltig; unter dem ausgetrockneten, mageren und matten Fleisch seines Gesichts zeichnete sich der Schädel so deutlich ab, daß man die Bewegungen der starken Kieferknochen verfolgen konnte; seine Augen waren von schwarzbraunen Ringen umgeben; seine Gesten waren abrupt und fahrig; er schien von einem inneren Feuer verzehrt zu werden.

Hastig umarmte er seine Tochter, schlug Max auf die Schulter, dann wandte er sich um, nahm zärtlich Bellas Arm und drückte ihn an sich.

»Ach, mein Liebling, meine liebe Frau ...«

Doch gleich darauf prasselte ein Hagel von Zahlen und unverständlichen Worten auf Hélène ein.

Paris war traurig, menschenleer, nur hie und da von Lampen und der Helligkeit der Sterne erleuchtet. Eine Straße nach der anderen erkannte Hélène wieder.

Sie überquerten die finstere und leere Place Vendôme. Bella verzog abschätzig den Mund und sagte:

»Das ist Paris?... Mein Gott, wie sich Paris verändert hat!«

»Auf Schritt und Tritt wird hier Geld verdient«, murmelte Karol, »man schwimmt in Geld.«

2

Im Herbst fuhr Karol nach New York und überließ seiner Frau ein neues Auto mit goldfarben funkelnden Rädern, Felgen und Scheinwerfern.

Manchmal wurde Hélène früh am Morgen vom Zimmermädchen geweckt: In einer Stunde würden sie abfahren. Wohin? Niemand wußte es. Der Vormittag ging vorüber. Das Auto wartete. Die Dienstboten brachten Köfferchen und Bellas Hutschachteln und Necessaires herunter. Dann lief das Zimmermädchen mit dem Schmuckkästchen und der Schminkschatulle durch die Diele, und Hélène setzte sich auf den Rücksitz des Wagens und wartete. Max und Bella stritten sich. Von ihrem Zimmer aus hörte Hélène ihre Stimmen, zuerst waren sie kalt und ruhig, dann hitzig und haßerfüllt.

»Nie wieder, das schwöre ich!«

»Machen Sie doch bitte kein Drama daraus...«

»Drama! Sie vergiften das Dasein der Menschen, die Sie umgeben...«

»Früher...«

»Früher war ich wahnsinnig... Wenn ein Wahnsinniger wieder zur Vernunft kommt, muß man ihn dann auf ewig angekettet in seiner Zelle lassen?«

»Na schön, gehen Sie, was hält Sie noch?«

»Sagen Sie mir das nur nicht zweimal...«

»Warum denn? Doch, doch, gehen Sie, geh endlich, Undankbarer, Elender... Nein, nein, Max, mein Liebster, verzeih mir, verzeih mir... schau mich nicht so an...«

Unterdessen war es Mittag geworden. Man mußte etwas essen. Die Mahlzeit wurde in bedrücktem Schweigen eingenommen. Bella, mit vom Weinen geschwollenen Augen, sah starr auf die Straße hinaus. Max blätterte mit zitternden Händen in einem Reiseführer; immer wieder zerrissen ihm die Seiten. Das Zimmermädchen war wieder hinaufgegangen, mit dem Schmuckkästchen und der Schminkschatulle. Das Auto wartete. Der Fahrer schlief am Steuer. Die Prozession der Hausdiener brachte die Koffer wieder nach oben. Hélène klopfte an die Tür ihrer Mutter.

»Fahren wir heute noch, Mama?«

»Woher soll ich das wissen? Laß mich in Ruhe! Wohin denn überhaupt? Es ist spät. Hélène, Hélène, wo bist du denn? Doch, wir fahren, sofort, in einer Stunde. Geh weg! Laß mich in Ruhe, um Himmels willen! Laßt mich alle in Ruhe! Ihr wollt meinen Tod!«

Sie weinte. Das Auto wartete immer noch. Bella holte die Schminkschatulle und puderte ihr abgespanntes Gesicht. Der Fahrer fragte:

»Mademoiselle weiß nicht, wohin es gehen soll?«

Hélène wußte es nicht. Sie wartete. Als ihre Mutter und Max schließlich herunterkamen, bleich und noch immer zitternd vor Wut, war es spät. Ein leichter Dunst stieg von den besprengten Straßen zum klaren, roten Himmel auf. Bei der Abfahrt gaben sie aufs Geratewohl eine Richtung an. Sie schwiegen. Bella, die Augen voller Tränen, die sie nicht abwischte, damit die Schminke auf ihren Wangen intakt blieb, sondern nur immer wieder nervös abtupfte, dachte voller Mitleid und Nachsicht an die Frau, die sie einmal gewesen war. Wer auf der Welt, außer vielleicht Karol, erinnerte sich an diese junge Frau in einem Schneiderkostüm nach der Mode von 1905, mit einem großen, rosenbesteckten Strohhut auf ihrem schwarzen Haarknoten, den Hutschleier wie einen Käfig aus Tüll vor dem Gesicht, wenn sie an einem Herbstabend in Paris die Straßen entlangspazierte?... Damals war sie rein und unbedarft gewesen; billige Parfüms, billige Schminke im Übermaß und ohne Geschick auf den Wangen verteilt, doch ihre Haut war so weiß und so glatt!... Wie schön ihr alles vorgekommen war!... Warum hatte sie geheiratet? Warum erkennt der Mensch so spät, welches Leben er hätte führen können? Warum hatte sie jenem Argentinier widerstanden, den sie als junges Mädchen kennenlernte? Er hätte sie verlassen, aber es wären andere gekommen... Sie war keine Heuchlerin. ›Was wollen all diese Leute von mir?‹ dachte sie. ›Ich kann meinen Körper nicht verändern, das Feuer nicht zum Erlöschen bringen, das in mir brennt. Bin ich dafür gemacht, eine gute Ehefrau und Mutter zu sein?... Max hat mich geliebt, weil ich anders war als diese tristen Spießerinnen, von denen er umgeben war, und jetzt verzeiht er mir nicht, daß ich so geblieben bin, wie ich war... Ist das meine Schuld?‹

Sie erinnerte sich an das damalige Paris, selbst jener feine Regen kam ihr wieder in den Sinn, der damals gefallen war, von Licht durchschossen, langsam, fahl, am Abend ihrer Ankunft vor fünfzehn Jahren. Jedes Haus glänzte in der Nacht... Ein Mann folgte ihr... Wie lang das alles her war... Er hatte angeboten, sie mitzunehmen... Ach! Wie glühend hatte sie sich gewünscht, nie mehr nach Rußland zurückkehren zu müssen, ihren Mann und ihre Tochter nie mehr sehen zu müssen und mit ihm fortzufahren, nicht weil sie ihn liebte, sondern weil er für ein freies und glückliches Leben stand... Glücklich?... Warum denn nicht?... Nur hatte sie es damals,

als sie noch jung war, nicht gewagt ... Sie hatte Angst gehabt vor dem Abenteuer und der Armut ... In ihrer Bluse, eingenäht in ein seidenes Säckchen zwischen ihren Brüsten, trug sie noch immer die Porträts von Boris und Hélène bei sich, mit ihrem Paß und den Billetts für die Rückfahrt. Dumme, feige Jugend ... Einzigartige, unersetzliche Jugend! Es war ihr, als hätte Max sie ihr gestohlen. Seinetwegen hatte sie die Jahre so nachlässig verstreichen lassen, ohne daran zu denken, diese so kostbare Zeit festzuhalten, um ihr jeden Tropfen Glück zu entreißen. Und jetzt liebte er sie nicht mehr ...

Sie wandte sich ihm zu, betrachtete ihn durch den Schleier ihrer Tränen hindurch. Sie hatten Paris verlassen. Sie fuhren auf der Landstraße. Die Nacht war hereingebrochen. Der Duft des Grases stieg von den Wiesen auf, der Duft der Milch von den dunklen Bauernhöfen. Sie durchquerten schlafende Dörfer, und im Strahl der Scheinwerfer sah man eine weiße Fassade auftauchen, einen Grenzstein und über dem Portal einer Kirche helle Engel aus Stein, geheimnisvoll lächelnd, mit gefalteten Flügeln. Ein Hund tauchte aus dem Schatten auf, blaßgelb, oder eine Katze, deren metallische Augen das Scheinwerferlicht spiegelten, und zwischen zwei Fensterläden erschien eine alte Frau in einem weißen Mieder. Der Fahrer war todmüde, er murrte, und als er nervös auf die Bremse trat, quietschte sie, doch sie setzten ihre Fahrt fort, wie Wahnsinnige, in Richtung Normandie oder Provence, obwohl Bella immer wieder sagte:

»Wir müssen woandershin ... Ich mag diese Straße nicht ... Ich mag dieses Auto nicht ... Mich langweilt das alles ... das alles ist zum Verzweifeln, traurig, schrecklich ...«

Und ihre Augen fixierten voller Liebe, Verzweiflung und Furcht die kalte, unbewegliche Gestalt an ihrer Seite.

Um Mitternacht hielten sie an, um in einem leeren Gasthaus eine Mahlzeit einzunehmen.

Sie aßen, und Hélène wartete mit hinterhältiger Freude auf den Streit, der in jedem Augenblick neu auszubrechen drohte; wie ein Feuer unter der Asche schien er beständig zu schwelen.

»Man muß wirklich den Verstand verloren haben, um so zu reisen!«

»Sie hätten ja in Paris bleiben können!«

»Ich schwöre Ihnen, das ist das letzte Mal, daß ich Sie begleite!«

»Sie gehen mir auf die Nerven!«

»Sie sind dermaßen egoistisch... Sie brauchen Ihre Diät... Wenn die anderen Hungers sterben, ist Ihnen das völlig egal!«

»Ich bitte Sie, vor meiner Tochter nicht ausfällig zu werden!«

»Ich werde nicht ausfällig, aber Sie sind wahnsinnig!«

Hélène betrachtete sie lächelnd. Mit voller Absicht rief sie sich die vergangenen Jahre ins Gedächtnis, die noch so nah waren, in denen sie zwischen den beiden gestanden und mit ängstlichem Entsetzen jede ihrer Bewegungen beobachtet hatte; jedesmal, wenn ihre Stimmen sich erhoben hatten, war sie zusammengezuckt, weil sie sehr wohl wußte, daß der mütterliche Zorn sich am Ende gegen sie richten würde, das schwache Kind, oder gegen Mademoiselle Rose... Heute hatte nichts auf der Welt mehr die Macht, sie leiden zu lassen...

Sie aß, verschlang mit gesundem Appetit das Omelett mit Speck und das kalte Fleisch, trank den guten Wein und lauschte mit spöttischer Lust dem Streit, der an ihre Ohren drang und keine Beachtung mehr fand, seine unheilvolle Macht eingebüßt hatte, wie ein Theaterdonner, der einem

Kind auf einmal keine Angst mehr einjagt. Wie Keulen warfen sie einander die einfachsten Wörter ins Gesicht; nahmen sie auf, drehten und wendeten sie und fanden noch in den unbedeutendsten Äußerungen irgendeinen geheimen Sinn; sie kamen auf Dinge zurück, die sich schon vor einem Jahr oder vor fünf Jahren abgespielt hatten; erbarmungslos untersuchten sie jedes Wort, das einer von ihnen einmal geäußert hatte, um dasjenige zu entdecken, das sich am besten dazu eignete, verdreht zu werden.

›Menschen, die sich einmal geliebt haben‹, dachte Hélène voller Verachtung.

Doch sie war noch zu jung, um diese Liebe wahrzunehmen, die noch immer blutend und zuckend zwischen Max und seiner alten Geliebten fortbestand.

Sie dachte:

›Wie ist das passiert? So schnell ... Er hat sie so geliebt ... Ganz sicher noch in Finnland, als ich in Fred verliebt war und nichts gesehen habe ...‹

Sie betrachtete sie mit höhnischem Mitleid, während Bella ihren Teller zurückschob und zu schluchzen begann; ihre Tränen flossen und verwischten die Schminke; früher war es Max tief und scharf ins Herz gedrungen, wenn sie geweint hatte. Jetzt biß er die Zähne zusammen, warf ängstliche und wütende Blicke um sich und sagte mit Mühe:

»Genug! Sie machen mich ja lächerlich!«

Dann schob er heftig seinen Stuhl zurück.

»Jetzt habe ich endgültig genug davon! ... Kommen Sie mit, wenn Sie wollen! ... Komm, Hélène!«

Während Bella sich vor dem halbvollen Teller schluchzend puderte und voll bitterer Verzweiflung die neuen Falten zählte, die unter ihren Tränen zum Vorschein gekommen waren, standen Max und Hélène auf der mondbeschienenen Schwelle und warteten auf sie.

»Oh, Hélène«, sagte er mit rauher und müder Stimme, »meine kleine Hélène, ich bin so unglücklich...«

»Sie übertreiben...«

»Du hast gut reden«, sagte er wütend, »du hast es gut!... Du mußt das nicht ertragen...«

»Das stimmt, jetzt nicht mehr...«

Bella kam zu ihnen heraus, und sie fuhren ab, fuhren weiter, schweigend, die ganze Nacht hindurch.

Am nächsten Tag trafen sie in einer jener »Hostellerien« ein, die in Frankreich damals aus dem Boden schossen, in denen Dienstmädchen in Operettenkostümen aus dem Fundus der normannischen Folklore mit Spitzenhäubchen und rosarotem Taftschürzchen auf hohen Absätzen im Gras herumstaksten, den erlesenen Wein in Bauernkrügen servierten, das Essen auf schartigem Steingut mit Blumenmuster, dann die Rechnung brachten, nachlässig gefaltet, über fünf- oder sechshundert Francs für drei Personen. Es herrschte Inflation, der kurzlebige Reichtum... Perlenketten wanden sich wie Schlangen zwischen Brennesseln, und Gigolos, zweitklassige »Beschützer« mit behaarter Brust und den roten, verschwitzten Handgelenken der Metzgerjungen, führten ein lasterhaftes Leben im Freien.

Erst wenn es Abend wurde und die Paare verschwanden, verlor sich im dunkel gewordenen Garten allmählich der Geruch nach Benzin und Puder; der kalte, feuchte, bittere pflanzliche Geruch der Wälder der Normandie stieg einem in die Nase. Max und Hélène sprachen leise miteinander, während Bella im Schutz der Dunkelheit eine neue Gymnastik zur Stärkung der Gesichtsmuskeln ausprobierte. Zwölf- bis fünfzehnmal hintereinander ließ sie langsam ihren Unterkiefer fallen, biß dann fest die Zähne zusammen und spitzte die Lippen, bis die Wangenhaut sich zum Zerreißen spannte. Vorsichtig bog sie den Hals nach hinten, blies die Backen auf und blies langsam die Luft aus. Was Max und ihre Tochter neben ihr sagten, drang nicht an ihre Ohren. Hélène war ja noch ein Kind...

›Gerade mal achtzehn, ein unreifes Mädchen, er sieht sie nicht einmal an... Was ihm fehlt, ist die Illusion, ein Heim zu haben. Er glaubt ja offenbar daran. Die Kleine zerstreut ihn...‹, dachte sie.

Max und Hélène sprachen von der kleinen Stadt am Dnjepr, wo sie ihre Kindheit verbracht hatten. Die Erinnerung daran hatte für Hélène einen melancholischen Zauber. Lustvoll riefen sie sich die klare, eisige Herbstluft ins Gedächtnis, die verschlafenen Straßen, das Gurren der Ringeltauben, den alten Park des Zaren am Fluß, die grünen Inseln und die Klöster mit den goldenen Glockentürmen...

Hélène sagte:

»Ich erinnere mich an Ihre Mutter... Ich erinnere mich an die Kutsche und die Pferde... Wie dick sie waren!... Ich frage mich, wie sie es schafften voranzukommen... Wo haben Sie gewohnt?«

»Oh! In einem sehr alten Haus, wunderschön, wo an manchen Stellen bei jedem Schritt das Parkett knarrte, so alt war es... Ja, ich glaube, ich erinnere mich noch genau an das Geräusch, wenn man darauf trat... Was gäbe ich nicht darum, das alles noch einmal zu sehen...!«

»Bourgeois, Kleinbürger«, sagte Bella verächtlich, »aber ich, ich fühle mich hier wohl...«

Langsam streckte sie ihm ihre Hand entgegen, nahm die

seine, drückte sie mit verzweifelter Zärtlichkeit und murmelte:

»Mit dir...«

Er rückte mit seinem Stuhl weiter weg und machte zu Hélène hin eine Geste der Unzufriedenheit und Verwirrung. Traurig lächelnd dachte Hélène:

›Ein wenig spät, mein lieber Freund...‹

3

Im Herbst wohnten die Karols nicht mehr im Hotel, sondern in einer möblierten Wohnung in der Rue de la Pompe, die einer mit einem italienischen Herzog verheirateten Amerikanerin gehört hatte; jeder Sessel war mit wappengeprägtem Samt bezogen, jede Rückenlehne trug eine Krone aus vergoldetem Holz. Boris Karol riß manchmal zerstreut die Perlen dieser Kronen ab, nahm sie in die Hand und spielte mit ihnen. Seit seiner Rückkehr aus Amerika gab es für Hélène, ihre Eltern und Max etwas, was einem Familienleben ähnelte. Karol, den Kopf auf ein mit Wappen unbestimmter Herkunft besticktes Kissen gelehnt, betrachtete lächelnd seine Frau und seine Tochter. Diese Augenblicke gaben ihm Halt im Leben, verschafften ihm ein ruhiges und eintöniges Vergnügen, das ihm sonst nur selten und in kleinen Mengen zuteil wurde und ihn daher um so zufriedener machte, wie man heiße Milch mit Honig trinkt, wenn der Magen überreizt ist von Wein und stark gewürzten Speisen. Hélène kannte diesen Ausdruck, der so selten auf seinem sorgenvollen Gesicht lag, und nannte ihn bei sich: »Friede auf Erden den Menschen, die guten Willens sind.« Bella schien schwerer und gelassener zu sein; es waren jene Augenblicke, in denen das Feuer, das unablässig in ihrem Körper brannte, seine Kraft verlor. Max rauchte; Hélène las; das Licht der Lampe beleuchtete ihr Haar, und Bella sagte halblaut – um ihrem Mann zu gefallen oder weil auch sie, wie schwach und oberflächlich auch immer, zuweilen Muttergefühle hegte:

»Hélène bekommt langsam eine Figur...«

Und sie sah nicht Max' lebhaften, rasch abirrenden Blick, den er Hélènes geneigtem Kopf zuwarf. Doch je sanfter Bella wurde, desto deutlicher spürte Hélène den Haß in ihr, der noch stärker und wilder geworden war als in ihrer Kindheit.

›So wenig wäre damals nötig gewesen‹, dachte sie... ›Jetzt ist es zu spät... Ich werde ihr nie verzeihen. Ich könnte ihr verzeihen, wenn sie mir heute etwas Böses antun würde, wenn sie sich an die halten würde, die ich heute bin... Ja, ich glaube, ich würde ihr vergeben... Aber eine vergeudete Kindheit verzeiht man nicht.‹

Manchmal hob sie den Blick, suchte in den Tiefen des Spiegels unwillkürlich nach dem runden und braunen Gesicht des kleinen Mädchens, das sie gewesen war, ihrem großen Mund, ihren schwarzen Locken, doch sie sah nur ein junges Mädchen, das eine Figur bekam, wie Bella sagte, aber vor allem allmählich ihr stolzes und unschuldiges Aussehen verlor, und dessen Gesicht unterhalb der Backenknochen schmaler wurde, genau dort, wo später die erste Falte erscheinen sollte...

Familienabende im Zentrum dieses fremden Paris, fiebrig und kalt, in dieser Wohnung, in der ihnen nichts gehörte, wie ihnen übrigens nie, an keinem Ort, an dem sie sich aufgehalten hatten, je wirklich etwas gehört hatte, inmitten der Bücher, der Gegenstände, der Bilder, die man en bloc kaufte und die sich langsam mit Staub bedeckten, unter den Kronleuchtern mit den Glühlampen, die man zu ersetzen vergaß, obwohl die Hälfte von ihnen durchgebrannt war, wodurch der spärliche Lichtschein gelblich wurde... Niemand kümmerte sich um die Rosen, die in ihren Vasen welkten; ein Klavier, dessen Deckel nie jemand hob, war in eine Ecke geschoben worden, zwischen zerrissene Spitzenvorhängen, die tausend Francs pro Meter kosteten und in die glühende Zigaretten Löcher gebrannt hatten. Die Asche war auf dem Teppich verstreut; der hochmütige und schweigsame Diener schenkte den Kaffee in einer Ecke des Arbeitstisches aus und verschwand mit einem säuerlichen Lächeln, das über »diese verrückten Ausländer« ein hartes Urteil fällte. Hélène faßte nicht einmal mehr in Gedanken die Möglichkeit ins Auge, selbst ein wenig Ordnung und Harmonie in dieses Zuhause bringen zu können. Sie war zu sehr daran gewöhnt, überall ihr Lager aufzuschlagen, als daß sie diese Möbel, diese Gegenstände als ihre eigenen hätte betrachten können; bis zu den Wandbehängen und den Büchern, mit denen ihr Zimmer ausstaffiert war, gab ihr alles das gleiche Gefühl von Feindseligkeit und Mißtrauen ein:

›Wozu sollte das gut sein?... Selbst wenn ich mir die größte Mühe gebe, wird bestimmt irgend etwas passieren, und wir müssen wieder weg...‹

Wenn Karol beim Spiel gewonnen hatte, war er fröhlich und spitzbübisch wie ein Junge; er sprach von seiner Kindheit, die frei und elend gewesen war; Hélène hörte zu, und es war, als würde etwas in ihrem Inneren diese Erzählungen wiedererkennen. Wenn sie die Augen schloß, schien es ihr, als hätte sie selbst in diesen verschatteten Straßen gelebt, als hätte sie selbst im Schmutz gespielt und im Hinterzimmer einer jener kleinen Läden mit den niedrigen Decken geschlafen, von denen ihr Vater sprach, in denen man im Winter eine brennende Kerze ans Fenster stellte, um das Eis abzutauen.

Bella war zu nervös, um untätig zu bleiben. Ihre Hände hatten sich nie mit einer nützlichen Sache beschäftigt; jetzt trennte sie Kleider auf. Am Morgen erst waren sie geliefert worden; sie kamen von Chanel oder Patou; am Abend waren sie nur noch ein Haufen Stoff mit aufgelösten Stickereien.

Max' auf Hélène gerichteten Blick sah sie nicht. Sie hörte auch nicht das Zögern in seiner Stimme, machte sich keine Gedanken über die seltsame Sanftheit, die hin und wieder auf seinem Gesicht lag, das leichte Zittern seiner Hände, wenn er aus Versehen Hélènes bloßen Arm berührte. Für sie sollte Hélène bis zum Ende ihres Lebens ein Kind bleiben.

›Es ist das Königreich der Augenwischerei‹, dachte Hélène; Papa spielt mit Papier und stellt sich vor, es sei Geld... Man empfängt alle ausländischen Angeber, die in Paris ihr Unwesen treiben, und spielt große Welt... Ich darf mir die Haare nicht schneiden, sie hängen mir bis auf den Rücken, und sie glaubt, das würde genügen, daß ich ewig zwölf bleibe und Max nie bemerkt, daß ich eine Frau bin... Warte nur, meine Liebe, warte...‹

Eines Tages, als Karol zum Spielen in seinen Klub gegangen war, von wo er Schlag elf Uhr nachts zurückzukehren pflegte, forderte Bella Max auf: »Gehen wir aus?... Es ist so schön draußen... Wir könnten in den Bois gehen...«

Es war eine schöne Frühlingsnacht. Max stimmte zu. Bella ließ sie allein, um ihren Hut zu holen; Hélène sagte unvermittelt, indem sie die Hand des jungen Mannes nahm:

»Ich will nicht, daß Sie ausgehen.«

»Warum nicht?« murmelte er.

Sie wiederholte in launischem und bittendem Ton:

»Ich will es eben nicht.«

Ein langer Moment verstrich, in dem sie einander ansahen, und plötzlich war zwischen ihnen jene schweigende Übereinstimmung, die einen Mann an eine Frau bindet, wenn, ohne daß ein Wort gewechselt oder ein Kuß gegeben oder empfangen worden ist, alles ausgesprochen, abgemacht und unwiederbringlich besiegelt ist.

Und doch spürte er in sich noch das Gewicht seiner Liebe
zu Bella. Ihr herrischer Charakter, ihre Launen, ihre Verrückt-
heit, all das, was in ihm ein sinnliches, gewichtiges und schar-
fes Gefühl der Liebe hervorgerufen hatte, strömte langsam
zurück, und wie eine Welle sich zurückzieht und den leeren
Strand sehen läßt, den bald eine stärkere Woge erneut über-
fluten wird, so tauchte anstelle der alten Liebe eine andere
auf, die der ersten ähnelte wie eine Schwester und die gleiche Eifersucht, die gleiche Tyrannei, die gleiche grausame und
qualvolle Zärtlichkeit nach sich zog.

Ohne sie anzusehen, wiederholte er, während ein glühen-
der Blutstrom in sein Gesicht stieg bis in die Schläfenmulden
hinein:

»Warum nicht?«

»Ich langweile mich so! Max, in meiner Kindheit habe ich
mich so gelangweilt, Ihretwegen... Können Sie jetzt nicht ein
bißchen auch nach meiner Pfeife tanzen?« sagte sie mit gedämpfter Stimme.

Er sah sie an mit einem grausamen Blick, den er gleich wieder abwandte:

»Na gut, aber zum Beispiel könntest auch du nach meiner
Pfeife tanzen, wenn ich es wollte...«

»Wie?«

Er sah, daß sie zurückwich, und murmelte mit einem gezwungenen kleinen Lachen:

»Ich hab doch nur Spaß gemacht...«

Als Bella an diesem Abend wiederkam, sagte er ihr, daß er
nicht ausgehen werde, und verbrachte den Rest der Zeit damit, nervös an seinen Zigaretten zu ziehen und sie halbge-
raucht in den Aschenbecher zu werfen. Er schien erschöpft zu
sein, ängstlich, bleich. Schließlich ging er. Sie hörte das Ge-

räusch des Haustors, das in der menschenleeren Straße hinter ihm ins Schloß fiel. Bella saß da, ohne sich zu rühren, mit Tränen in den Augen ins Leere starrend.

Hélène ging quer durch das Zimmer zum offenen Fenster und stützte sich auf; das Trottoir war vom Mond beschienen; ein Baum bewegte leicht seine geschmeidigen und noch zarten Zweige mit den ersten Blättern. Sie betrachtete den Eiffelturm, an dem ein leuchtender Schriftzug entlanglief: *Citroën, Citroën.*

›Wie glücklich ich bin‹, dachte sie staunend, ›obwohl es keinen Grund dafür gibt...‹

Auf dem Balkongeländer saß Hélènes schwarzer Kater Tintabel, den Max ihr geschenkt hatte und den sie nach ihrem Vater am meisten auf der Welt liebte; er war auch das einzige Wesen, das sie pflegen und liebkosen und immer bei sich haben konnte. Manchmal drückte sie ihn an sich und sagte:

»Ich liebe dich, ja, dich... Du bist warm, du bist lebendig, ich liebe dich...«

Er wandte seine Schnauze dem Mond zu.

›Ich bin glücklich, weil ich mein Ziel erreicht habe, weil Max mich liebt!‹ dachte sie. Denn sie wußte wohl, daß er sie liebte, obgleich die Leichtigkeit dieser Eroberung ein Gefühl der Enttäuschung und Erniedrigung in ihr hinterließ...

›Nein, das ist es nicht... Es ist alles zusammen, es kommt bestimmt daher, daß ich jung bin‹, dachte sie und genoß das vergnügliche Gefühl, achtzehn Jahre alt zu sein, das bei ihr nicht der Rausch und das Schwindelgefühl der Jugend war, sondern eine Art Wohlbehagen, das dem Bewußtsein entsprang, einen geschmeidigen und kraftvollen Körper zu haben, junges Blut, das ruhig und froh in ihren Adern strömte. Sie hob ihre schönen Arme hoch, die zartgliedrig und glatt waren, ihre schmalen, beweglichen Finger. Mit Vergnügen betrachtete sie das farblose Spiegelbild ihres Körpers, ihres Gesichts in der Scheibe. Der Kater kam zu ihr und rieb schnurrend seinen glatten, schwarzen Kopf an ihr.

Hélène stieß einen speziellen Pfiff aus, den er kannte, worauf er freudig und vertraulich leise miaute.

»Tintabel...«

Sie ließ ihr langes Haar im Dunkeln offen. Sie liebte es, so dazustehen und die schlafende Stadt zu betrachten, die kleinen, zitternden Lichter, und den dunklen, duftenden Wind einzuatmen, der schwach vom Bois herüberwehte.

Auf einer Bank, ihr gegenüber, saß ein Mann mit einer Frau in enger Umarmung. Sie beobachtete sie voller Neugier und Verachtung:

›Die Liebe ist dumm und häßlich... Und Fred?... Ach, das war nur so, zum Spaß...‹ – »Tintabel«, sagte sie zu ihrem Kater, »wie artig und erwachsen wir doch sind!«

Sie beugte sich über den Balkon, hielt sich ohne bewußte Anstrengung im Gleichgewicht, genoß das gefährliche Vergnügen, halb im Leeren zu hängen, und dann kam es ihr vor, als hörte sie eine geliebte Stimme, die tonlos zu ihr sagte:

»Lili, das tut man nicht... Das sind gefährliche Spiele, davon sollte man sich fernhalten, echter Mut ist etwas anderes...«

Doch diese Worte hatten einen Sinn, den sie nicht erkennen wollte... ›Echter Mut?... Natürlich, ich weiß: demütig sein, verzeihen... Aber nein, nein... das kann man schließlich nicht von mir verlangen, so etwas... Und außerdem werde ich aufhören, wenn ich finde, daß das Spiel lang genug gedauert hat... Aber erst wenn ich es zuwege gebracht habe, daß sie leidet... Wenigstens ein bißchen, und das wird immer noch weniger sein als das, was ich wegen ihr gelitten habe... Nur ein bißchen...‹

Und sie drehte sich um, betrachtete lange und grausam, mit zusammengekniffenen Augen ihre Mutter und sagte:

»Was für eine schöne Nacht!... Was für ein Glück, achtzehn zu sein!... Oh, ich will niemals alt sein, Mama... meine arme Mama.«

Bella fuhr zusammen; Hélène sah das Zittern ihrer verhaßten, so weißen Hände, mit den spitz zugefeilten, krallenartigen Nägeln, die mit dem Alter ihre schimmernde Härte verloren hatten.

»Du wirst alt werden wie alle anderen, meine Kleine«, sagte sie mit tiefer, matter Stimme, »dann wirst du sehen, wie amüsant das ist...«

»Ach, aber bis dahin habe ich noch lange Zeit«, summte Hélène, »eine lange Zeit...«

Bella stand auf und ging, und beim Verlassen des Zimmers schlug sie die Tür hinter sich zu. Als sie allein war, spürte Hélène, daß sich ihre Augen, ohne daß sie es verhindern konnte, mit Tränen füllten.

›Ach, egal‹, dachte sie mit einem Achselzucken, ›habe ich etwa Mitleid mit ihr?... Nein, und außerdem ist es nicht meine Schuld, wenn sie alt wird! Sie hätte sich ja keinen Gigolo nehmen müssen, der fünfzehn Jahre jünger ist als sie! Aber ich, ich, ich bin nicht besser als die beiden...‹

4

Langsam, allmählich wächst die verwerfliche Liebe. Schon hat sie ihre verschlungenen Wurzeln tief in das Menschenherz gesenkt, als die erste, kümmerliche Blüte aufgeht. Sie ist so schwach und so klein, daß der Mensch, der sie betrachtet, sich weniger an ihr als an seiner eigenen Macht ergötzt. Er kommt sich so stark vor... Eine einzige Bewegung, eine kleine Anstrengung, und alles wird zu Ende sein, herausgerissen aus seiner Seele, für immer vorbei... Wovor soll man sich also fürchten?... Er lächelt, verächtlich und voll herablassenden Mitleids. ›Na gut, ja, es fängt an, Liebe zu werden... Aber was habe ich zu fürchten, in meinem Alter?... Ich weiß, wenn ich sie wachsen ließe, würde sie mir nur Unglück bringen...‹ Doch von dem Tag an, an dem der Mensch die Liebe beim Namen nennt, an dem er diese Erkenntnis zuläßt, wird er zum erstenmal seine eigene Schwäche ermessen. Schmiegsame und hartnäckige Wurzeln senken sich jeden Tag tiefer in ihn hinein. Der Moment, in dem er schließlich zittert, in dem er denkt: ›Genug jetzt, genug, das Spiel ist vorbei...‹, ist genau der Punkt, an dem er unterliegt, an dem er sich an seine Liebe gewöhnt hat und sein Leiden ihm teuer geworden ist, und dann bleibt nichts als das Warten darauf, daß Zeit und Erschöpfung die unerschütterliche, zarte und giftige Pflanze zerstören.

Max hatte begonnen, mit dem Bild Hélènes zu spielen, die Erinnerung an sie zu suchen, bevor er nachts schlafen ging, wenn er sich seiner alten Geliebten am meisten überdrüssig fühlte und das Leben satt hatte. Vor dem Einschlafen schloß er gern die Augen, um Hélènes Gesicht heraufzubeschwören. Er war nicht verliebt... Was für eine Dummheit!... ›Nein! Davon bin ich geheilt‹, dachte er. ›Die Liebe, wie lächerlich das ist... Die Liebe, was für ein Kreuz... Hélène zu lieben, dieses Kind...‹ Er dachte an einen Herbsttag in Sankt Petersburg, auf den Inseln, als er mit Bella spazierengegangen war und in einer Allee die kleine Hélène gesehen hatte, die griesgrämig dahinzockelte, mit den Stiefeln im Matsch... Wie er sie verabscheut hatte!... Ihre Anwesenheit hatte ihn irritiert. Mit jedem Blick schien sie ihn auszuspionieren. Wie oft hatte er zu Bella gesagt: »Warum stecken wir sie nicht in irgendein Internat, damit sie uns in Ruhe läßt...« Diese Kleine... Und jetzt?... Aber nein, nein, er liebte sie nicht... Seine Phantasie gaukelte ihm das vor, es war nur ein Spiel... Und doch war sie angenehm anzuschauen... Und sie war der einzige Mensch auf der Welt, mit dem er einfach und freundschaftlich sprechen konnte... Er rief sich ihren zarten, bräunlichen Hals in Erinnerung, ihr so junges Gesicht... Jung, das war es, was ihn verführte. Er war dreißig, und Bella... Bella sagte von einer jüngeren Frau: »Eine von diesen Holzpüppchen, fühllos und kalt... So etwas ist nicht schwer aufzutreiben...« Nein, gewiß, aber diese gewichtigen und leidenschaftlichen Geschöpfe, diese verliebten alten Frauen, waren sie denn so selten? Manchmal vermengte eine Laune in seinen Träumen die beiden Frauengesichter. Manchmal zog er Hélène in seine Arme und nannte sie: »Bella, Bella, Liebste...«

Er erwachte zitternd, das Herz zusammengezogen vor Widerwillen und Scham, und erneut dachte er:

›Ich liebe sie nicht. Ich spiele mit der Liebe. Ich spiele mit mir selbst... Wenn ich will, wird es zu Ende sein für immer...‹

Indessen verstrich die Zeit, und er betrog sich nun nicht mehr, sondern dachte mit Schrecken und voller Gewissensbisse:

›Die Tochter meiner Geliebten ...‹

Ach was ... Das kam doch gar nicht so selten vor ...

›Es ist nahezu unvermeidlich!‹ dachte er, ›es ist ... die klassische Situation ... Bella wird es mir nie verzeihen. Sie ist keine Mutter, sondern einzig und allein und auf die grausamste Weise Frau ... Na gut! Wenn sie mir auch nicht verzeiht, es ist mir doch egal, ich habe ihr meine besten Jahre geschenkt ... genügt das denn nicht? Ich habe ihr meine Mutter geopfert, meine Familie, meine Jugend ...‹

Wie hatte er sie geliebt, diese Frau, die schon damals nicht mehr schön und jung gewesen war ... Doch sie wußte ihm Vergnügen zu verschaffen ... Er erinnerte sich an die Szenen, die ihm seine Mutter gemacht hatte, die Tränen seiner Schwestern ... Sie hatten alles getan (und waren so ungeschickt dabei vorgegangen!), um ihn von »dieser Frau« abzubringen ... Noch einmal rief er sich die Stimme seiner Mutter ins Gedächtnis: »Sie liebt dich nicht. Sie wollte sich an mir rächen, dich mir wegnehmen ... Armer Junge ... Sie war ein Nichts, *a mere nobody*«, hatte sie in bitterem Ton gesagt, und in ihrem Unglück war es ihr ein Trost gewesen, es auf englisch ausdrücken zu können, denn das Englische beherrschte sie ganz selbstverständlich, anders als Bella, die es bestimmt von einem kurzzeitigen Liebhaber gelernt hatte. »Jetzt jubelt sie, ja, sie triumphiert, weil sie mir meinen Sohn genommen hat; diese Person ... Ich habe mich geweigert, sie zu empfangen, nicht weil sie arm war, Gott bewahre!, ich stehe über diesen Dingen! ... Nein, weil sie sich wie ein junges Mädchen aufführte ... Diese Schlange! ... Mir meinen Sohn wegzunehmen! Und du glaubst, daß sie andere Gründe hat? Mein lieber Junge, glaube mir, man liebt einen Mann nicht um seiner selbst willen, sondern um einer anderen Frau damit zu schaden...«

›Ja‹, dachte Max, ›sie hatte recht...‹

Er war inzwischen alt genug, um zu erkennen, daß die Liebe an ihrem Anfang nur selten rein und ohne Beimischung anderer Gefühle ist... Bella hatte sich zunächst an der alten Safronow rächen wollen, doch dann hatte sie ihn so aufrichtig geliebt, wie eine Frau ihrer Art nur lieben konnte... Was er nicht wußte, war, daß seine Jugend, seine mitreißende Leidenschaft in ihr das sinnliche Bedürfnis nach einer Liebe voller Gefahren befriedigte, das einst ein Vorübergehender in ihr geweckt hatte...

›Sie wollte, daß ich nur durch sie lebe und atme. Jetzt bin ich mit ihr allein auf der Welt...‹

Die Angst, die in dieser Einsamkeit lag, schien ihm fast körperlich spürbar zu sein, es war das Gefühl, ersticken zu müssen. ›Ich habe keinen Freund, keine Freundin, außer Hélène... Für Bella gibt es die schlichten menschlichen Beziehungen der Familie, der Freundschaft, der Kameradschaft nicht. Ein Freund, eine Familie, ein Heim, das alles fehlt mir und wird mir immer fehlen, solange ich bei ihr bleibe...‹ ›Und warum soll ich sie nicht verlassen?‹ dachte er zuweilen; doch es schien ihm unmöglich zu sein, ohne die Karols zu leben. Er hatte nur noch sie. Seine Verbundenheit mit ihnen war nicht nur eine Folge der Knechtschaft der Sinne, sondern ebensosehr der einfachen menschlichen Gewohnheit. Er spürte die Angst vor einer noch tieferen, hoffnungsloseren Einsamkeit... Manchmal ging er tagelang nicht ans Telefon, wenn Bella anrief, antwortete nicht auf ihre Nachrichten. Doch die Langeweile war zu groß in diesem fremden Land, in dem er weder Freunde noch einen Beruf hatte. Aus Rußland hatte er ein Vermögen mitgebracht, das nicht groß genug war, um ihm kostspielige Zerstreuungen zu erlauben, doch auch nicht so bescheiden, daß er sich Sorgen um seinen Lebensunterhalt hätte machen müssen... Er wollte Hélène wiedersehen. Er kam wieder. Er sah sie kommen und gehen, sah sie laufen mit ihrem leichten Schritt, hüpfen, beflügelt von ihrer frappierenden Jugendlichkeit, die es kaum auf dem Boden zu halten schien. Er flüsterte staunend, bitter, mit neiderfüllter Verzweiflung:

»Wie jung du bist, mein Gott, wie jung du bist!«

Er nahm behutsam ihre Hand, drückte sie heimlich mit einer keuschen und schüchternen Geste an seine Wange.

An einem Tag im Juni aßen die Karols bei Max. Gleich nach dem Essen wollten sie zusammen zu einer Fahrt nach Biarritz aufbrechen. Max wohnte in einer bescheidenen, ruhigen kleinen Wohnung in einer stillen Straße in Passy, die fast ländlich wirkte. Ein Gewitter hing über Paris; der Himmel war von leichten, kupferfarbenen Wolken bedeckt, die sich unmerklich immer mehr zusammenzogen; nach und nach bildete sich aus ihnen eine schwere, rosafarbene Dunstglocke, die zuweilen unvermittelt aufriß und einen blendend weißen Lichtstrahl sehen ließ.

Nach dem Essen verließ Max die Wohnung, um einen kleinen Koffer zu kaufen, den er brauchte. Hélène nahm ein Buch zur Hand. Karol fixierte wehmütig einen unsichtbaren Punkt im Raum. Er bewegte die Finger, ließ sie laut und regelmäßig knacken wie Kastagnetten. Hélène begriff, daß der Spieltisch vor ihm auftauchte. Schließlich stand er seufzend auf.

»Ich hatte noch keine Zeit, mich zu rasieren. In einer halben Stunde bin ich zurück...«

»Boris!« rief seine Frau. »Wir fahren doch, sobald Max wieder da ist! Und jetzt wirst du bis heute abend verschwunden sein...«

»Wo denkst du hin!« sagte Boris Karol, und jenes maliziöse Lächeln, das Hélène so liebte, hellte seine Miene auf...
»Hier, mein Liebes! Du wirst gerade so viel Zeit haben, wie du brauchst, um dir diesen neuen Hut zu kaufen, der dir so gut gefallen hat«, sagte er, indem er ihr Geld zusteckte.

Sie beruhigte sich.

»Laß uns zusammen gehen.«

Hélène blieb allein zurück. Ein schwacher Windhauch bewegte die Zweige eines nahe stehenden Baumes; die Gewittersonne brach durch den Dunst und beschien die Unterseiten der Blätter. Die Wolken wurden dichter, das Licht schwand, der Baum ächzte, und der Wind riß die jungen Frühlingsblätter ab, die noch so zart und so grün waren...

Der Schlüssel drehte sich im Schloß, und Max trat ein. Er war nicht überrascht, die Wohnung leer zu finden. Er kannte die Gewohnheiten der Karols. Er wartete. Gegen vier Uhr tauchte Karol auf, den niemand vor Einbruch der Nacht zurückerwartet hatte. Er schlug heftig die Tür hinter sich zu:

»Meine Frau ist nicht da?... Ich hatte ihr gesagt, sie soll im Wagen auf mich warten. Als ich herauskam, war niemand mehr da! Das sieht ihr ähnlich! Mir das Versprechen abnehmen, nicht länger als eine halbe Stunde lang im Klub zu bleiben, und gerade dann, wenn ich einmal eine Glückssträhne habe, läuft sie weg!«

»Aber, mein armer Freund«, sagte Max müde, »es ist doch später als vier Uhr. Sie muß zweieinhalb Stunden auf Sie gewartet haben... Das sehen Sie doch ein...«

Karol hörte nicht zu; er zitterte vor Ungeduld, sah immer

wieder zur Tür; seine Augen glänzten, doch es war ein trauriger Glanz, finster und stechend. Noch einmal sagte er:

»Mein Gott, was für ein Pech, gerade als ich ein so gutes Blatt hatte ...«

Er ging im Zimmer auf und ab und sagte schließlich mit gezwungenem Lachen:

»Ich gehe noch einmal hin ... Es wird nicht lange dauern ...«

»Es regnet gleich!« rief Hélène. »Papa, du hast keinen Mantel. Warte, nimm einen Schirm mit, du hast gestern so gehustet ...«

»Laß mich in Frieden!« rief er frohgemut, schon auf der Schwelle. »Mich kann nichts mehr erschüttern!«

»Und wo ist jetzt die andere?« sagte Max, der vor Nervosität zitterte. »Es ist gleich fünf.«

Hélène begann zu lachen.

»Mein kleiner Max ... Haben Sie sich immer noch nicht daran gewöhnt? ... Wir werden heute abend fahren oder heute nacht oder morgen oder nächste Woche ... Was macht das schon für einen Unterschied? Erwartet uns dort unten vielleicht etwas Besseres oder etwas anderes als hier?«

Er antwortete nicht. Sie waren allein. Man hörte die Uhr schlagen. In weiter Ferne rollte der Donner am Himmel entlang, mit einem sanften und tiefen Geräusch, wie ein Gurren.

Das Telefon läutete. Max nahm den Hörer.

»Hallo, ja, ich bin es ...«

Hélène erkannte die Stimme ihrer Mutter. Max sagte:

»Er ist hiergewesen und wieder gegangen ... Nein«, sagte er zögernd, »die Kleine ist auch nicht mehr da. Ich werde noch ausgehen. Wir reisen heute ja doch nicht mehr ab. Wir sollten morgen fahren.«

Er legte auf und blieb stehen, ernst und schweigend. Hélène betrachtete ihn lächelnd.

»Lügen, kleiner Max?«

»Ach«, sagte er, »man muß doch wenigstens einmal seine Ruhe haben, mein Gott!«

Die ersten Regentropfen, groß und schwer, prasselten an die Scheiben. Es wurde dunkel. Hélène schauderte.

»Wie kalt es auf einmal ist, an einem Junitag... Es wird Hagel geben...«

»Wir sollten die Läden schließen«, sagte er.

Mit geschlossenen Läden und zugezogenen Vorhängen, einer Lampe, die im Dunkeln brannte, wurde das kleine Zimmer still und freundlich.

»Komm, wir essen eine Kleinigkeit...«

Sie machten Wasser warm. Hélène deckte den Tisch, hob eine hellrote Vase mit Nelken hoch.

»Max, Sie haben ja nicht einmal den Draht des Blumenhändlers entfernt. Der Rost wird Ihren Blumen den Garaus machen...«

Sie schnitt die Nelken an, wechselte das Wasser, genoß übermütig den freudigen Ausdruck, der auf Max' Gesicht trat.

»Hier fehlt eine Frau«, sagte er arglos.

Der Regen überflutete die menschenleere Straße. Im angrenzenden Zimmer waren die Läden offengeblieben, und man sah den Wind sprühende, schimmernde Fontänen vor sich hertreiben.

Max schloß die Tür. Alles war jetzt still. Er setzte sich ihr zu Füßen.

»Warte, rühr dich nicht, ich helfe dir, ich bediene dich. Möchtest du Tee?... Es ist noch ein Stück Kuchen übrig... Das ist für dich. Bitte.«

Demütig und eifrig sah er ihr beim Essen zu, betrachtete mit verliebten Augen ihre weißen Zähne, die zwischen den Lippen glänzten. Die tiefe Stille umschloß sie und ließ einen Zustand von sanfter, schweigender gemeinsamer Verzauberung entstehen. Schließlich sagte er, bebend und so leise, daß sie die Worte ein zweites Mal hören mußte, um sie zu verstehen:
»Wie du mir gefällst...«
›Endlich‹, dachte sie, indem sie sich ebensosehr über sich selbst wie über ihn lustig machte... ›Da ist er also, der langerwartete Moment...‹
Wie hatte sie das fertiggebracht?... Sie dachte an die Hügel in Finnland, wenn man dem Schlitten auf der Kuppe einen leichten Stoß gab und er sich dann abwärts neigte und durch die Luft flog. Diesen kleinen Anstoß hatte sie ihm gegeben, als sie ihn auf dem Schiff zum erstenmal angelächelt hatte, als sie mit ihm gesprochen hatte, ohne ihm ihren Haß zu zeigen, doch dann hatte ihre ständige Anwesenheit so rasch und leicht gewirkt, und es war jener zwiespältige, rauschhafte Zustand zwischen einem Mann und einer Frau entstanden, die einander nah sind, ohne miteinander verwandt zu sein...
Sacht berührte sie seine Wange; ihr Gefühl für ihn war ein vages und freundschaftliches Mitleid; sie kam sich so stark vor, sie ruhte so sehr in sich, war ihrer Macht so sicher – doch gleich darauf zog sie ihre Hand zurück, runzelte die Brauen und sagte knapp, um des Vergnügens willen, ihn zusammenzucken zu sehen, zu sehen, wie er den Blick zu ihr hob, in dem der Ausdruck von Furcht und Unterwerfung lag:
»Vergessen Sie mich...«
»Hélène«, sagte er unvermittelt, mit rauher Stimme, »ich liebe dich, ich würde dich heiraten, ich liebe dich, meine kleine Hélène...«

»Was?«

Es war ein Ausruf, in dem Verblüffung und eine Art Verachtung oder Rachsucht lag, die ihn betroffen machte.

»Nie im Leben«, murmelte sie, »niemals...«

»Warum?« sagte er mit einem zornigen Blitzen in den Augen, das erneut den verhaßten Max vor ihr auftauchen ließ, den Feind ihrer Kindheit; sie zuckte die Achseln, wollte sagen: ›Weil ich Sie nicht liebe...‹, dachte aber gleich darauf: ›O nein... Wenn ich ihm das sage, wird er mir nie verzeihen, es wird zu Ende sein, das Spiel wird zu Ende sein... Ihn heiraten?... Nein, nein, so dumm bin ich nicht, der Wunsch, mich zu rächen, ist doch nicht stark genug, um auf diese Weise mein ganzes Glück aufs Spiel zu setzen... Ich liebe ihn nicht...‹

Sie begnügte sich damit, schweigend den Kopf zu schütteln. Er glaubte zu verstehen und erbleichte bis in die Lippen. Er nahm sie in die Arme.

»Hélène, verzeih mir, verzeih mir, konnte ich das wissen?... Ich liebe dich, du bist noch so jung, eines Tages wirst du mich auch lieben... Es ist nicht möglich, daß du mich nicht liebst«, sagte er und küßte mit verzweifelter Leidenschaft die Wange, die sie ihm überließ, und ihre Lippen.

Draußen beruhigte sich der Lärm des Regens; man hörte deutlicher das leichte, melodiöse Geräusch der tropfenden Blätter. Max zog sie an sich, und sie spürte seinen bebenden Mund, der unter dem leichten Stoff ihres Kleids sanft ihre Schulter küßte, in ihre Haut biß.

Sie schob ihn vorsichtig zurück:

»Nein, nein...«

Er wollte sie auf den Mund küssen, doch sie hielt mit ihren beiden ausgestreckten Händen sein liebevolles und begieriges Gesicht von sich entfernt.

»Lassen Sie mich los! Ich höre Schritte, ich höre meine Mutter«, schrie sie in panischem Schrecken.

Er ließ sie los; sie fiel auf das Sofa zurück, blaß und kraftlos. Doch es war nur der Fahrer, der sich auftragsgemäß zurückmeldete. Während Max mit ihm sprach, schlüpfte sie aus dem Zimmer und floh.

5

In dieser Nacht brachen sie nicht mehr nach Biarritz auf; Hélène kehrte nach Hause zurück. Sie ging schlafen; ihr schmales Bett stand am Fenster; ihr Zimmer nahm das ganze Erdgeschoß des Hauses ein, das sie bewohnten; die Geräusche der Stadt brandeten gegen ihre Läden, und über ihrem Kopf hörte sie die Schritte ihrer Mutter, die sich über ihre Schlaflosigkeit und ihre Tränen hinweghalf, indem sie ohne Unterlaß von einem Zimmer zum anderen wanderte; draußen hörte man die von Ausflügen aufs Land heimkehrenden Autos und die späten Paare, die noch umherschlenderten und sich auf den Bänken küßten. Hélène hatte die Lampe eingeschaltet; klassizistische Zierleisten, türkischrot und hellgrün, die rosaroten Vorhänge, die hohen, in die Wände eingelassenen Spiegel – voller Feindseligkeit betrachtete sie die Kulisse ihres Lebens. Sie liebte nichts auf der Welt.

›Nichts und niemanden‹, dachte sie traurig... ›Wie glücklich hätte ich heute nacht sein können... Alles, was ich mir gewünscht habe, habe ich bekommen... Wenn ich nur wollte...‹

Sie schüttelte den Kopf und lachte.

›Ach, Hélène‹, sagte sie, mit sich selbst sprechend, wie sie es seit ihrer Kindheit zu tun pflegte, ›du weißt genau, daß du die Stärkere bist und daß die Beute armselig ist... War es denn so schwer, Max verliebt zu machen?... Ich bin achtzehn, und sie ist fünfundvierzig... Jede junge Frau meines Alters hätte das fertiggebracht... Und du bildest dir so viel darauf ein!... Worauf es ankommt, ist, sich selbst zu besiegen! Mit welchem Recht betrachtest du sie so verächtlich, wenn du nicht stärker und besser bist als sie?... Ich habe mein ganzes Leben damit verbracht, mich gegen dieses verhaßte Blut zu wehren, aber es ist in mir. Es fließt in meinen Adern‹, dachte sie und hielt ihren schmalen, gebräunten Arm in die Höhe, an dem man die Adern sah, ›und wenn ich nicht lerne, mich selbst zu besiegen, wird dieses bittere, verderbte Blut am Ende stärker sein...‹

Sie erinnerte sich an den Spiegel im dunklen Zimmer, bei Max, in dem ihr Gesicht ihr erschienen war, während sie sich hatte küssen lassen. Ein erschreckendes Gesicht, wollüstig, triumphierend, das ihr blitzartig die Züge ihrer Mutter in jungen Jahren vor Augen geführt hatte...

›Ich werde mich nicht von diesem Dämon besiegen lassen‹, sagte sie laut und mit einem Lachen; ›es wird sicher einfach sein zu verzichten, jetzt, da ich praktisch erlangt habe, was ich wollte. Ich bin keine Heuchlerin, ich mache mich nicht besser, als ich bin; ich bin nicht gut, ich will nicht gut sein... Gut zu sein, daran ist etwas Weichliches, Fades, Erstickendes... Aber ich will stärker sein als ich selbst, ich will mich selbst überwinden... Ja, sie in ihrem Schmutz, ihrer Schande zurücklassen, während ich... Mein Gott‹, murmelte sie, weil sie plötzlich von scharfen Gewissensbissen überfallen wurde, ›ich bin so unvollkommen, so rachsüchtig, so egoistisch, so anmaßend... Mir fehlt die Demut, ich habe kein Mitleid in mir, und doch will ich mit aller Kraft besser sein... Von heute an, das schwöre ich, wird er mich nicht mehr allein sehen. Ich werde ihm aus dem Weg gehen. Ich werde ihm mit der gleichen Hartnäckigkeit aus dem Weg gehen, mit der ich früher versucht habe, ihm zu begegnen und mit ihm allein zu sein. Ich werde mich langweilen‹, dachte sie lächelnd. ›Pah! Ich will es so, ich will ... Dämon des Stolzes oder Dämon der Rache, wir werden sehen, wer stärker ist! ... Aber werde ich den Mut haben, sie glücklich zu sehen? Ja, natürlich, warum nicht? Von heute an hasse ich sie nicht mehr, ich habe ihr vergeben ...‹

Sie warf die Decke zurück, streckte sich aus, lag starr und steif da, die Hände unter dem Nacken gekreuzt:

›Ja, es ist seltsam, aber zum erstenmal in meinem Leben kann ich an sie denken, ohne daß mein Herz sich zusammenzieht oder schwer wird wie ein Stein ... Ich habe sogar etwas Mitleid mit ihr ...‹

Sie sah erneut ihr bleiches Gesicht vor sich, die Spur ihrer Tränen auf der Schminke, ihre gequälten Züge.

›Ich, die kleine Hélène ... Wie sagte sie: Dieses Mädchen ist so linkisch, so wild ... Wie ungeschickt du bist, meine arme Hélène ...‹

Ihre Augen blitzten in der Dunkelheit.

›So ungeschickt doch wieder nicht‹, murmelte sie und biß die Zähne zusammen; doch sie zwang sich dazu, das rasche und hitzige Pochen in ihrer Brust zu zügeln: ›Ein gieriger Wolf zu sein ist nicht schwer, und es ist meiner nicht würdig... Ich werde Max sagen, daß ich ihn nicht liebe, daß es nur ein Spiel war. Er wird zu ihr zurückkehren, und sei es nur, um mich leiden zu sehen ... Von morgen an wird alles wieder normal sein, wenn man es so ausdrücken kann ... Da mein Vater nichts sieht oder nichts sehen will, braucht man den Dingen nur ihren Lauf zu lassen ... Im Grunde ist dieser derbe und ruchlose Spaß von Bitterkeit vergiftet ... Was für eine sonderbare Nacht‹, dachte sie, als sie die Lampe ausschaltete und wahrnahm, wie durch die Schlitze der Läden silbernes Licht hereindrang: ›Wie schön ist das Mondlicht ...‹

Sie stand auf, ging mit nackten Füßen zum Fenster, öffnete die Läden und betrachtete die breite und menschenleere Straße. Der Wind wehte vom Bois her. Die Nacht war nun klar, das Licht bläulich, durchsichtig. Leise singend setzte sie sich ans Fenster. Nie war ihr Herz so leicht gewesen; eine Art fröhlicher Inbrunst war in ihr, ein erhebendes Gefühl. ›Zu wissen, daß ich im Grunde sein Glück in Händen halte und mir aussuchen kann, ob ich festhalte oder den Griff lockere, ist das nicht die beste Rache? Was will ich mehr? Ich liebe ihn nicht. Wenn ich ihn liebte...‹

Sie sah starr vor sich hin, und in ihrem Gedächtnis stieg wieder sein demütiges und begieriges Gesicht auf...

›Ich liebe niemanden, Gott sei Dank, ich bin allein und frei. Wenn ich es könnte‹, dachte sie unvermittelt, ›würde ich, glaube ich, heute nacht noch fortgehen... Im Grunde ist das mein einziger Wunsch... Fortzugehen, mich in irgendeinem Winkel der Welt niederzulassen, wo ich weder meine Mutter noch dieses Haus je wiedersehen würde, wo ich weder das Wort ›Geld‹ noch das Wort ›Liebe‹ je wieder hören müßte. Aber mein Vater ist noch da... Er braucht mich ja nicht...‹, dachte sie dann bitter, ›niemand braucht mich... Max ist verliebt, das ist es nicht, was ich nötig habe, ich hätte gern Zuneigung, liebevoll, ruhig und sicher... Aber ich bin kein Kind mehr, ich bin in einem Alter, in dem man mit Schrecken die zärtlichsten Bindungen zurückweist... Ja, aber das hat mir so gefehlt... Und außerdem, wenn man kein Kind gewesen ist in der Zeit, in der man es hätte sein müssen, scheint man auch nicht reifen zu können wie die anderen; man ist auf der einen Seite verwelkt und auf der anderen noch grün, wie eine Frucht, die zu früh der Kälte und dem Wind ausgesetzt worden ist...‹

Es schien ihr, daß sie sich durch den Verlauf der letzten düsteren Jahre mehr denn je dem entschlossenen und harten

Kind wieder angenähert hatte, das schweigend seine Tränen heruntergeschluckt, die Fäuste geballt und seine Kräfte gesammelt hatte, um klaglos zu leiden.

»Schönes und hartes Leben!« sagte sie laut.

Sie hatte sich wieder ins Bett gelegt, doch die Läden blieben offen; sie sah die Nacht bleich werden und den Frühlingsmorgen über dem Laub erglänzen. Endlich schlief sie ein.

6

Acht Tage vergingen, in denen es ihr gelang, Max aus dem Weg zu gehen, doch ihr Leben war durch Bellas Willen und die Zufälle des Daseins viel zu eng mit dem seinen verknüpft. Schon fehlte er ihr. Abends vor allem, an jenen unendlich langen Abenden, wenn sie um neun oder zehn Uhr immer noch auf Karol warteten, bevor sie sich zu Tisch setzten, fühlte Hélène eine solche Traurigkeit in sich aufsteigen, daß sie gegen ihren Willen sehnsüchtig an Max dachte. Auf einem Stuhl kniend, bekritzelte sie zerstreut die Platte eines alten, wackeligen Louis-XV-Schreibtischs, der mit halb abgeplatzten goldenen Greifen verziert war; über ihrem Kopf hörte sie den ungeduldigen Schritt des Butlers. Das weckte zu viele Erinnerungen in ihr...

Eines Abends lief Madame Karol – in der einen Hand das Telefon und gefolgt von einem Dienstmädchen, das dabei war, ihr den Kleidersaum abzustecken – hastig durch das Zimmer, in dem sich Hélène gerade aufhielt; das Dienstmädchen, mit dem Mund voller Stecknadeln, stolperte über das Kabel des Telefons; hinter ihr lief ein zweiter Diener, der die offene Schmuckkassette trug.

Hélène hörte, daß ihre Mutter Max anrief. Im Reden befestigte Bella ihre Diamantohrringe, die ihr jedoch aus der Hand fielen und über den Boden rollten; sie sprach russisch und unterbrach sich hin und wieder, weil sie sich offenbar daran erinnerte, daß Hélène nebenan war, dann vergaß sie sie wieder und begann erneut, flehentlich zu bitten:

»Kommen Sie, kommen Sie ... Sie haben doch versprochen, daß Sie heute abend mit mir ausgehen ... Er ist nicht da, ich bin so allein, Max ... Haben Sie Mitleid mit mir ...«

Als sie den Hörer aufgelegt hatte, blieb sie einen Moment stehen und rang unwillkürlich die Hände. Es war vorbei ... Er liebte sie nicht mehr ... Fieberhaft durchsuchte sie ihr Gedächtnis nach den Gesichtern von Frauen, die dafür in Frage kamen, ihn ihr weggenommen zu haben ... Er hatte genug von ihr ...

›Früher haben wir uns gestritten, aber jedesmal kam er danach demütiger und zärtlicher zu mir zurück. Früher ... noch vor kaum einem Jahr ... Aber jetzt ... ach! Eine andere Frau steckt dahinter, ich fühle es‹, dachte sie verzweifelt. ›Was soll ich ohne ihn nur tun?‹

Sie war ihm stets treu gewesen, daran dachte sie nun mit wildem Groll.

›Meine letzten Jahre ... Denn ich will es nicht zeigen, ich gebe an, spreize mich, und doch weiß ich genau, daß es für mich zu Ende ist mit der Jugend und der Liebe ... Es wird nur noch bezahlte Eskapaden geben, Gigolos, Jungen, die man aushält, deren Mutter man sein könnte und die sich heimlich über einen lustig machen‹, dachte sie und sah die eine oder andere ihrer Freundinnen vor sich, mit einem hübschen Knaben, den sie wie ein Hündchen an der Leine führten; ›oder man verzichtet ... und ist eine alte Frau ... O nein, nein, nur das nicht, niemals! ... Ich kann auf die Liebe nicht verzichten, das ist unmöglich‹, murmelte sie und wischte sich mechanisch die Tränen ab, die auf die Perlen ihres Colliers tropften.

›Er hat mich ausstaffiert wie einen Reliquienschrein‹, dachte sie, als sie hörte, daß die Tür sich öffnete und ihr Mann ins Nebenzimmer trat, ›aber das ist es nicht, was ich brauche, und außerdem langweile ich mich, ich langweile mich tödlich... Wenn man keinen Mann im Leben hat, wenn man keinen jungen und gutaussehenden Liebhaber hat, wozu lebt man dann?... Die Frauen, die sagen, sie seien ohne Liebe glücklich, sind Närrinnen, sie wissen nichts, oder sie heucheln... Ich brauche die Liebe‹, sagte sie sich in fiebrigem Ton, während sie voller Haß ihr verzerrtes Gesicht im Spiegel betrachtete. ›Wenn sie wüßten, daß ich sehr wohl weiß, wie ich aussehe – ich sehe mich mitleidlos und schonungslos‹, dachte sie noch.

Das Essen begann. Das fensterlose Vorzimmer war in ein Eßzimmer umgewandelt worden; feierliche Kühle und bläuliches Dämmerlicht herrschten in dem Raum; Staub häufte sich auf den Zierleisten aus falschem Marmor.

Es war die Herrschaft des Stucks; der blau-weiß karierte Teppich ahmte einen Fliesenboden nach; die künstlichen Blumen steckten in Urnen aus Marmor und verströmten einen leicht beißenden Geruch nach Staub; Alabasterfrüchte in einer Muschelschale waren von innen elektrisch beleuchtet. Der Marmortisch unter dem Spitzentuch ließ die Finger gefrieren. Karol aß mit fiebriger Hast; er verschlang die Nahrung, ohne sie zu sehen oder zu schmecken, und mit ihr die Tabletten, mit denen man ihn vollstopfte und von denen er hoffte, daß sie ihm die frische Luft und die Erholung ersetzten. Hélène betrachtete ihn mit unbestimmtem Mitleid: Er war schlanker und ansehnlicher als früher.

Jenes Feuer, das er in sich hatte, jene eigenartig ergreifende Leidenschaft loderte mit ihren schönsten, ihren letzten Flammen. In seinem bleichen, gepeinigten Gesicht mit der gelblichen, ledrigen Haut brannten die schönen traurigen Augen mit ihrem stechenden Blick in einem fast unerträglichen Glanz. Ständig ließ er seine schmalen Finger knacken:

»Schneller, tragen Sie schneller auf...«

»Du gehst heute abend noch einmal aus?« fragte Bella seufzend.

»Ich habe noch ein geschäftliches Treffen... Aber du gehst doch auch aus«, sagte er mit einem raschen Blick auf sie.

Sie schüttelte den Kopf.

»Nein.«

Doch gleich darauf begann sie in bitterem und klagendem Ton:

»Ich bin immer allein. Wir führen das Leben von Verrückten. Ich bin die unglücklichste Frau der Welt. Ich habe immer unter alldem zu leiden gehabt.«

Er antwortete nicht, hörte kaum zu, da er sich im Lauf von zwanzig Jahren Ehe an ihre Klagen gewöhnt hatte.

Hélène aber war an diesem Abend dazu bereit, sich von den Worten dieser alternden, streitsüchtigen Frau anrühren zu lassen, die ihr gegenübersaß und ihr nie einen Blick schenkte, als würde sie unter der bloßen Anwesenheit dieses jungen Gesichts leiden; traurig fuhr sie mit ihren schönen Händen über das Tischtuch, ihre bloßen Arme waren mit Armbändern behängt. Ihr Gesicht war unter der Schminkschicht geschwollen und von Puder und Creme verklebt; es schien, als gäbe das Fleisch im Innern nach, als löste sich die glatte, weiße und rosafarbene Oberfläche langsam auf, um die Verheerungen des Alters zu enthüllen; und doch war ihr Körper noch immer untadelig, die Büste ungebeugt und fest.

Hélène wandte sich an ihren Vater.

»Papa, lieber Papa, bleib zu Hause, schau dich an... Du siehst so müde aus...«

Er zuckte die Achseln, und als sie hartnäckig blieb und Bella wieder mit ihren Klagen anfing, rief er ungeduldig aus:

»Zum Teufel, diese Frauen!«

Hélène verstummte, sie hatte Tränen in den Augen. Es kränkte sie, daß er sie so zurückstieß, und vor allem, daß er zwischen ihr und ihrer Mutter keinen Unterschied machte.

›Er sieht also nicht, daß ich ihn liebe?‹ fragte sie sich traurig.

Doch er sah nichts als den Spieltisch, an dem er an diesem Abend ein Vermögen verlieren sollte.

›Nein‹, dachte Hélène, ›es ist nicht so einfach, auf Max zu verzichten, auf das Spiel zu verzichten...‹

Am nächsten Morgen brachen sie überstürzt nach Biarritz auf; Hélène fiel keine Ausrede ein, warum sie hätte in Paris bleiben müssen; zudem behandelte man sie noch immer wie ein kleines Mädchen, das Befehle nicht anzuzweifeln hatte, und Max fuhr mit ihnen.

Morgens, in Blois, ließ er sie rufen, als Bella noch schlief, und kaufte ihr die ersten Kirschen an einem Stand, bei windigem Wetter, in einer kleinen, von der rötlichen Sonne beschienenen Straße; die Früchte waren von einem silbrigen Schimmer überzogen und kalt und berauschend wie ein Tropfen eiskalten Likörs. Er betrachtete sie voller Zärtlichkeit und Begehren:

»Hélène, wie unstet du bist, man bekommt dich nicht zu fassen – wie du mir gefällst, wie du mir gefällst... Ich habe keine andere Frau so sehr geliebt wie dich... Du bist hübsch, ich bin verrückt nach dir...«

All die Worte, all die alten Worte, die für sie noch neu waren und ihr ins Herz drangen, ohne daß sie sich dagegen wehren konnte...

›Ich habe nicht den Mut dazu‹, dachte sie. ›Den Dämon bezwingen... nicht den Dämon der Sinnlichkeit, was ist das schon?... sondern der Koketterie, der Grausamkeit, des Vergnügens daran, zum ersten Mal mit der Liebe eines Mannes zu spielen...‹

›Ich werde nicht den Mut dazu haben‹, sagte sie sich noch einmal; noch einmal versuchte sie es mit allen Mitteln, senkte den Blick und dachte mit jenem traurigen Humor, den sie von ihrem Vater geerbt hatte:

›Ich verdiene mir meinen Platz im Paradies...‹, und dann versuchte sie, ihre Stimme ruhig und gleichmäßig klingen zu lassen, als sie antwortete:

»Max, vergessen Sie mich, ich liebe Sie nicht, ich habe nur mit der Liebe gespielt«, während sie dachte:

›Heuchlerin, ich werde die Glut nur noch mehr anfachen...‹

Er wurde blaß, warf ihr einen harten Blick zu, und plötzlich hatte sie Angst, ihn zu verlieren... Es war doch eigentlich so amüsant... ›Und warum?‹ dachte sie. ›Um dieser Frau, die ich immer gehaßt habe, Kummer zu ersparen?... Das will ich doch nicht!... Ich amüsiere mich!‹ Eine Welle des Stolzes und des Vergnügens brandete auf und überflutete ihr Herz, und sie griff still nach seiner Hand.

»Na, na, was für ein schlimmer Blick... Ich habe doch nur Spaß gemacht...«

Als ihre Hände sich berührten, fuhr er zusammen und betrachtete mit unbestimmter Furcht diesen Ausdruck einer Frau auf dem Gesicht eines Kindes. Wie sie ihm gefiel... Er liebte jede ihrer noch ungeschickten und kantigen Bewegungen, ihr offenes Haar, das über die schmalen Schultern fiel, ihren fragilen Hals, ihre makellosen Lider, ihre glänzenden Augen, die etwas Kindlich-Stolzes und Unschuldiges bewahrt hatten, ihre langen Beine, die Kraft ihrer Hände, die kapriziöse und scheue Art, wie sie seinen Umarmungen entglitt, ihren reinen Atem... Sie waren allein; er beugte sich zu ihr, küßte sie und sagte leise:

»Gib mir einen Kuß...«

Rasch berührte sie seine Wange mit den Lippen, und er spürte etwas wie Rührung, ein zwiespältiges Gefühl; sie küßte wie ein kleines Mädchen, doch die Art, wie sie seine Küsse entgegennahm, still und mit geschlossenen Augen, war frauenhaft...

Hélène hatte die Zeit zu denken:

›Was tue ich?...‹

Doch es war schon zu spät, um das Spiel zu beenden...

Erst als sie nach Paris zurückkehrten, begriff Hélène, wie groß die Macht war, die Max auf sie ausübte. Er verhielt sich ihr gegenüber genauso tyrannisch, eifersüchtig, grausam, wie er früher Bella gegenüber gewesen war. Man lernt zu lieben, wie man alles andere lernt, die Technik ändert sich nicht mehr... Ob man will oder nicht, wendet man sie bei verschiedenen Frauen an...

Er sagte erneut:

»Heirate mich... zu Hause bist du unglücklich...«

Sie lehnte ab. Das rief Wutanfälle bei ihm hervor, die ihn bleich und zitternd, Flüche auf den Lippen, zurückließen. Er ahnte wohl, daß sie sich über ihn lustig machte, doch das genügte jetzt nicht mehr, um ihn zu beruhigen; er war in jene Phase der unbefriedigten Liebe eingetreten, die einer trübseligen Geistesverwirrung gleichkam, und Hélène sah betroffen das Delirium, das sie in ihm hervorgerufen hatte, das ihn verzehrte und das sie nicht begriff. Als ihr zum ersten Mal unwillkürlich diese Worte entfuhren:

»Wenn meine Mutter das wüßte...«

– brach er in Lachen aus.

»Sag's ihr, sag's ihr doch, los, du wirst sehen, wie herrlich das Leben dann für dich sein wird... Sie wird dir nie verzeihen... Du bist immer noch ein Kind, ein junges Mädchen... Sie wird es dich teuer bezahlen lassen, du wirst sehen...«

Indessen lebte er weiterhin mit Bella zusammen, wofür es viele Gründe gab... Er rächte sich an ihr für Hélènes Widerstreben, fand Beruhigung bei ihr und täuschte sich mit ihr über sein wildes Bedürfnis nach Küssen und Liebkosungen hinweg, die Hélène ihm, voller Angst und körperlichem Widerwillen, nicht gewähren wollte. Dann sagte er noch einmal voller Verzweiflung:

»Es ist deine Schuld, deine Schuld... Ich biete dir ein anständiges, normales Leben, und du weigerst dich...«

Abends ließ er Bella zu sich kommen, um ungestört mit Hélène telefonieren zu können, denn er wußte dann, daß sie allein zu Hause war. Bella kehrte gegen Mitternacht zurück, blaß und zerzaust; doch am nächsten Tag ging sie wieder zu ihm, wenn er sie dazu aufforderte, und Hélène erwartete zitternd das Klingeln des Telefons, das in der leeren Wohnung besonders laut wirkte.

Vornübergebeugt, mit starrem Blick, die bebende Hand an die Wange gepreßt, wartete sie, ohne die Kraft dazu aufzubringen, sich durch Flucht der Versuchung zu entziehen...

Das Telefon läutete; sie nahm den Hörer ab, hörte Max' Stimme:

»Wann kommst du? Warum hast du dich überhaupt küssen lassen, wenn du mich nicht liebst? Ich mache, was immer du willst. Nur komm. Ich werde dich nicht anfassen... Ich flehe dich an zu kommen.«

Sie antwortete: »Nein... nein... nein...«, und spürte, daß ihr Herz eiskalt wurde; sie drehte sich zur Tür, in der Furcht vor ihrem Vater, ihrer Mutter, den Dienstboten, dem Echo ihrer eigenen Worte, während er endlos, verzweifelt und als wollte er die Worte beim Sprechen zerbeißen mit seiner sanften und rauhen Stimme wiederholte:

»Liebling, Liebste, meine liebste Hélène, komm, komm doch, hab Mitleid mit mir...«

Doch mit einem Mal verstummte er und legte auf; sie hörte das kleine Signal, das die Unterbrechung der Verbindung anzeigte. Zornig und kummervoll dachte sie:

›Jetzt ist sie gekommen. Sie hat an seiner Tür geklingelt. Er wird ihr öffnen und... Aber ich bin nicht eifersüchtig! Sie sollte eifersüchtig sein! Ich sollte triumphieren... Und doch, ich habe es gewollt... Es ist meine Schuld... Du hast es gewollt, Georges Dandin‹, wiederholte sie weinend, während sie zu lachen versuchte, weil sie sich ihrer Verzweiflung schämte. ›Was habe ich getan? Und woher soll ich den Mut nehmen, mein Gott, mich zu überwinden und zu vergeben, zu vergessen, die Rache allein Gott zu überlassen?...‹

Und als sie im Bett lag und allmählich einschlief, allmählich in jenen ruhigen und glücklichen Schlaf glitt, den sie sich aus der Kindheit bewahrt hatte und der ihr unweigerlich längst vergessene, fröhliche und unschuldige Erinnerungsbilder vor Augen führte, läutete das Telefon, riß sie aus dem Bett, und erneut ertönte fordernd die zärtliche und gefährliche Stimme:

»Hélène, Hélène, ich will deine Stimme hören... Ich werde nicht einschlafen können, bevor ich deine Stimme nicht gehört habe... Sag mir ein Wort, ein einziges, versprich mir etwas, auch wenn du das Versprechen nicht halten kannst, sag mir, daß du mich eines Tages lieben wirst... Nimm dich in acht, ich werde dir etwas antun!« schrie er unvermittelt in einem Anfall von blinder Wut. »Am liebsten würde ich dich umbringen!«

Sie zuckte die Achseln:

»Sie sind ein Kind...«

»Dann laß mich in Ruhe!« schrie er verzweifelt. »Warum bist du immer um mich herumgeschlichen? Du bist ja nur eine dumme Gans, verlogen und kokett! ›Ich liebe dich nicht, ich mache mich nur über dich lustig, ich...‹ Nein, Hélène, geh nicht, verzeih mir, ich flehe dich an zu kommen, nur ein einziges Mal... Wenn ich deine Wange unter meinen Lippen spüre, diese so frische und glatte Haut, werde ich wahnsinnig. Hélène... Meine Liebste, meine Liebste, meine Liebste...«

Hélène hörte die Haustür, die sich unter ihren Fenstern öffnete. Sie flüsterte:

»Lassen Sie mich jetzt in Ruhe, lassen Sie mich... Ich kann nicht mehr sprechen...«

Eine Art Scham hinderte sie daran zu sagen:

»Meine Mutter ist da...«

Doch das erriet er sofort, und froh darüber, daß er, wenn auch nur für einen Moment, der Stärkere war, froh darüber, gefürchtet zu sein, erwiderte er:

»Das ist gut! Wenn du mir jetzt nicht feierlich versprichst, daß du morgen zu mir kommen wirst, werde ich die ganze Nacht anrufen, bis deine Mutter es hört! Treib mich nicht zum Äußersten, Hélène, du kennst mich nicht! Ich habe schon andere als dich zur Raison gebracht!«

»Die haben Sie geliebt.«

»Na gut... Ich werde die ganze Nacht anrufen, hörst du?... Deine Mutter wird alles erfahren, und dein Vater, Hélène?... Er wird alles erfahren, verstehst du? Alles. Das, was war, und das, was ist... Ach, das ist abscheulich, das weiß ich, aber es ist deine Schuld, du zwingst mich, so etwas zu tun! Hör zu. Du brauchst es mir nur zu versprechen! Nur ein Mal! Ich liebe dich! Hab Mitleid mit mir!«

Hélène hörte den Schritt ihrer Mutter über ihrem Zimmer. Sie hörte, daß sich die Tür zu dem Zimmer öffnete, in dem Karol schlief. Sie sagte flüsternd:

»Ich verspreche es.«

7

An einem Regentag fuhren sie im Auto zusammen im Bois spazieren, ohne bestimmtes Ziel, froh darüber, sich in diese menschenleeren nassen Straßen flüchten zu können, wo wenigstens niemand sie erkennen würde. Es war Herbst; man hörte, nicht unüblich für Anfang Oktober, Ströme schweren, kalten Regens gegen die Scheiben trommeln. Hin und wieder hielt der Fahrer an und sah Max mit fragend hochgezogenen Schultern an. Max klopfte ungeduldig an die Scheibe:

»Fahren Sie weiter. Fahren Sie, wohin Sie wollen.«

Das Auto fuhr weiter, versank zuweilen in der weichen Erde der schmalen Reitwege. Nach kurzer Zeit überquerten sie die Seine und fanden sich auf dem Land; ein bitterer, frischer Duft zog durch die heruntergelassenen Fenster zu ihnen herein. Hélène betrachtete wie in einem wirren Alptraum den Mann, der neben ihr saß, der weinend mit ihr sprach, ohne daran zu denken, sich die Tränen abzuwischen. Sie empfand Mitleid und ein wenig Widerwillen.

»Hélène, du mußt mich verstehen... Ich kann dieses Leben nicht weiterführen. Wir haben noch nie von *ihr* gesprochen«, sagte er und vermied dabei, den Namen seiner Geliebten auszusprechen. »Was ich tue, ist schändlich... Aber besser, man spricht einmal aufrichtig darüber, und dann ist es vorbei... Du... du weißt seit langem von unserer Beziehung, nicht?«

»Ach Gott«, sagte sie achselzuckend, »Sie dachten doch wohl nicht, daß ich als Kind so blind und dumm war, daß ich nichts davon bemerkte?«

»Glaubst du, man denkt an die Kinder?« rief er aus, und einen Moment lang sah sie auf seinem Gesicht den verzerrten Ausdruck von früher, Müdigkeit und Verachtung; sie spürte, daß sich in ihr der alte Haß regte.

Sie murmelte:

»Doch, ich weiß, daß man nie an die Kinder denkt...«

»Aber ist es das, worum es heute geht? Es geht heute um dich, um eine Frau, die ich liebe, und um eine andere Frau, die ich geliebt habe, aufrichtig geliebt habe... Ich kann sie nicht länger betrügen... In den letzten Monaten habe ich in einem trostlosen Alptraum gelebt... Es kommt mir vor, als würde ich jetzt langsam erwachen. Ich verstehe, wie erbärmlich, wie niederträchtig ich gewesen bin... Oder besser, ich habe es wohl verstanden und habe doch nichts daran geändert, weil ich dich zu sehr liebte, ich war wahnsinnig«, sagte er dumpf, »aber jetzt kann ich nicht mehr, ich erschrecke vor mir selbst...«

»Meinen Vater haben Sie jahrelang betrogen, ohne Gewissensbisse zu haben«, sagte sie grollend.

Er murmelte:

»Deinen Vater? Weißt du, was er denkt? Hat je jemand wissen können, was er denkt? Da irrst du dich gewaltig, wenn du glaubst, ihn zu kennen. Was mich betrifft, ich könnte nicht sagen, was er weiß oder nicht weiß... Hélène, wenn du nur wolltest...«

»Was denn?« sagte sie und entriß ihm ihre Hand, die er an seine brennende Wange gedrückt hatte.

»Heirate mich, Hélène, du wirst glücklich sein.«

Sie schüttelte langsam den Kopf.

»Warum nicht?« fragte er verzweifelt.

»Ich liebe Sie nicht. Sie sind meine ganze Kindheit hindurch mein Feind gewesen. Das kann ich Ihnen nicht erklären. Sie haben gesagt: Es geht nicht um das Kind, das du gewesen bist. Doch, es geht nur um dieses Kind. Ich werde nie anders sein. Die Gefühle, die ich mit vierzehn hatte ... und davor ... lange vorher ... sind noch immer meine Gefühle und werden es bleiben. Ich könnte sie nie vergessen. Ich könnte nie glücklich mit Ihnen sein. Ich möchte gern mit einem Mann leben, der meine Mutter nie kennengelernt hat, und auch nicht das Haus, in dem ich gelebt habe, der nicht einmal meine Sprache und mein Land kennt, der mich mitnimmt, weit weg, wohin auch immer, zum Teufel, weit von hier fort. Mit Ihnen würde ich unglücklich sein, selbst wenn ich Sie liebte. Aber ich liebe Sie nicht.«

Er ballte wütend die Fäuste.

»Du läßt dich von mir küssen ...«

»Aber was hat das mit Liebe zu tun?« sagte sie müde.

»Dann will ich fort von hier. Meine Schwester ist in London. Sie schreibt mir, daß ich zu ihr kommen soll. Ich will fort«, wiederholte er mit einem Stöhnen.

»Na gut, dann fahren Sie, mein lieber Max.«

»Hélène, wenn ich fahre, wirst du mich nie mehr wiedersehen. Eines Tages wirst du einen Freund brauchen. Du hast niemanden auf der Welt, denk daran, außer deinem Vater. Er ist alt und krank ...«

Sie fuhr zusammen:

»Papa? Was sagen Sie da?«

»Aber schau«, sagte er mit einem Achselzucken, »siehst du es denn nicht? Er ist verloren. Er ist verbraucht. Was wirst du also tun? Deine Mutter und du, ihr werdet euch immer spinnefeind sein.«

»Immer«, echote sie, »aber ich brauche niemanden.«

Er sagte noch einmal verzweifelt:

»Es kommt mir vor, als hätte ich seit zehn Jahren kein sauberes Gefühl mehr gehabt. Ich schäme mich ... Meine Liebe zu dir ist trüb und bitter, voller Rachegelüste und Gehässigkeit. Und doch liebe ich dich.«

Sie hob den Arm und versuchte, im bleichen Lichtstrahl einer Gaslaterne auf der Uhr an ihrem Handgelenk die Zeit abzulesen.

»Bald ist es acht Uhr, fahren wir zurück.«

»Nein, nein, Hélène!«

Er klammerte sich an ihre Kleider, küßte leidenschaftlich den Hals, die dünne und zarte Haut ihrer Arme.

»Hélène, Hélène, ich liebe dich, ich habe immer nur dich geliebt. Hab Mitleid mit mir, mein Gott, weise mich nicht ab ... Es kann doch nicht möglich sein, daß du mich so sehr verabscheust! Ich habe dir doch nie etwas Böses getan! Ich werde für immer fortgehen. Ist dir das egal?«

»Nein«, sagte sie grausam, »ich freue mich darüber. Wenn Sie fort sind, wird unser Haus wieder würdig und sauber sein. *Sie* ist alt. Sie wird jetzt gezwungen sein, sich mit ihrem Mann und ihrem Kind zufriedenzugeben. Eines Tages werde ich vielleicht eine Mutter haben wie alle anderen. Sie haben nur Unglück über mich gebracht.«

Er antwortete nicht. Im Dunkel des Wagens sah sie, daß er sich abwandte und seine zitternden Hände an die Augen hob. Sie beugte sich zur Trennscheibe und sagte dem Fahrer, er solle nach Paris zurückfahren.

Sie trennten sich ohne ein Wort. Am nächsten Tag reiste er nach London ab.

8

Die Jahre verflossen schnell in jener Zeit. Das Leben war rastlos, trüb und turbulent, wie ein Fluß, der über die Ufer getreten ist. Später, als Hélène sich an die zwei Jahre erinnerte, die auf Max' Abreise folgten, sollte sie sie immer mit dem Bild eines gewaltigen, reißenden Stroms verbinden. Sie war gereift, gealtert in diesen beiden Jahren, doch ihre Bewegungen waren noch immer linkisch und abrupt, ihr Gesicht blaß, ihre Arme dünn und zart. Unter den anderen jungen Mädchen, die so sehr glänzten, sich schminkten und herausputzten, fiel sie kaum auf, denn sie war schweigsam und entkam ihrer Schüchternheit nur bei seltenen Gelegenheiten, bei denen sie eine kalte, ungestüme und ironische Fröhlichkeit an den Tag legte. Doch die jungen Männer verziehen ihr ihre Stummheit, ihre ungeschminkten Lippen, ihre gleichgültige Art, Küsse entgegenzunehmen, denn sie tanzte gut, was in jener Zeit eine wertvolle Eigenschaft war, von gleichem Rang wie die größte Intelligenz und der musterhafteste Edelmut...

Nach Max' Abreise und bis zu dem kurzen und frostigen Brief, in dem er ihnen seine Heirat ankündigte, hatte Bella ihr betäubtes, gezähmtes, niedergedrücktes Aussehen behalten, und danach hatte sie sich wieder Liebhaber genommen, die sie bezahlte, wie die anderen alten Frauen... In dieser Zeit war das Leben einfach, das Geld floß in Strömen. Es war jene glückliche Epoche, in der die Börsenkurse ständig ungeahnte Höchststände erreichten, in der alle Glücksritter der Erde sich in Paris versammelten und in der Stadt alle Sprachen der

Welt zu hören waren. Fünfzigjährige Frauen trugen Kleider, die ihre Hüften einzwängten und ihre plumpen Beine bis zu den Oberschenkeln sehen ließen. Es war die Epoche der ersten Kurzhaarfrisuren, der kratzigen rasierten Nacken, eng umwunden von Krawatten oder Perlenketten. Beim Pferderennen, in den Bars von Deauville sah man englische Banknoten in den Händen hübscher Jungen, deren Haut die Farbe von Zigarren, blondem Tabak oder Honigkuchen hatte, englische Pfund in dicken Bündeln, knisternd wie welke Blätter.

Boris Karol genügte das Spiel nicht mehr, um seine Nerven zu reizen; er brauchte Champagner, Frauen, nächtliche Soupers, Autofahrten im Wind, er mußte das Geld mit vollen Händen hinauswerfen und dazu alle Schmarotzer der Erde freihalten, alles tun, was er bisher noch nicht getan hatte, alles, was er in seiner Jugend nicht hatte genießen können – all das kostete er nun aus, hastig, voller Angst, als spürte er, daß das Leben seinen gierigen und täglich schwächer werdenden Händen entfloh.

Hin und wieder, am frühen Morgen, wenn die Schminke auf den alten Gesichtern abblätterte und man beim Tanzen die letzten Luftschlangen zertrat, betrachtete Hélène ihren Vater, ihre Mutter und die aberwitzige Menge, die sie umgab, und dachte mit inständigem Bedauern an die vergangene Zeit, in der sie trotz allem etwas gehabt hatte, was einem Heim, einer Familie ähnlich gewesen war. Mit hellsichtiger Verzweiflung wandte sie sich ihrem Vater zu. Das Frackhemd ließ die gelbliche und zerknitterte Blässe seines Gesichts nur noch stärker hervortreten. Er färbte inzwischen seinen Schnurrbart, doch der Champagner verwässerte die Farbe, und der alte, traurige Mund mit den leicht nach unten gezogenen Mundwinkeln verwandelte seine Miene in eine müde Grimasse. Es war, als hätte ihn das Feuer aufgezehrt, das in ihm brannte, und als wäre er nur noch ein fragiles Gerippe, das beim kleinsten Windstoß in sich zusammenfallen mußte. Das Geld floß ihm durch die Finger. In ihm sah man das schreckliche Bild eines Mannes, der seinen Traum verwirklicht hat. Wie er dieses Leben liebte! ... Wie er den gekrümmten Rücken des Oberkellners liebte, den Blick der kleinen Hure, die an seinem Tisch vorbeiging, ihn streifte und Hélène und Bella zulächelte, als würde sie denken: ›Ihr wißt doch, was das ist?... Das ist unser Beruf, nicht?‹

Er schenkte der kleinen Hure sein Lächeln, und ebenso dem Neger, der Jazzmusik spielte, dem Eintänzer, dem Liebhaber seiner Frau...

Bellas letzter Liebhaber war ein dicker und düster blickender Armenier mit den geschlitzten Mandelaugen einer Tempeltänzerin und dem fleischigen Hintern eines levantinischen Teppichhändlers. Er amüsierte Karol durch seine Unterwürfigkeit, seine Redseligkeit, und Hélène erkannte die alten Wörter wieder, die ihre Kindheit versüßt hatten und ihr ganzes Leben zu begleiten schienen wie das flüchtige Thema einer Melodie. Petroleumabbau, Goldminen in Mexiko, in Brasilien, in Peru, Platin- und Smaragdminen, Perlenfischerei, Telefone und Rasierapparate, der Kinotrust, Käse, Pigmente, Papier, Zinn, Millionen, Millionen, Millionen...

›Ich selbst habe dafür gesorgt, daß es so ist‹, dachte Hélène traurig und sterbensmüde... ›Max war da... Und es hätte Max weiterhin gegeben, bis zum Tod... Ich habe den Lauf unseres Lebens ändern wollen, wie ein Kind versuchen würde, einen reißenden Strom mit seinen schwachen Händen aufzuhalten, und das ist jetzt das Ergebnis: der dicke Levantiner, dieser bleiche und erschöpfte Mann, und diese alte Hexe‹, sagte sie sich mit einem Blick auf ihre Mutter, in dem kein Haß mehr lag, sondern nur noch eine Art Entsetzen vor dem verheerten, fleckigen, von einer dicken Schminkschicht bedeckten Gesicht mit dem hochroten Strich der schmalen Lippen, diesem Gesicht mit all den Falten und Spuren von Tränen, deren Ursache so oft sie selbst gewesen war, wie sie sich mitleidig, bestürzt und voller Gewissensbisse sagen mußte. Dann dachte sie verzweifelt:

›Die ganze Welt lebt so ...‹

Sie sah sich um; so viele Frauen hatten über ihren unechtmädchenhaften Körpern tragische und zerfurchte Gesichter, voller Narben unter der Schminke ... So viele Männer lächelten den Liebhabern ihrer Frauen zu, so viele junge Mädchen drehten sich dort, wie sie selbst, sorglos und nach außen hin glücklich. Sie dachte an ihre Kleider, an ihre Verehrer, an den Tanz ... Dabei berührte sie leise den Arm ihres Vaters:

»Papa, genug Champagner ... Papa, mein Lieber, das wird dir nicht guttun ...«

»Ach was, sei nicht so dumm!« sagte er ungeduldig.

Eines Tages sagte er:

»Verstehst du, das gibt einem die Kraft wach zu bleiben ...«

»Warum müssen wir denn wach bleiben?«

»Was sollen wir sonst tun?« sagte er mit jenem traurigen kleinen Lächeln, das kaum seine Mundwinkel berührte und schon wieder verschwand. Hélène beobachtete den Armenier, der Karols Glas weiter heimlich mit Champagner füllte.

›Warum tut er das? ... Man könnte glauben, er würde nicht begreifen, daß er alt und krank ist und der Wein ihm schadet ...‹

Der Armenier mit den Hüften einer Tänzerin besaß eine räuberische und verschlagene Würde, die ihm Ähnlichkeit mit den Figuren einer persischen Miniatur verlieh. Das Haar war glatt und blauschwarz, die Nase gekrümmt, der Mund mit den dicken Lippen himbeerfarben...

›Unmöglich‹, dachte Hélène erschüttert, ›unmöglich!... Als Kind hat er bestimmt Erdnüsse verkauft...

Aber er wird Papa nichts antun... Bestimmt bezahlt sie ihn. Er weiß doch, daß das Geld von Papa kommt... Im Gegenteil, er muß daran interessiert sein, sich meinen Vater so lange wie möglich zu erhalten...‹

Eines Tages hatte er, während er sie mit seinen falschen, glänzenden, von langen Wimpern beschatteten Augen ansah, zu ihr gesagt:

»Ach, Mademoiselle Hélène, ich liebe Monsieur Karol – Sie werden mir vielleicht nicht glauben – wie einen Vater...«

›Liebt sie ihn?‹ dachte Hélène, wenn sie ihre Mutter in den Armen ihres Liebhabers tanzen sah und sie sich auf dem blankgescheuerten Parkett der Diele begegneten; ›sie ist alt, sie ist sich verzweifelt ihres Alters bewußt; sie kauft sich eine Illusion...‹

Sie begriff nicht, daß Bella noch etwas anderes suchte: jenes Gefühl von Gefahr und Risiko, das sie so tief befriedigte und das Max durch seine Heftigkeit, seine Eifersucht in ihr hatte überdecken können; nun hatte sie, je älter sie wurde, das Bedürfnis nach einer stärkeren Erschütterung. Sie brauchte es, denken zu können: ›Dieser Mann wird mich töten...‹, und sie betrachtete das Obstmesser in der Hand ihres Liebhabers mit einem wollüstigen Schauder des Schreckens.

Der Armenier war allerdings kein bösartiger Mensch, obwohl er wußte, daß Karol schon vor langer Zeit – da er seine eigene Spielleidenschaft kannte und im Fall einer Zahlungsunfähigkeit den Einzug seines Vermögens voraussah – sein ganzes Geld seiner Frau überschrieben hatte. Er hatte es keineswegs auf Karol abgesehen; er ließ sich nur von seiner blühenden, ausschweifenden orientalischen Phantasie mitreißen. Er liebte Bella, doch es war eine Liebe im großen und ganzen; das Gesicht vermischte sich für ihn mit der Schminke, die es bedeckte, den Perlen, den Diamanten und den tiefen Furchen des alten Fleischs. Er hätte Karol nicht getötet, doch er sah, daß er krank war, und hatte nichts dagegen, dem Schicksal ein wenig nachzuhelfen. Er träumte; er sah Karol tot und sich selbst als zukünftigen Ehemann seiner Witwe; das Geld würde er nicht beim Spiel verschleudern; in seiner Vorstellung entwarf er riesige, mächtige Unternehmungen und berauschte sich an den Worten »Trust... Holding... International Financial Co....« wie an Liebesschwüren... Ach! Er würde sich darauf verstehen, aus Karols Vermögen Nutzen zu ziehen, mit Wein, hübschen Frauen und gutem Essen, mit großzügig verteilten Geschenken würde er Politiker an sich ziehen... Er drehte das Messerchen in Händen, träumte von Minen, von sprudelndem Petroleum und lächelte Hélène mit einem Ausdruck väterlicher Zuneigung an, der sie erschaudern ließ.

Karol hustete angestrengt, wie er es jetzt so oft tat. Der Armenier schüttelte traurig den Kopf: Dieser arme Mann war offensichtlich am Ende. Eine Zeitlang versuchte er, sich eine Konstellation auszudenken, in der auch Karol Platz fand, doch dann wurde alles unsicher; das Geld gehörte ihm, er hatte es gegeben, er konnte es auch wieder nehmen. Er beugte sich zu Karol, lächelte ihn liebevoll an und legte ihm die Hand auf den Arm:

»Noch ein Glas Champagner?... Er ist schön kalt, köstlich...«

In der Morgendämmerung kehrten sie zurück, Hélène beladen mit Feuerwerkskörpern und festlichen Accessoires. Bella müde, gähnend. Sie sagte im Spaß:

»Immer dasselbe... Nervtötend, diese kleinen Feste...«

»Warum gehst du dann hin?« murmelte Hélène.

»Was soll ich denn sonst im Leben tun?« sagte Bella brüsk. »Auf den Tod warten?... Darauf warten, daß du heiratest?... Eigentlich«, fügte sie mit kurz aufblitzender Ehrlichkeit hinzu, »sollte man erst in dem Alter, das ich jetzt habe, ein Kind bekommen... Glaubst du, daß es irgend jemanden auf der Welt gibt, der ohne Liebe auskommt?«

9

In Biarritz verließ Hélène morgens, wenn ringsum noch alles schlief, ihr Zimmer und lief zum Strand, wo um diese Zeit noch niemand war. Die langen, leeren Korridore des Hotels rochen nach kaltem Zigarrenrauch; ein großes, offenes Fenster an einer Seite ließ den Meerwind ein, ein klares und klangvolles Sausen und salzige Luft voller kleiner Wassertröpfchen. Der Aufzug brachte manchmal noch seine letzte Fracht nach oben, vor Müdigkeit wankende Frauen mit verwischten orangeroten Flecken auf den Wangen, die Männer im Frack mit im Morgenlicht grün wirkenden Gesichtern.

Es war Herbst; der Strand war menschenleer; die Wellen waren um den Zeitpunkt der Tagundnachtgleiche so hoch, daß die Luft durch sie feucht und irisierend erschien, glitzernd im Glanz von tausend Lichtern.

Hélène tauchte ins Meer ein, und es kam ihr vor, als reinigte das über ihren Körper rinnende Salzwasser sie von der Erschöpfung der vorangegangenen Tage und der Schmach ihres ganzen Lebens. Sie legte sich aufs Wasser, betrachtete frohlockend den Himmel über ihrem Kopf und dachte dankbar: ›Man kann nicht unglücklich sein, wenn man das hat: den Geruch des Meeres, den Sand unter den Händen... die Luft, den Wind...‹

Sie kam spät zurück, froh, unter dem Kleid ihren Körper zu spüren, der noch frisch und feucht war vom Bad; hastig hatte sie ihre nassen Haare ausgewrungen; und doch schämte sie sich ein wenig; fast fand sie es lachhaft, daß ihr eine so unschuldige Sache ein so vollkommenes Vergnügen verschaffte.

Das Leben ging weiter, wahnwitzig und schnell, wie ein unablässiges, sinnloses Rennen auf ein unsichtbares Ziel zu.

In jener Zeit war zwischen Biarritz und Bidart ein neuer russischer Nachtklub eröffnet worden; es war ein kleines Haus, die Wände waren mit hellrotem Satin bespannt, darauf mit Goldfäden gestickte Zarenadler. Karol besaß Aktien dieses Etablissements: So wurde das Vergnügen zu trinken noch größer, weil er auf jede Flasche zehn Prozent Rabatt bekam.

An diesem Abend hatten die Karols Gäste; um sie herum stopfte man sich voll, man trank, man liebte auf Kosten Boris Karlowitschs. Hin und wieder erschütterte plötzlich ein hohles Husten die zerbrechliche, die liebe, die alte Brust, das armselige menschliche Gerippe, das schon krumm zu werden begann und sich nach Schlaf und Erholung sehnte.

Hélène gegenüber hielt der Großfürst hof, dessen Anwesenheit die Amerikaner anzog wie Honig, an dem die Mükken klebenbleiben. Er war umgeben von seinen Vertrauten, falschen Prinzen und echten – beide Gattungen gebieterisch und gierig –, Petroleumhändlern, internationalen Finanzmaklern, Waffenfabrikanten, Eintänzern, einstigen Schülern des Pagenkorps, kostspieligen oder billigen Frauen, Opiumhändlern und jungen Mädchen... Es gab kein Gesicht, das Hélène in ihrer Phantasie nicht hätte demaskieren können, bei dem unter der Maske von Sorglosigkeit und Wollust nicht abgespannte und angstvolle Züge zum Vorschein gekommen wären. Die Lampen gaben wenig Licht, und das große, offene Fenster ließ die schöne, stille Nacht ein.

Auch draußen wurde getanzt. Die Kleider der Frauen und ihre geschmückten Dekolletés blinkten schwach im Dunkeln, wie Fischschuppen; der langsame Tanz ließ sie dahingleiten wie auf dem Grund eines Aquariums.

Seine Hoheit stand auf; die Jazzneger, betrunken und rührselig, spielten auf ihren Hörnern und mit Beckenschall *Gott schütze den Zaren*. Der erhabene Gast ging zwischen den strammstehenden Kellnern hindurch; hinter ihm kamen Frauen, eingehüllt in ihre Hermeline und berauscht, so daß sie auf ihren hohen, spitzen Absätzen vor Müdigkeit und Erschöpfung stolperten; betrunkene Amerikanerinnen rafften sich auf und bildeten, indem sie sich zu einem Hofknicks fallen ließen, beim Durchzug des Gefolges das Ehrenspalier, während der Erbe der Romanows, dem ein gepuderter Lakai mit einem silbernen Leuchter voll brennendem Wachs vorausging, langsam zum Ausgang strebte. Vor dem Tisch der Karols hielt er inne, küßte Bella die Hand, grüßte Karol mit einer kleinen, freundschaftlichen Handbewegung und ging weiter.

»Seit wann kennst du ihn?« fragte Hélène.

»Seit ich ihm zehntausend Francs geliehen habe«, sagte Karol lachend. Er hatte sich sein Kinderlachen und die fröhliche Grimasse bewahrt, die das ganze spröde und feine Gesicht in Falten legte, doch das Lachen endete in einem schmerzlichen Stöhnen; er hustete, mit weniger Mühe als sonst, doch ein angstvoller Ausdruck erschien in seinem Blick; er nahm sein Taschentuch und fuhr sich zitternd damit über die Lippen; es war von blutigem Auswurf durchnäßt. Er sah Hélène erschrocken an.

»Was ist das?... Ich glaube fast... ein kleines Blutgefäß muß geplatzt sein... was?... ein kleines Äderchen«, murmelte er.

Schwer ließ er sich auf seinen Stuhl zurückfallen und sah um sich, als spürte er, daß er diese Lichter, diese Frauen, diese blaue, silberne Nacht zum letztenmal sah, und doch hatte er die Kraft zu schweigen, zum letztenmal zu zahlen und zu lächeln, während er mit leiser Stimme zu seinen Gästen sagte:

»Es ist nichts... Eine kleine Unpäßlichkeit... ein kleines Blutgefäß, ganz sicher, ein winziges Blutgefäß, das geplatzt ist... Sie werden sehen, es ist schon vorbei... Bis morgen...«

10

Boris Karol hielt sich noch eine Zeitlang in verschiedenen Badeorten auf, fuhr dann in die Schweiz und kehrte als Todgeweihter nach Paris zurück. Bis zur letzten Minute versuchte er, das Gesicht zu wahren, sich nicht geschlagen zu geben. Nur ein Mal, Hélène gegenüber, als er sich in einem kleinen Thermalbad in der Auvergne aufhielt, wo der Regen rann und ein tristes grünes Licht die nassen Blätter streifte, hatte er gesagt:

»Jetzt ist Schluß...«

Er stand vor dem Spiegelschrank; in der Hand hielt er zwei Ebenholzbürsten, mit denen er abwechselnd über seine feinen, weißen Haare fuhr und sie glättete. Auf einmal hielt er inne, näherte sich dem Spiegel; er reflektierte den grünen Schein des Parks, und das bleiche, gelbe Gesicht erschien noch kränker, verbraucht bis zur letzten Grenze des Lebens. Hélène saß neben ihm und hörte traurig den Regen fallen; er hob seinen langen Zeigefinger und pfiff lächelnd und melancholisch eine Arie aus *La Traviata* vor sich hin, dann summte er leise die Worte:

»*Addio, bella Traviata*...«

Er wandte sich Hélène zu, um sie mit einer Art Strenge zu mustern, schüttelte den Kopf, sagte:

»Ja, mein Mädchen, so ist es, weder du noch ich können etwas daran ändern...« Und er ging aus dem Zimmer.

Unterdessen verflüchtigte sich das Geld allenthalben, grundlos, wie es aufgetaucht war... Karol spielte noch immer. Blut spuckend, gelang es ihm doch regelmäßig, Hélène und den Ärzten zu entkommen, worauf er die elenden kleinen Kasinos jener Kurorte aufsuchte, um sich stundenlang nicht mehr vom Fleck zu bewegen. Er spielte und verlor mit jedem Zug. Er spürte, daß nun eine schwere Zeit für ihn anbrach, aber er ließ nicht locker. Er verlor an der Börse; an jeder Pleite hatte er seinen Anteil. Er tröstete sich mit dem Gedanken:

›Glücklicherweise habe ich das ganze Geld Bella überschrieben. Wenn nichts mehr da ist, bleiben doch noch einige Millionen, aber die muß man aufbewahren bis zum Schluß...‹

Eines Tages, in Paris, verlor er mehr Blut als sonst. Hélène war allein mit ihm. Gerade hatte er einen Brief erhalten, in dem man ihm den Bankrott einer Firma mitteilte, deren Aktienmehrheit er hielt. Scheinbar ohne Erregung hatte er ihn gelesen und lediglich zu Hélène gesagt:

»So ein Pech, was?... Aber das kommt schon wieder in Ordnung...«

Etwas später strömte das Blut aus seinem keuchenden Mund. Mit den Mitteln, die der Arzt ihr empfohlen hatte, konnte Hélène es zum Stillstand bringen; dann, während er bleich und kraftlos dalag, holte sie ihre Mutter. Sie war im Badezimmer, eine Masseurin war bei ihr; der Geruch von Creme, Kräuterlösungen und Kampfer hing im Raum. Bella saß vor dem geöffneten dreiteiligen Toilettenspiegel, die Frau neben ihr war dabei, ihr Gesicht mit einer Flüssigkeit zu bestreichen. Hélène rief, außer Atem:

»Komm schnell, schnell, er hat wieder Blut gespuckt...«

Bella beugte sich vor und sagte betroffen:

»O mein Gott, was für ein Unglück!... Geh schnell wieder zu ihm! Ich kann mich nicht rühren...«

»Aber ich sage dir doch, er spuckt Blut, du mußt sofort kommen!«

»Und ich sage dir, daß ich mich nicht rühren kann... Das ist eine äußerst heikle Sache, die Haut wird abgeschält, und wenn es nicht klappt, ist mein Gesicht ruiniert... Was machst du denn noch hier?« schrie sie wütend. »Ruf den Arzt. Mach dich nützlich, statt dazustehen wie angewurzelt. Ich komme in fünf Minuten.«

Als sie schließlich kam, hatte die Blutung völlig aufgehört; Karol war ruhig; er gab Hélène ein Zeichen.

»Geh, mein Liebes, ich muß mit deiner Mutter sprechen...«

Den Rest des Nachmittags blieben sie zusammen und rührten sich nicht von der Stelle. Drückendes Schweigen erfüllte die Wohnung. Hélène ging von einem Fenster zum anderen und fühlte sich schwach, elend und verloren angesichts des tragischen Schreckens des Lebens. Schließlich kam ihre Mutter weinend aus dem Zimmer.

»Er will das Geld wiederhaben, das er mir gegeben hat«, sagte sie aufgeregt zu Hélène, »aber ich habe nichts mehr... Kaum tausend Francs... Ohne sein Wissen habe ich alles in das Zuckergeschäft gesteckt, mit dem er gerade das letzte bißchen verloren hat... Es ist seine Schuld! Er hat mir gesagt, es wäre ein ausgezeichnetes Geschäft... Was will man machen? Es ist Schicksal... Aber der arme Mann hätte ohnehin nicht mehr lange Freude daran gehabt...«

›Wie sie lügt‹, dachte Hélène, ›sie behält das Geld für ihren Liebhaber.‹

Bella fuhr fort:

»Außerdem verstehe ich nicht, was dein Vater sagt. Es kann doch nicht sein, daß er gar nichts mehr hat...«

»Warum kann das nicht sein?« fragte Hélène kalt.

»Weil er immer ein beträchtliches Vermögen besaß...«

»Na gut, es ist ihm eben schnell abhanden gekommen, das ist alles...«

»Was will man machen?« sagte Bella noch einmal mit einem Achselzucken. »Es ist schrecklich....«

Sie fing wieder an zu weinen. Früher nahm sie sich alles, was sie wollte, schroff und herrisch, doch das Alter hatte ihre Kräfte trotz allem erlahmen lassen. Die Männer liebten sie nicht mehr, gehorchten ihr nicht mehr wie einst. Sie nahm die Gewohnheiten ihrer Kindheit wieder an, die ihr aus der Tiefe der Vergangenheit zuwuchsen, als sie ein dickes Mädchen war, verwöhnt, bewundert von ihrer schwachen Mutter, sie jammerte und heulte, hatte Launen und Nervenkrisen, weinte schnell und häufig und rief im Klageton: »Ich bin der unglücklichste Mensch der Welt! Was habe ich dem lieben Gott getan, daß er mich so bestraft?«

Boris hatte sie gehört; mit Mühe schleppte er sich in das Zimmer, wo sie war, fuhr ihr sanft mit der Hand übers Haar.

»Weine nicht, Liebste... Es kommt alles wieder in Ordnung... Ich werde wieder gesund, alles wird gutgehen, es ist nur eine Pechsträhne, eine kurze schlechte Zeit, die wir durchstehen müssen«, wiederholte er schwach und atemlos.

Als sie gegangen war, wandte er sich an Hélène: »Arme Frau, ich hätte ihr dieses Geld nicht anvertrauen dürfen.«

»Sie lügt, Papa«, sagte Hélène voller Ingrimm.

Doch das rief einen Zornesausbruch hervor:

»Sei still! Wie kannst du es wagen, so von deiner Mutter zu sprechen?«

Hélène betrachtete ihn traurig, ohne ihm Antwort zu geben. Etwas leiser sagte er:

»Selbst wenn es wahr wäre... sie hat recht... Ich würde alles verlieren... Das Glück hat mich verlassen...«

Er zögerte und wiederholte mechanisch:

»Selbst wenn es wahr wäre...«

Er verstummte, doch Hélène wußte, daß er dachte:

›Selbst wenn es wahr wäre, will ich es lieber nicht wissen...‹

Denn der Mensch braucht ein Minimum an Luft zum Atmen, eine gewisse Dosis Sauerstoff und Illusion, um leben zu können. In seiner Frau sah Karol noch immer das stolze junge Mädchen, das er einmal verführt hatte, die Tochter Safronows, das Mädchen im Ballkleid, die Frau, die Morgenröcke aus feiner Spitze trug, ihr langes Haar parfümierte und für ihn den Inbegriff der Vornehmheit und des freigebigen und luxuriösen Lebens darstellte. In der Folge hatte er jüngere und schönere Frauen kennengelernt, doch ihr gegenüber hatte er sich seine Verehrung, seine Zuneigung immer bewahrt. Und vielleicht war er zu stolz, um sich geschlagen zu geben, selbst in seiner eigenen Familie... Wie er die Wahrheit immer beiseite geschoben hatte!... Hélène rief sich die Szene in Petersburg in Erinnerung, als sie noch ein Kind gewesen war und in ihr Schulbuch heimlich jene allzu offensichtlichen, allzu ehrlichen Worte geschrieben hatte. Er fuhr sich langsam mit der Hand über die Augen.

»Komm mit... Ich möchte einige Papiere in Ordnung bringen...«

Sie folgte ihm in sein Arbeitszimmer. Er nickte ihr zu; er sprach mit schwacher und atemloser Stimme:

»Nimm diesen Schlüssel. Schließ den Safe auf.«

Er enthielt ein Zigarrenkistchen, eine Flasche teuren alten Wein und ein paar Jetons zu hundert Francs in einer abgenutzten Geldbörse, Andenken an die erste Reise nach Monte Carlo... Er nahm sie in die Hand, streichelte sie, ließ sie in seiner Hand springen.

»Nimm das Blatt in dem gelben Umschlag, Liebes, und lies, aber langsam und deutlich...«

Hélène las:

»Siebzehntausend Aktien der Brazilian Match Corporation...«

Er hatte das Gesicht in den Händen vergraben und antwortete mit tiefer, monotoner und dumpfer Stimme:

»Bankrott...«

»Die Belgischen Stahlwerke... zweiundzwanzigtausend Aktien...«

»Zwangsliquidation...«

»Das Thermalbad von Sancta Barbara... zwölftausend Aktien...«

»Bankrott...«

»Das Kasino von Bellevue... fünftausend Aktien...«

An dieser Stelle antwortete er nicht einmal mehr, sondern zuckte nur mit einem kleinen müden Lächeln die Achseln; sie fuhr fort zu lesen, und bei jedem Namen antwortete er in demselben trübseligen Ton:

»Nichts zu machen, im Moment...«

Hélène faltete die Liste langsam wieder zusammen:

»Das ist alles, Papa...«

»Gut«, sagte er, »danke, mein kleines Mädchen... Geh jetzt schlafen, es ist spät... Was soll man machen?... Es ist nicht meine Schuld, ich hätte nie geglaubt, daß es so schnell mit mir zu Ende geht... Das Leben ist so schnell vorbei...«

Hélène verließ ihn; seit dem Ausbruch seiner Krankheit schlief er allein, in einem anderen Flügel des Hauses, und nie kam er nachts in den Salon, wo man auf Anordnung des Arztes Tag und Nacht die Fenster offen ließ, um die Luft zu reinigen. Hélène ging zurück in ihr Zimmer. Das Zimmer ihrer

Mutter war erleuchtet, und als sie aus dem Badezimmer kam, das die beiden hinteren Zimmer voneinander trennte, warf sie einen Blick durch die Glastür, denn sie hatte ein merkwürdiges Geräusch gehört, als würden dicke Papierbündel zerschnitten. Bella saß auf ihrem Bett, halbnackt, das Gesicht für die Nacht präpariert mit einer Crememaske, das Kinn mit einem Gummiband eingeschnürt. Auf den Knien hielt sie einen Stapel gefalteter Papiere, auf denen Hélène las: »Crédit National...«, und mit ihrer Schere schnitt sie die Anteilsscheine aus und steckte sie in einen Umschlag.

›Ein kleines Geschenk für ihren Liebhaber‹, dachte Hélène.

Das Gesicht an die Scheibe gedrückt, beobachtete sie sie begierig mit angehaltenem Atem. Es schien ihr, als hätte sie sie noch nie so deutlich gesehen, mit einem so kalten und ruhigen Blick. Sie war immer noch attraktiv, hatte wunderbare Schultern und Arme und hielt sich wie eine Königin, unterstützt von aufwendiger Pflege, Massagen, Gymnastik, doch als hätte man einem enthaupteten Körper den Kopf einer anderen Frau aufgesetzt, erhob sich über ihren schönen, fleischigen, weißen Schultern der Hals einer Hexe. An ihm war der zwangsläufige Abmagerungsprozeß deutlich zu sehen; er bildete eine Reihe von Wülsten und Schluchten, in denen die Perlen des Colliers versanken. Das Gesicht ließ all jene Pflegemaßnahmen erkennen, die es glatter und jünger machen sollten, doch nichts anderes zustande gebracht hatten, als es in ein Laboratorium, ein Experimentierfeld zu verwandeln. Aber vor allem hatte keine Schminke die Macht, die Seele dieser Frau zu verbergen, die Hélène als egoistisch, hart und unvollkommen, doch auch als menschlich und liebesfähig kennengelernt hatte, wenn auch nur in Bezug auf Max; das Alter hatte sie versteinert und in ein Ungeheuer verwandelt. Härte und Unduldsamkeit waren in ihren kalten Augen zu lesen, die starr unter den kleinen Lanzen ihrer getuschten Wimpern hervorblickten, das Laster zeigte sich auf ihren welken Lippen, die Lüge, die Falschheit, die Grausamkeit und die Schläue traten auf dem ganzen fahlgrauen, angespannten, starren Gesicht unter der Maske der Schminke zutage.

Ganz leise ging Hélène davon und ließ sie zurück.

›Papa muß sie sehen‹, dachte sie; ›er muß sein Geld zurückfordern…‹

Doch als sie in den Salon zurückkehrte, sah sie, daß ihr Vater eingeschlafen war, sah dieses blasse Gesicht mit den geschlossenen Augen, den kleinen, erschöpften Spalt der Lippen, und begriff, daß er bald erlöst wäre und es nur noch sehr wenig Zeit gab. Sie beugte sich zu ihm, küßte ihn ganz leicht auf die Stirn. Er murmelte:

»Bist du es, Bella?«, und ohne die Augen zu öffnen, stieß er einen kleinen Seufzer der Zufriedenheit aus und schlief weiter.

Etwas später starb er. Er war ruhig und immer schläfrig. Er lag auf dem Bett; sein Kopf war vom Kissen herabgerutscht; er hatte nicht mehr genug Energie, um ihn zu heben; ein unsichtbares Gewicht schien ihn zur Erde hinabzuziehen. Seine langen, silbernen Haare hingen ihm im Nacken. Es war ein Junitag, doch kalt und feucht; er schob ungeduldig die Decke zurück, und man sah seine nackten, durchsichtigen und eiskalten Füße. Hélène nahm einen dieser zerbrechlichen und kalten Füße in ihre Hände, versuchte vergeblich, ihn zu wärmen. Er bewegte die Hand und zeigte auf die Geldbörse, die noch auf dem Tisch lag; er machte ihr ein Zeichen, sie zu öffnen. Sie enthielt fünf Tausendfrancscheine; er murmelte:

»Für dich… für dich allein… alles, was ich habe…«

Dann stöhnte er und betrachtete das Fenster. Die Schwester zog die Vorhänge zu.

»Wirst du schlafen, Papa?« sagte Hélène.

Er seufzte und wiederholte dumpf:

»Schlafen...«

Er legte seinen Kopf in die Hand und fand in seiner Todesstunde zu einem weichen und vertrauensvollen Kinderlächeln zurück; er schloß die müden Augen, streckte seinen Leib und wachte auf dieser Erde nicht mehr auf.

11

Karol wurde an einem kalten, regnerischen Sommermorgen beerdigt. Es war noch früh, und nur wenige Leute brachten den Mut auf, rechtzeitig aufzustehen, um ihm das Geleit zu geben, aber die Blumen waren schön.

Hélène spürte, daß es ihr nicht gelingen würde zu weinen, denn ihr vom Schmerz versteinertes Herz ließ keine Tränen zu.

Bella hatte gezögert, sich zu schminken, und ihr Gesicht unter dem Trauerschleier war aufgedunsen und von durchsichtiger Blässe. Sie weinte und wiederholte verzweifelt, während sie ihre feuchten Wangen den Küssen der dick geschminkten alten Hexen hinhielt, die ihr ähnlich sahen:

»Jetzt bin ich allein... Ach! Man kann sagen, was man will, aber ein Ehemann ist nicht zu ersetzen... Und doch bringe ich es nicht über mich, ihn zu bedauern. Er hat so gelitten. Er sehnte sich nach Ruhe...«

In dem Wagen, der sie nach Hause zurückbrachte, schluchzte sie unaufhörlich, doch gleich nach der Rückkehr ließ sie ihren Liebhaber kommen, und sie versuchten, mit allen Schlüsseln des Toten das Safeschloß zu öffnen.

›Nur zu, nur zu‹, dachte Hélène mit kalter und rachsüchtiger Freude und erinnerte sich an den offenstehenden Schrank, die leere Kassette, die sie einige Wochen zuvor gesehen hatte. ›Wie gern würde ich ihre Mienen sehen...‹

Sie sah sich um, fuhr sich langsam mit den Händen übers Gesicht:

›Was tue ich hier?‹

Ein rauhes Schluchzen stieg in ihr auf, doch noch immer konnte sie nicht weinen. Sie legte ihre Hände auf die Brust, wie um ein Gewicht wegzuschieben, das sie zu erdrücken drohte. Vergebens. Ihr Herz war schwer und hart wie ein Stein.

Sie murmelte bei sich:

›Warum soll ich denn hierbleiben? Was tue ich hier? Was hält mich hier noch, jetzt, da der arme Mann tot ist? Ich bin einundzwanzig. Mein Vater war viel jünger als ich, als er fortging. Er hat sich seinen Lebensunterhalt selbst verdient. Er war fünfzehn. Er hat es mir oft erzählt. Ich bin nur eine Frau, aber ich habe Mut‹, dachte sie und ballte die Fäuste, bis es weh tat.

Über ihrem Kopf hörte sie den Schritt ihrer Mutter und das Geräusch von Türen, die geöffnet und wieder geschlossen wurden. Sicher sahen sie sich die Zimmer an, die der Tote bewohnt hatte, durchwühlten seine Schubladen, seine Taschen ...

Hélène nahm das Geld, das ihr Vater ihr gegeben hatte, steckte es in ihre Handtasche. Sie hatte den Hut mit dem Trauerschleier auf ihr Bett geworfen. Jetzt nahm sie ihn wieder auf; ihre Hände zitterten, doch in diesem Augenblick beschäftigte sie nur eins: wie sie den Kater, Tintabel, mitnehmen konnte. Zum Glück war er noch klein und leicht. Sie setzte ihn in einen Korb und nahm einen kleinen Koffer, den sie mit Wäsche füllte. Bevor sie ging, stellte sie sich vor den Spiegel und lächelte traurig beim Anblick des Bildes, das sich ihr zeigte. In ihren schwarzen Kleidern, blaß und zierlich, den Trauerschleier um den Hals gewickelt, in einer Hand den Koffer, in der anderen den Kater, ähnelte sie einem Kind von Auswanderern, das man in einem Hafen vergessen hat. Doch gleichzeitig machte ihr der Wind der Freiheit das Herz weit. Sie atmete leichter, nickte sich zu:

›Ja, das ist es, was ich tun muß. Sie wird mich nicht zurückholen. Erstens bin ich volljährig. Und außerdem wird sie nur allzu froh sein, mich loszuwerden.‹

Sie läutete dem Zimmermädchen:

»Juliette«, sagte sie, »hören Sie mir gut zu. Ich gehe fort. Ich verlasse das Haus für immer. Sie werden bis heute abend warten und meiner Mutter sagen, daß ich fort bin und daß es nutzlos ist, mich suchen zu lassen, weil ich nie mehr zurückkomme.«

Das Zimmermächen seufzte:

»Arme Mademoiselle...«

Hélène wurde es etwas wärmer ums Herz, sie umarmte das Mädchen. Es fragte:

»Ich könnte ein Taxi rufen und Ihnen den Koffer tragen helfen. Oder, wenn Mademoiselle die Katze bis morgen hierlassen möchte und mir ihre Adresse geben würde, könnte ich sie Ihnen bringen...«

»Nein, nein«, sagte Hélène lebhaft, Tintabel an sich drückend.

»Soll ich ein Taxi rufen?«

Doch Hélène, die nicht die geringste Ahnung hatte, in welche Richtung sie ihre Schritte lenken würde, weigerte sich noch immer. Sie öffnete die Tür.

»Gehen Sie wieder nach oben, machen Sie keinen Lärm, und vor allem, sagen Sie nichts bis heute abend.«

Sie schlüpfte hinaus, ging rasch um die nächste Ecke und fand sich auf den Champs-Elysées wieder. Mit einem Seufzer ließ sie sich auf eine Bank fallen. Der erste Schritt war einfach. Ein Auto. Ein Hotel. Ein Bett.

›Ich würde gern schlafen‹, dachte sie, aber sie rührte sich nicht, sog mit Wonne die Luft ein; sie war frisch und kräftig. Um den Hals hatte sie noch immer ihren Trauerschleier geschlungen, den die Feuchtigkeit durchnäßte und schwer machte. Doch sie war so lange im Zimmer eines Kranken eingeschlossen gewesen, daß ein überwältigender Durst nach freier Atemluft in ihr war. Sie zog ihren Handschuh aus, schob ihre Hand unter den Deckel des Korbs und streichelte behutsam den schnurrenden Kater.

›Zum Glück ist er nicht schwer‹, dachte sie. ›Ich glaube, ich wäre lieber dort geblieben, wenn ich ihn hätte zurücklassen müssen.‹ – »Tintabel, mein Lieber, ich weiß nicht, ob du diese Worte würdigen kannst. Du wirst schon sehen, wir werden glücklich sein«, sagte sie zu der Katze.

Zum erstenmal rannen ihr schwere Tränen über die Wangen. Sie war allein. Der Regen hatte die Champs-Elysées leergefegt. Nach und nach wurde sie wieder warm; das Blut begann lebhafter und freudiger in ihren Adern zu fließen.

Sie hob das Gesicht. Der Wind wurde stärker. Die Buden der Spielzeug- und Süßwarenhändler glänzten im allmählich schwächer werdenden Regen. Es fielen nur noch feine Tropfen, die schräg in der Luft lagen und vom Wind sogleich aufgesogen wurden. Nur der Sand in den Seitenstraßen war noch von rötlichem stehenden Wasser durchfeuchtet.

›Nie hätte ich meinen Vater verlassen‹, dachte Hélène. ›Aber er ist tot, er hat jetzt Ruhe, und ich, ich bin frei, frei, befreit von meinem Haus, von meiner Kindheit, von meiner Mutter, von alldem, was ich gehaßt habe, von alldem, was mir so schwer auf der Seele lag. Ich habe das alles zurückgewiesen, ich bin frei. Ich werde arbeiten. Ich bin jung und gesund. Ich habe keine Angst vor dem Leben‹, dachte sie und betrachtete voller Zärtlichkeit den regnerischen Himmel und die schweren, grünen Bäume, das regenschwere Laub und den Sonnenstrahl, der zwischen zwei Wolken aufblitzte.

Ein kleines Mädchen kam vorbei, das in einen Apfel biß, dann den Abdruck seiner Zähne betrachtete und lachte.

›Gehen wir!‹ dachte Hélène.

Doch gleich darauf:

›Warum denn? Nichts hält mich, niemand ruft mich. Ich bin frei. Was für eine Erleichterung...‹

Sie schloß die Augen, lauschte hingebungsvoll dem Wind. Es war eine Brise von Westen, die sicher von der Küste kam und den Geruch und Geschmack des Meeres mit sich trug. Bald rissen die Wolken auf, und ein erstaunlich kräftiger und heißer Sonnenstrahl brach durch, bald schlossen sie sich wieder zu einer schweren, dichten Decke zusammen. Doch wenn einen Moment lang die Sonne schien, glitzerte alles, die Blätter, die Baumstämme, die nassen Bänke, und von den nassen Ästen fiel das Wasser leicht und glänzend auf die Erde. Mit heißeren Wangen, die Hände um die Knie geschlungen, hörte Hélène den Wind; sie lieh ihm ihr Ohr wie der Stimme eines Freundes. Er sammelte sich unter dem Arc de Triomphe, wehte zuerst über die sich neigenden Wipfel der Bäume, dann drehte er sich um Hélène, pfiff und blies fröhlich einmal von hier, einmal von dort. Sein gesunder, starker Atem hatte den faden Geruch von Paris verjagt. Er schüttelte die Bäume, und es war, als würden die Stämme von einer schweren und mächtigen Hand erschüttert, schrecklich wie die Hand Gottes. Die Kastanienbäume neigten sich und erhoben sich wieder mit einem wahnwitzigen Geräusch. Der Wind trocknete Hélènes Tränen, brannte ihr in den Augen; er schien durch ihren Kopf zu blasen, der ruhiger und leichter wurde, ihr Inneres zu erwärmen. Unvermittelt nahm sie ihren Hut ab, drehte ihn in den Händen, hob die Stirn und bemerkte mit unaussprechlicher Verwunderung, daß sie lächelte, daß sie leicht die Lippen vorstülpte, um die pfeifende Bö zu spüren, zu schmecken.

›Ich habe keine Angst vor dem Leben‹, dachte sie. ›Das hier sind nur die Lehrjahre. Sie waren außerordentlich hart, aber sie haben auch meinen Mut und meinen Stolz wachsen lassen. Das gehört mir, das ist mein unveräußerlicher Reichtum. Ich bin allein, aber meine Einsamkeit ist bitter und berauschend.‹

Sie lauschte dem Wind, und es kam ihr vor, als spürte sie in diesem ungestümen Wehen einen tiefen, feierlichen und freudvollen Rhythmus, ähnlich dem des Meeres. Die Geräusche, zunächst scharf, rauh und gellend, vermischten sich zu einem mächtigen harmonischen Klang. Sie nahm eine Ordnung darin wahr, noch konfus, wie zu Beginn einer Symphonie, wenn das erstaunte Ohr die Umrisse eines Themas vernimmt, es jedoch gleich wieder verliert, enttäuscht ist, es sucht und plötzlich wiederfindet und diesmal begreift, daß es ihm nie mehr entkommen wird, daß es Teil einer anderen, mächtigeren und schöneren Ordnung ist, und dann hört, selbstgewiß und vertrauensvoll, wie der wohltuende Sturm der Töne über es hereinbricht.

Sie stand auf, und in diesem Moment teilten sich die Wolken; zwischen den Säulen des Arc de Triomphe erschien der blaue Himmel und erhellte ihren Weg.

btb

Irène Némirovsky bei btb:

Suite française
Roman. 512 Seiten
ISBN 978-3-442-73644-7

Sommer 1940: Die deutsche Armee steht vor Paris. Voller Panik packen die Menschen ihre letzten Habseligkeiten zusammen und fliehen. Angesichts der existentiellen Bedrohung zeigen sie ihren wahren Charakter …
Der wiederentdeckte Roman »Suite française« wurde 2004 zur literarischen Sensation. Über 60 Jahre lag das Vermächtnis der französischen Starautorin der 30er Jahre unerkannt in einem Koffer - bis der Zufall dieses eindrucksvolle Sittengemälde aus der Zeit des Zweiten Weltkriegs ans Licht brachte.

Der Fall Kurilow
Roman. 192 Seiten
ISBN 978-3-442-73614-0

Im zaristischen Petersburg der Jahrhundertwende soll der Revolutionär und Anarchist Léon M. den Erziehungsminister des Zaren ermorden - den zynischen, schwerkranken, dekadenten Kurilow. Als Hausarzt verschafft sich Léon Zugang zu seinem Opfer. Doch je näher Léon Kurilow kommt, umso mehr gewinnt der Minister menschliche Züge, und Léon zweifelt am Sinn seiner Mission. Ein ebenso spannendes wie sensibel und atmosphärisch dicht gezeichnetes Psychogramm von Opfer und Täter.

www.btb-verlag.de